古典文獻研究輯刊

三十編

第 14 冊

姚鼐《惜抱軒尺牘》文學研究（下）

林治明 著

國家圖書館出版品預行編目資料

姚鼐《惜抱軒尺牘》文學研究（下）／林治明 著 -- 初版 --
新北市：花木蘭文化事業有限公司，2024〔民 113〕
目 4+192 面；19×26 公分
（古典文學研究輯刊　三十編；第 14 冊）
ISBN 978-626-344-913-8（精裝）
1.CST：（清）姚鼐 2.CST：惜抱軒尺牘 3.CST：書信
4.CST：文學評論
820.8　　　　　　　　　　　　　　　113009667

ISBN-978-626-344-913-8

古典文學研究輯刊
三十編　第十四冊　　　　　　　ISBN：978-626-344-913-8

姚鼐《惜抱軒尺牘》文學研究（下）

作　　者　林治明
總 編 輯　杜潔祥
副總編輯　楊嘉樂
編輯主任　許郁翎
編　　輯　潘玟靜、蔡正宣　美術編輯　陳逸婷
出　　版　花木蘭文化事業有限公司
發 行 人　高小娟
聯絡地址　235 新北市中和區中安街七二號十三樓
　　　　　電話：02-2923-1455／傳真：02-2923-1452
網　　址　http://www.huamulan.tw 信箱 service@huamulans.com
印　　刷　普羅文化出版廣告事業
初　　版　2024 年 9 月
定　　價　三十編 20 冊（精裝）新台幣 50,000 元

姚鼐《惜抱軒尺牘》文學研究（下）

林治明　著

第五章 《惜抱軒尺牘》的文學觀點與取向

　　本章的焦點為《惜抱軒尺牘》（以下皆簡稱《尺牘》）中的「論文語」，即《尺牘》中姚鼐對於詩、古文、文體、創作、文學批評以及文學理論等各種文學觀點的討論。

　　姚鼐文學觀點多沿襲自劉大櫆，而劉大櫆又傳承自方苞。在這三代的傳襲中，三人皆各有擅長，如方苞是「望谿文質，恒以理勝」，劉大櫆是「海峰以才勝，學或不及」，而姚鼐可謂兼容劉大櫆與方苞的文論之長：「乃理文兼至」〔註1〕。又在生命歷程當中盡古今文體之變使「天下以為古文之傳在桐城」〔註2〕。例如〈述庵文鈔序〉與〈復秦小峴書〉當中的「義理、詞章、考據」、〈古文辭類纂序〉的「神、理、氣、味、格、律、聲、色」以及〈復魯絜非書〉的「陰陽剛柔」等等，均在後來成為重要的桐城文論，影響之後的方東樹、曾國藩等文學家。

　　而在《尺牘》中有許多甚為重要又更細微，卻鮮為人知的文學觀念。受惠

〔註1〕〔清〕姚瑩〈朝議大夫刑部郎中加四品銜從祖惜抱先生行狀〉：「先生親問法於海峰，海峰贈序盛許之。然先生自以所得為文，又不盡用海峰法。故世謂望谿文質，恆以理勝；海峰以才勝，學或不及；先生乃理文兼至。」詳見〔清〕姚瑩著，沈雲龍主編：〈朝議大夫刑部郎中加四品銜從祖惜抱先生行狀〉，《中復堂全集・東溟文外集》（新北：文海出版社，1974年），頁266。

〔註2〕〔清〕李兆洛：〈桐城姚氏薑塢惜抱先生兩傳〉，《養一齋文集》，詳見清代詩文集彙編編纂委員會編輯：《清代詩文集彙編》（第四百九十三冊）（上海：上海古籍出版社，2010年），頁239。

於書信文的私密，《尺牘》中「其語雖平易，而意議率精」〔註3〕。例如在教導門生們創作時，多能針對其作品提出病癥所在，適時給予創作的要點與提示。又或是建議門生辨識文體的特性，依照自己的才能選擇適合的文體。這樣看似「率意言之」〔註4〕的自然隨筆，往往能切中對方對文學認識的盲點，「抉其微，發其蘊」〔註5〕而「開發學者神智」〔註6〕，是在文集中難以見得的。

因此本章探討《尺牘》中的論文語，分為文學本源論、創作論與批評論三個面方面加以闡述。本源是姚鼐對文學的整體概念與學習文學的態度與方法，創作論是姚鼐指導學生創作詩文的方法與技巧，批評論是姚鼐對作者、風格與作品的批評，探討「文之佳處」的所在。以下將從這三個面向，來窺究《尺牘》中論文語的深意與內涵。

第一節　本源論

《尺牘》對文學的本源可以分為二個部分，第一是文學整體的見解，即文學傳統中作品、經典與心態三者之間的關係，另一個是如何學習文學以及學文前的三個基本：才、學與識。以下加以說明：

一、根極於性命，探源於經訓

上一章曾提魯九皋〈上姚姬傳先生書〉中對姚鼐的「其論文章，根極於性命，而探源於經訓」〔註7〕這關鍵的三句批評是為理解姚鼐的為文之根柢。經過第四章瞭解姚鼐與《尺牘》儒學的背景後，便能從中探究性命和經訓與姚鼐文論的關係。

〔註3〕〔清〕劉聲木撰、徐天祥校點：《桐城文學淵源考撰述考》（合肥：黃山書社，2011 年 12 月），卷四，頁 150。

〔註4〕〔清〕梅曾亮：〈姚姬傳先生尺牘序〉，詳見〔清〕梅曾亮著；彭國忠、胡曉明校點：〈姚姬傳先生尺牘序〉，《柏梘山房詩文集》（上海：上海古籍出版社，2005 年 12 月），頁 379。

〔註5〕趙爾巽等撰：《清史稿》（第四冊）（北京：中華書局，1998 年 1 月），卷四百八十五，列傳二百七十二，頁 3430。

〔註6〕〔清〕郭汝驤：〈惜抱軒尺牘跋〉，詳見〔清〕姚鼐著，盧坡點校：《惜抱軒尺牘》（合肥：安徽大學出版社，2014 年 3 月），頁 145。為減少繁冗的註解，以下凡正文或註解中引自此書，皆會以簡註呈現。

〔註7〕〔清〕魯九皋：〈上姚姬傳先生書〉，《魯山木先生文集》，詳見清代詩文集彙編纂委員會編輯：《清代詩文集彙編》（第三百七十八冊）（上海：上海古籍出版社，2010 年），頁 72。

以性命學說來說，性命一詞來源於《周易》「窮理盡性以至於命」〔註8〕、《孟子》的「盡其心者，知其性，知其性則知天矣。存其心，養其性，所以事天也；夭壽不貳，修身以俟之，所以立命也」〔註9〕與〈中庸〉的「天命之謂性」，並在宋代的理學家論述中發揚光大。性命可以分為「性」與「命」來解釋，性是天所賦予的，而命指自然運作與變化的道理。同時它們亦有雙重意義：

> 一指向先天的向度，一指向後天的意義。就前者而言「性」是「義理之性」之類的意思，「命」則可解讀成「義理之命」；就後者而言「性」是「氣質之性」之謂，「命」亦是「氣命」之類的表述方式。〔註10〕

但不論是窮盡對生命的「義理」探討，或是對源發自內心而後天修練並外顯的「氣質」，都是「可當作『內聖』領域的事務」〔註11〕，為尋求內心的安定而追求內心最深層的認識。

在《尺牘》中，雖然姚鼐並未對性命學說有任何明確的界定與討論，但對鑽研其中的學者多有稱讚之語：

> 碩士言先生頻年精意於心性之學，此尤可敬服，士必如此，乃是為己。（〈與魯山木〉，頁28）

> 植之昨有書云：「近大用功心性之學。」若果爾，則為今日第一等豪傑耳。（〈與胡雛君〉，頁43）

可見姚鼐對心性討論的致意。心性為宋儒理學的一大命題，探討心性與性命猶如敲開宋儒的第一扇大門，能更接近當時姚鼐心目中的儒家理想：「須知文章考證外，更大有事耳」〔註12〕，平衡漢宋失衡的學術狀態。甚至認為藉由探討心性來修身養心的重要優先於寫作文章：

> 鼐尚如故態，但內觀此心，終無了當處，真是枉活八十年也。願石士勉力修心，文章猶是餘事耳。（〈與陳碩士〉，頁108）

〔註8〕 〔三國〕王弼注；樓宇烈校釋：《老子周易王弼注校釋》（臺北：華正書局，1983年9月），頁576。

〔註9〕 〔南宋〕朱熹著；曹美秀校對：《孟子集注》，《四書章句集注》（臺北：大安出版社，2014年12月第十六刷），頁489。

〔註10〕 楊儒賓：〈「性命」怎麼何「天道」相貫通的──理學家對孟子核心概念的改造〉，《杭州師範大學學報（社會科學版）》2011卷5期（2011年9月），頁1。

〔註11〕 楊儒賓：〈作為性命之學的經學──理學的經典詮釋〉，《長庚人文社會學報》第二卷第二期（2009年10月），頁214。

〔註12〕 〔清〕姚鼐：〈與陳碩士〉第六十九篇，《惜抱軒尺牘》，頁108。

在《尺牘》中可以發現，姚鼐提供尺牘對象們相當多的寫作要領與注意事項（將於第二節與第三節論述補充）。不過也因此令他感嘆寫作文章仍屬「餘事」，同時亦認為是一件勞心勞力之事。一方面要找好題目，擬定架構文句、修辭，注意文氣與節奏；另一方面，「近時文體，壞敝日甚」〔註13〕，對世人追求假時文且內容只作考證的文風感到失望又難以挽回頹勢。因此深感文學之業亦有侷限，其謂：

> 鼐久以文學之事，不能大有益於身心之實用，反求於內，略見石火
> 電光之明，一涉人事，仍為無明所障，了不見得力處。（〈與許周生〉，
> 頁160）

對姚鼐而言，真正用力於作文就必須與作學問一樣：「用功勤而用心精密」〔註14〕。但與鑽研心性不同的是，寫作是「反求於內」，掏掘內心的情感、把握靈感的「石火電光之明」與構思文句章法，因此久了「不能大有益於身心之實用」。且一旦作文時受人情事理的干擾，文章的努力就事倍功半，反而「暨乎篇成，半折心始」〔註15〕。另一方面，若是以作文追求文學成就、加官晉爵，如果有才學兼備，努力用功，或許能達到古人的中下之作。但若是與凡人一樣，「天資學問，本皆不能踰人」〔註16〕，又不肯用功而徒追求文學，只會落得「必終身無望矣」〔註17〕的困境。此等為文難處讓姚鼐認為藉讀書以探究心性更能有益於人生。

但姚鼐補充道，倘若用功於文章時，也用心於心性，以及從心性、性命的內涵中追求涵養和對文字的敏銳，反而能比純粹投入於文學，更能培養筆力才氣：

> 寄來數詩改本，大勝於前，其〈述夢〉作亦佳甚，氣流轉而語圓美，
> 此便是心地空明處所得，由是造古人不難……欲得筆勢痛快，一在
> 力學古人，一在涵養胸趣。夫心靜則氣自生矣。高才用心專至如此，
> 久當自知耳。（〈與陳碩士〉第四篇，頁76）

「胸趣」並非來自於「不能大有益於身心之實用」的文章，反而是來自讀宋儒

〔註13〕〔清〕姚鼐：〈復賈良山〉，《惜抱軒尺牘》，頁30。
〔註14〕〔清〕姚鼐：〈與陳碩士〉第八十七篇，《惜抱軒尺牘》，頁115。
〔註15〕〔南朝梁〕劉勰著；王更生注譯：《文心雕龍讀本·神思》（下冊）（臺北：文史哲出版社，2004年10月），頁4。
〔註16〕〔清〕姚鼐：〈與劉海峰先生〉，《惜抱軒尺牘》，頁5。
〔註17〕〔清〕姚鼐：〈與方植之〉，《惜抱軒尺牘》，頁183～184。

之書:「且讀書者,欲有益於吾身心也」〔註18〕。換句話說,心性、性命學說等等的宋儒命題除了能「涵養胸趣」之外,亦為文章字句提供豐富的材料,又加之以學習、模仿古人精處,能得到痛快氣勢的字句。

因此可以說,姚鼐認為學者可以只追求心性、性命之說來提升自我的心靈層次,進入「心靜則氣自生」的程度,一方面穩定身心,繼而使此身無病,也可為「閎通明澈,不受障蔽」的實踐。因此言「文章猶是餘事耳」。但另一方面,心靜生氣的心靈亦是作好文,得到筆勢痛快的文句的前題。如果掌握其中的要領,甚至能教化風氣:

> 近時文體,壞敝日甚,士習詭陂因之。如閣下讀宋賢之書,融洽貫
> 穿,以施於文,殆孔子所云辭達者。以當衡士之任,必能釐正偽體,
> 有俾於教化。(〈復賈良山〉,頁30)

學者藉由修身養性,鑽研宋儒之書如「擇善而從」,可理清性命學說,若能將其融入文章之中,發揮性命之內涵,便能「釐正偽體」,導正作壞文體的文風。因此,深刻理解心性性命的學者,除了己身向內追求身心無病之外,亦可將其理念與方法化作文章,向外發揮撥亂反正之用。

而以經訓來說,也與性命學說一樣的情況。經書可謂是「夫聖人之經,如日月星之懸在人上」〔註19〕,而訓作是「上當於聖人之旨,下合乎天下之公心者」〔註20〕,其文章對這二項的承載可說責任重大,若能「融洽貫穿,以施於文」〔註21〕,則能使「天下之學,必有所宗」〔註22〕。因此姚鼐認為,在順序上,假使學者能先從經書注疏中汲取聖賢的道理內涵並涵養於心中,再作文也不遲:

> 經學用功,誠為要務。竊謂學者,以潛心玩索,令胷中有浸潤深厚
> 之味,不須急急於著述,斯為最善學也。至於作文作詩,亦以此意
> 通求之為佳耳。(〈題鹿源地圖〉第九篇,頁122)

如同前述所言,單純深究文章無法有益於身心。因此姚鼐主張先鑽研經書注疏能靜心明理,「潛心玩索」,才能從書中發掘聖賢道理,並在研讀的過程中「浸

〔註18〕 〔清〕姚鼐:〈與陳碩士〉第五十四篇,《惜抱軒尺牘》,頁101。
〔註19〕 〔清〕姚鼐著,劉季高標校:〈復曹雲路書〉,《惜抱軒詩文集》(上海:上海古籍出版社,2008年4月),頁88。為減少繁冗的註解,以下凡正文或註解中引自此書,皆會以簡註呈現。
〔註20〕 〔清〕姚鼐:〈程綿莊文集序〉,《惜抱軒詩文集》,頁268。
〔註21〕 〔清〕姚鼐:〈復賈良山〉,《惜抱軒尺牘》,頁30。
〔註22〕 〔清〕姚鼐:〈程綿莊文集序〉,《惜抱軒詩文集》,頁268。

潤深厚之味」，繼而成為作文前的豐富資料庫。

　　同樣在與兒子姚師古的尺牘中，明確向身體不健康的兒子表示不一定要勉強作時文，卻不能不讀經來瞭解聖賢作文的道理：

> 汝身子不健，不必銳意作時文，卻不可不讀經書。蓋人元不必斷要舉人、進士，但聖賢道理不可不明。讀書以明理，則非如做時文有口氣。枯索等題使天資魯鈍之人無從著手，以致勞心生病。且心既明理則寡欲少嗔貪，清淨空明則為知道之人。其可尊可貴不遠出於舉人、進士之上乎？汝但宜時以此意以讀書，向道為養病之法則，於汝父亦無不足之恨。如應考等事不去何害？若強所必不能，徒自苦，又何益哉？（〈與師古兒〉，頁193）

對這兩項的態度比較可以發現，一樣是強調經書中的聖賢道理比起作時文文章來得重要，以及藉由經書來追求內心的清靜空明的目的比起以文章來求取功名更為急切。但某方面又「承認文章的功利性」〔註23〕，且「枯索等題使天資魯鈍之人無從著手，以致勞心生病」兩句反過來說，在聖人的手中文章具有載道的功能。

　　不過，如果自認對經訓已有深刻的認識與把握，並且心態已明理清靜，而意傳至後世而不為名聲，可嘗試像聖賢、宋儒一樣闡述經書訓作之中的義理。雖然姚鼐自稱在文藝方面「正在才薄耳」〔註24〕與學術方面「天資學問，本皆不能踰人」〔註25〕，但在晚年所作的《九經說》，仍嘗試完成以文章闡述經典之義理的理想結合之作，亦是「漢宋調和」的實踐。姚鼐本於對經學的注重大於文學，使得在《尺牘》中對《九經說》的關注多於其它文集。雖然此書在序目中戒慎恐懼地說：

> 千餘年以來，說經之書多矣，余有不獲見，或復有同吾所說者，抑後有闊達君子與焉，集古今之成，取不賢者識小之事，或有資於是編，是誠皆所幸矣。若夫糾舉違謬而誨之，尤所願。而懼不夙聞者，異同之情，其毋間焉。〔註26〕

〔註23〕 張器友：《桐城派與五四新文學》（合肥：安徽大學出版社，2015年1月），第一章，頁26。
〔註24〕 〔清〕姚鼐：〈與陳碩士〉第十篇，《惜抱軒尺牘》，頁80。
〔註25〕 〔清〕姚鼐：〈與劉海峰先生〉，《惜抱軒尺牘》，頁5。
〔註26〕 〔清〕姚鼐：〈惜抱軒九經說序〉，《惜抱軒九經說》。網路資料：https://archive.org/details/02075629.cn/page/n2/mode/2up。（檢索時間：2021/06/01）

頗懼遭學者黨同伐異，但這本書的集成、刊刻與出版，也是基於「大抵著一好書，非數十年之功不能成，不可倉卒也」〔註27〕的嚴肅心態，一方面仍是姚鼐自信於「胷中有浸潤深厚之味」，而對多年深究經書的義理解釋的成果，使「潛心坑索」、「不可不讀經書」與「讀書以明理」等等的論述得到強而有力的證明，另一方面，可以說是文章完成對義理與考據的承載，為自己所提出的「義理、辭章與考據」的學問三者融於一體作一示範，證明上等的文章可以不依瑣碎資料而做到「不受障蔽」來「探源於經訓」。

　　總括來說，從《尺牘》中心性性命與經訓的討論可以有兩個發現。一是這兩個命題來自姚鼐的儒家的學術根柢，以聖賢經典與道德議題為文章的至高且終生的理想目標。二是對姚鼐而言，「他所持的是道重於藝的立場。他認為，詩文本身不是目的，而是工具或手段」〔註28〕，是經學或思想的呈現。因此知識分子的首要目標是修德性、讀經書來充養內涵，文章反而是其次，並有更「積極而嚴肅的任務要達成」〔註29〕，而非關注在美感與情緒的表達上。又或是說，姚鼐將「『文章』置於儒家學術的價值體系之下，並沒有選擇以『文人』的身分發揮自己的『文采風流』，反倒是從『學者』的立場苦心經營『古文之學』」〔註30〕。故其任務，正是要以文章來承載儒家的心性性命與經訓，藉此明白與宣傳聖賢的道理。

二、盡其才學，博聞彊識

　　雖然姚鼐視文學為經學的工具，但仍認為「文足以覘士行」〔註31〕，還能「明道義、維風俗以詔世者」〔註32〕。因此對於文章能承載道與表達功能寄予厚望。

　　要理解姚鼐對學文的準備，可以借用吳慧貞在其論文《姚鼐古文義法及文

〔註27〕〔清〕姚鼐：〈與張阮林〉，《惜抱軒尺牘》，頁186。

〔註28〕張靜二：〈姚鼐的詩文理論〉，《文氣論詮》（臺北：五南圖書，1994年4月），第十一章，頁405。

〔註29〕張靜二：〈姚鼐的詩文理論〉，《文氣論詮》（臺北：五南圖書，1994年4月），第十一章，頁405。

〔註30〕胡琦：〈詞章如何成學：姚鼐與清前中期書院的古文教育〉，詳見梁樹風等著；香港中文大學中國語文及文學系編：《明清研究論叢》（第一輯）（上海：上海古籍出版社，2015年11月），頁125～126。

〔註31〕〔清〕姚鼐：〈與陳鍾谿〉，《惜抱軒尺牘》，頁74。

〔註32〕〔清〕姚鼐：〈復汪進士輝祖書〉，《惜抱軒詩文集》，頁89。

章寫作學》對姚鼐的「為文之條件」〔註33〕借史家劉知幾在《史通》中所提出
的史學三才「史才、史學與史識」的理論，分為才、學與識來討論之。但本節
又與劉知幾的原本概念不盡相同：才指個人天生的才賦，學指個人在作詩文之
前的學習方法，而識指對作品見多識廣來增進內涵。這三者並非斷然獨立而彼
此互相不涉及的關係，在某些時候，才不足但學與識能補拙，即便有充足的才
但不願學習與多識，也只是徒勞。

（一）才

「才」是學作詩文的重要條件。在《尺牘》中可以發現，姚鼐相當看重天
賦文才一事，曾感嘆在書院中與學界總不見人才或人才凋敝：

> 鼐學卑文陋，加復衰罷，偶有撰述，亦何足云，見許過重，彌以媿
> 赧。海內英傑，彫落殆盡，後生繼起，更苦稀少。鼐居此地，不能
> 有益於諸生，良可歎媿。(〈與秦小峴〉，頁 27)

> 鼐近平安，仍在鍾山也。楚中近有異才不？不知今天下人才，何以
> 若是衰耗。(〈與鮑雙五〉，頁 64)

人才的衰敝也導致文風的頹喪，因而憤懣地希望遇到並教育人才，振興文風，
上繼古人：

> 冀世有英異之才，可因之承一線未絕之緒，倔然以興。而流俗多持
> 異論，自以為是，不可與辨。此間聞言相信者，間有一二，又恨其
> 天分不為卓，未足上繼古人，振興衰敝。不知四海之內，終將有遇
> 不邪。(〈與劉海峰先生〉，頁 5)

同時，對姚鼐來說，有文才是一件非常難得之事，既生於巷閭鄉間，又難以見
得：

> 夫天之生才甚艱，才之生於閭里，而俾吾親見之，尤其難也。(〈與
> 張阮林〉，頁 49)

而後世雖然尊稱姚鼐為古文家，但從《尺牘》中可以看出，即便偶有自謙之辭，
但大多時候他自認為對文學與文章的才賦不夠：

> 鼐於文事犆識門徑，而才力不足盡赴其職。(〈與王惕甫〉，頁 33)

> 鼐所自歉者，正在才薄耳。(〈與陳碩士〉第十篇，頁 80)

〔註33〕詳見吳慧貞：《姚鼐古文義法及文章寫作學》(彰化：國立彰化師範大學國文學
系碩士學位論文，1999 年)，第五章第二節，頁 136～143。

從這些敘述可以歸結，姚鼐對寫作人才的渴求與寄予厚望，希望能教育這些人才來復興衰頹已久的文風，使文章如同前一段所言的承載儒家心性性命與經典訓書的命題。

姚鼐對文才的看重使他在《尺牘》中對其理解有兩項要點，分別是對方要識清自己的才能適合哪一種文體，以及不論是否擁有才能也必須用心刻苦的學習，否則只會流於浪費與徒勞。

以前者來說，姚鼐強調若非通才或全才，每個人的文才都有只適合自己的性情的文體，即專攻一方的偏才，是作詩或作文都由天分抉擇：

> 大抵古文深入難於詩，故古今作者少於詩人。然又有能文而不能詩者，此亦自由天分耳。（〈與石甫姪孫〉，頁 139）

因此辨識自己的才力就顯得非常重要。但天賦亦是天限，若超出自己的才能之外，勉強作不熟悉或不拿手的文體，與較好的作品一相比較，容易高下立判，暴露出弱點。在〈與陳碩士〉中就針對陳用光的七言詩與五言詩比較，進而提出陳用光的文才適合五言的建言：

> 詩以五言為佳，見寄三首，及為陶意雲題圖之作，皆極善，此是興會到故也。七言嫌落俗套，無新警處。蓋石士天才，與此體不近，不必彊之。（〈與陳碩士〉第四十二篇，頁 96）

同樣的例子亦出現在與姚瑩的討論中，對其古體詩給予「尤有魔氣」之評，並可以依才力先讀王士禎所選的韓愈詩、杜甫詩與蘇軾詩：

> 古體伯昂尤有魔氣，就其才所近，可先讀阮亭所選古詩內昌黎詩讀之，然後上溯子美下及子瞻，庶不至如游騎之無歸耳。（〈與伯昂從姪孫〉，頁 129）

在認識自己的才能與侷限後，還要認識不同樣態的文才下所要選擇的文體詩體，以及瞭解文體所對應的性情：

> 大抵其才馳驟而炫耀者，宜七言；深婉而澹遠者，宜五言。雖不可盡以此論拘，而大概似之矣。（〈與陳碩士〉第四十二篇，頁 96）

因此只具備天分才能對於作文作詩也是不夠的，仍需要努力學習、用功進取才能達到古人上一等文字。

以努力學習來說，雖然姚鼐認為天分佔文學創作當中很大的成分，但如果沒能學習與努力用功，那也只是虛名：

> 今日王鐵夫來，得晤之。然未得細談，其天分當在罩谿上。但學不

　　如，此不可以名位為優劣也。(〈題鹿源地圖〉第七篇，頁 120)

　　寄來之文，尚不免牽於應酬，不能極其才力所至。此後肆力為之，
　　當大有進步耳。亦止是熟讀多作，固無他法也。(〈與陳碩士〉第三
　　十三篇，頁 91)

以〈題鹿源地圖〉來說，姚鼐觀察王芑孫的天分在翁方綱之上，但因王的學習
不夠努力，因此辯駁不能以王的名氣較大而忽略翁。而在〈與陳碩士〉中勸其
努力盡才所能。顯見姚鼐並非只看重天分對文章的影響。

　　但是姚鼐又補充，努力進取有兩個要點。第一是學習文學與學習經學一樣
必須用功不懈，不能中途放棄，否則上天也無法開啟人的天分：

　　學文之法無他，多讀多為，以待其一日之成就，非可以人力速之也。
　　士苟非有天啟，必不能盡其神妙。然苟人輟其力，則天亦何自而啟
　　之哉。(〈與陳碩士〉第九篇，頁 79)

雖然無天啟之而不能盡神妙，但若不努力，天有意啟之也無從下手。在〈與張
阮林〉更直接揭示有才能卻失敗的可能原因：

　　夫惟愛之深者，則惟恐其不成。夫有才而卒不成者，志不高而功不
　　繼也。(〈與張阮林〉，頁 49)

除志向是因人而異之外，單有才能也不代表目標一定能達成，惟有持續用功，
才能確實完成學習任務。第二是用功不能漫無目的，而是要找到對的方法。即
便天分不足，方法若對還是能使努力的成果接近天分：

　　夫文章之事，望見塗轍，可以力求。而才力高下，必由天授。(〈與
　　陳碩士〉第十篇，頁 80)

姚鼐認為才力終究是天所賦予的，人無法強求改變，因此人有天分高與差之
別。而「可以力求」以改變天賦的不平的方法，就是找到正確的學習方法，來
達到古人之作的程度。

(二)學

　　姚鼐於對學作詩文前提，以為有三，一是「熟讀多作，深久自得」，二是
「用功精專」，三是「放聲讀文」：

　　以第一項來說，姚鼐認為學作詩文只有熟讀多作，除此之外別無他法：

　　寄來之文，尚不免牽於應酬，不能極其才力所至。此後肆力為之，
　　當大有進步耳。亦止是熟讀多作，固無他法也。(〈與陳碩士〉第三

十三篇，頁 91）

　　學文之法無他，多讀多為，以待其一日之成就，非可以人力速之也。
　　（〈與陳碩士〉第九篇，頁 79）

熟讀多作不單只是一個方法，長時間的施行還能像修禪之人達到領悟的境界：

　　汝所自為詩文，但是寫得出耳，精實則未。然此不可急求，深讀久
　　為，自有悟入。若只是如此，卻只在尋常境界。（〈與石甫姪孫〉，頁
　　134）

　　凡詩文事與禪家相似，須由悟入，非語言所能傳。然既悟後，則返
　　觀昔人所論文章之事，極是明了也。然悟亦無他法，熟讀精思而已。
　　（〈與石甫姪孫〉，頁 138）

此處所謂禪悟，大致是「以佛家清靜斂心的修行方法，達到一旦把握真理便能
突然覺悟的狀態」〔註34〕。姚鼐以熟讀多作相比禪悟，實有其道理。無天分的
作詩文，一方面學習需要長時間的學習，必定得靜心忍性，不可急躁。另一方
面要等待才力與文辭配合的瞬間。因此充實自我就顯得非常重要。故「熟讀多
作」就其背後意來說，是「積學用功，以俟一旦興會精神之至」〔註35〕的過程。
將重複多次看過的名篇佳句記入腦海中，就成為生命經驗的一部分，待到作詩
文時提出，便很自然地能判斷自己的文句是否為佳：

　　所寄來文字，大旨得之，而時有鈍筆、不快人意處。大抵文字須熟
　　乃妙，熟則利病自明。（〈與陳碩士〉第六十二，頁 105）

這種能辨別文字利病的境界，姚鼐認為是積學的功力至深的緣故，並常於無意
間偶遇的：

　　至其神妙之境，又須於無意中忽然遇之，非可力探。然非功力之深，
　　終身必不遇此境也。（〈與伯昂從姪孫〉，頁 129）

　　夫古人妙處不可形求，不可力取，用力精深之至，乃忽遇之。（〈與
　　惲子居〉，頁 161）

因此他鼓勵門生不必刻意求之，也不必急於求之，只要肯認真努力用功，自然
而然能夠達到上一等文字的神妙之境。

　　而與努力用功同等重要的，便是第二項強調在讀書時要「用功精專」：

〔註34〕　周中明：《姚鼐研究》（合肥：安徽大學出版社，2013 年 5 月），第十章，頁 352
　　　　～353。
〔註35〕　〔清〕姚鼐：〈與陳碩士〉第三十五篇，《惜抱軒尺牘》，頁 92。

在里中，在江寧，總不得一異才崛起者，天資卓絕固難，而用功精
專亦難也。（〈與鮑雙五〉，頁 62）

當有些門生屬於平凡的資質時，與其寄望虛無飄渺的「天資卓絕」，姚鼐選擇
對他們強調「用功精專」、「肆力於學」能克服天賦欠佳的困境。在與管同的尺
牘中，就提起創作時以「塗轍正」且「用功久」來解決「天資遜之」：

今人詩文不能追企古人，亦是天資遜之，亦是塗轍誤而用功不深也。
若塗轍既正，用功深久，於古人最上一等文字，諒不可到，其中下
之作，非不可到也。（〈與管異之〉，頁 69）

前有述姚鼐也認同「才力高下，必由天授」〔註36〕的道理同，時他也以自己為
例，認為自己在作文方面並無天分：「鼐所自歉者，正在才薄耳」〔註37〕。這
說明天賦的存在是命中注定，雖然其有無使得今人無法在詩文成就上追趕古
人，但姚鼐主張「為學非難非易，只在肯用功耳」〔註38〕，學習者若透過刻苦
耐勞，「用功深久」，即便「用功精專」是亦難也之事，也仍能趨近古人的上等
文字。

　　姚鼐提出「用功精專」時，「用功」是強調應注意讀書的環境與心境，而
「精專」則是將精神與心力聚焦在個人所選擇的領域上，心無旁騖。這兩種是
彼此相依，卻常被忽略的關鍵，同時深深影響讀書的效率。

　　以第三項「放聲讀文」來說，姚鼐注重學文章寫作或閱讀作品時「唸出來」。
在〈復汪進士輝祖書〉中，就表示自己追求文章的內容與道藝相結合有一套學
習方法：

夫古人之文，豈第文焉而已，明道義、維風俗以詔世者，君子之志，
而辭足以盡其志者，君子之文也。達其辭則道以明，昧於文則志以
晦。鼐之求此數十年矣，瞻於目，誦於口，而書於手，較其離合而
量劑其輕重多寡，朝為而夕復，捐嗜捨欲，雖蒙流俗訕笑而不恥者，
以為古人之志遠矣，苟吾得之，若坐階席而接其音貌，安得不樂而
願日與為徒也？〔註39〕

其中「瞻於目，誦於口，而書於手」猶如學習的五到：「眼到、口到、耳到、

〔註36〕〔清〕姚鼐：〈與陳碩士〉第十篇，《惜抱軒尺牘》，頁 80。
〔註37〕〔清〕姚鼐：〈與陳碩士〉第十篇，《惜抱軒尺牘》，頁 80。
〔註38〕〔清〕姚鼐：〈與方植之〉，《惜抱軒尺牘》，頁 183。
〔註39〕〔清〕姚鼐：〈復汪進士輝祖書〉，《惜抱軒詩文集》，頁 89。

手到與心到」之中的前四到。而「誦於口」則是口到與耳到的結合。口到雖然有分默讀與朗讀，但比起默讀，朗讀著重在由口唸出來使耳聽到，加強記憶中對文章的字句音節的印象。如同姚鼐於《尺牘》中言的「詩古文各要從聲音證入，不知聲音，總為門外漢耳」〔註40〕。

另外，由於「音韻的營造離不開句子平仄的協調、長短的搭配、俳偶與散行的兼用等」〔註41〕，因此從「聲音證入」，除了藉由耳朵通向大腦來加強印象外，另外一層意涵即是在朗讀的過程中，一方面讀出作者為文章所作的精心安排，進而瞭解好的文章是如何創作的，另一方面「檢驗文章節奏是否流暢，音韻是否和諧」〔註42〕。如同方東樹在〈書〈惜抱先生墓誌〉後〉所說的：

> 夫學者欲學古人之文，必先在精誦，沉潛反復，諷玩之深且久，闇通其氣於運思置詞、迎拒措注之會，然後其自為之以成其辭也，自然嚴而法，達而臧；不則心與古不相習，則往往高下短長，齟齬而不合；此雖致功淺末之務，非為文之本，然古人之所以名當世而垂為後世法，其畢生得力，深苦微妙而不能以語人者，實在於此。〔註43〕

此段彷若姚鼐所言，其中「必先在精誦」似繼承其聲音觀念。雖然姚鼐並未明說先後順序，但學習從聲音證入仍是寫作文章前的要事。姚鼐認為，誦讀有分為疾讀與緩讀兩種方式，並強調只默讀終不能成文章大事：

> 大抵學古文者，必要放聲疾讀，又緩讀，祇久之自悟。若但能默看，即終身作外行也。（〈與陳碩士〉第三十七篇，頁94）

之後又補充疾讀與緩讀之別：

> 所寄來詩文，皆有可觀，文韻致好。但說到中間，忽有滯鈍處，此乃是讀古人文不熟。急讀以求其體勢，緩讀以求其神味。得彼之長，悟吾之短，自有進也。（〈與陳碩士〉第四十二篇，頁96）

在讀古人的文章，先以急速的閱讀來約略掌握文章的主題與架構，進而瞭解文

〔註40〕〔清〕姚鼐：〈題鹿源地圖〉第七篇，《惜抱軒尺牘》，頁120。

〔註41〕鄧心強，史修永著：《桐城派文體學研究》（合肥：安徽大學出版社，2012年9月），第一章，頁107。

〔註42〕任雪山：《桐城派文論的現代回響》（合肥：安徽大學出版社，2015年10月），第六章，頁225。

〔註43〕〔清〕方東樹撰；舒蕪等編選：〈書惜抱先生墓誌後〉，《近代文論選》（上冊）（北京：人民文學出版社，1999年1月），頁41。

章的氣勢與脈絡，後再以慢讀來細細品嘗作者深埋於其中的精神與韻味，遂能學習精雕細琢、用心深意之處。如此反覆，就能很自然發現古人的長處，並藉以改善自己的短處。

（三）識

前述曾提過姚鼐的學術態度有一項為「多聞，擇善而從」與「博聞彊識」。這項態度同樣也運用在學作詩文之前。在與陳用光的尺牘中，就提起泛讀來增廣見聞的重要：

> 凡學詩文之事，觀覽不可以不汎博。（〈題鹿源地圖〉第八篇，頁 121）

觀覽汎博，其理如同《文心雕龍》所言的「凡操千曲而後曉聲，觀千劍而後識器；故圓照之象，務先博觀」〔註44〕。但姚鼐認為「若其熟讀精思效法者，則欲其少，不欲其多」〔註45〕，是指效法對象的作品在精不在多。因此姚鼐認為的觀覽汎博並非指「作詩文時」參考、模仿多家作品，而是在「作詩文前」藉由廣泛的閱讀來找出自己適合與效法的參考對象。是以他說的「詩古文舉業，當以性情所近，專治一途。一時欲其兼善，安有是邪？」〔註46〕也是同樣的道理，同時學習多家，風格不同，難以統一，非天才難能為之，應先觀覽汎博後再擇一家。

而觀覽汎博的方式，姚鼐提出三種參考：一是閱讀經書，二是選讀選本，三是多看古人之作。以第一項來說，閱讀經書是一種接受與自我提升的過程，不需講求天分，亦不像創作時要「枯索等題」，思考文學形式與心境或思緒的結合，甚至以此投入科舉仕宦，以至於「勞心生病」。在與陳用光的尺牘中就提過：

> 當今時事艱難，士大夫惟有痛自刻苦而已。經學用功，誠為要務。
> 竊謂學者，以潛心玩索，令胷中有浸潤深厚之味，不須急急於著述，
> 斯為最善學也。（〈題鹿源地圖〉第九篇，頁 122）

姚鼐認為，讀經是讀書的首要步驟，專注於「趣於經義明而已，而不必為己名」〔註47〕，理解經書中聖人傳承的道理，則能「寡欲少嗔貪」、心靈「清淨空明」

〔註44〕〔南朝梁〕劉勰著；王更生注譯：《文心雕龍讀本·知音》（下冊）（臺北：文史哲出版社，2004 年 10 月），頁 352。
〔註45〕〔清〕姚鼐：〈題鹿源地圖〉第八篇，《惜抱軒尺牘》，頁 121。
〔註46〕〔清〕姚鼐：〈與陳碩士〉第七篇，《惜抱軒尺牘》，頁 78。
〔註47〕〔清〕姚鼐：〈復孔撝約論祫祭文〉，《惜抱軒詩文集》，頁 93。

以及「令胷中有浸潤深厚之味」，更優先於立功與立言，創作反倒是其次。而藉由經書來作時文，求取功名利祿，「期異於人以為己名者」，是「皆陋儒也」〔註48〕。讀經書的重要，可遠出「舉人、進士之上乎」。

另外，經書雖然能「洞性靈之奧區，極文章之骨髓者也」〔註49〕，但畢竟去聖久遠，日後「儒者論經之說，紛然未衷於一」〔註50〕，解釋經書的傳注又是汗牛充棟。因此慎擇經書的傳注，就是另一項讀經書的重點。

姚鼐認為，宋儒的經傳注疏是歷代注經的榜樣，對於文人從事學問有很大的幫助。他在〈復賈良山〉中對宋儒的注經有很高的評價：

> 近時文體，壞敝日甚，士習詭陂因之。如閣下讀宋賢之書，融洽貫穿，以施於文，殆孔子所云「辭達」者。以當衡士之任，必能釐正偽體，有俾於教化，惜尚未見任也。閣下亦自信所執待之，終有光於斯世而已。僕何能為益於閣下哉？聊識所見於所著前，未知當不？
>
> （〈復賈良山〉，頁30）

此處的「文體」，指的是乾嘉學者以考據經書的形式作的八股文章。在本章的第一節曾提過，乾嘉學者在形式上作「瑣碎而不識事之大小」〔註51〕之文，導致內容「無有精求義理者」〔註52〕的弊病，總歸原因，在於乾嘉學者的師法傳承與摒棄宋儒學說。而在這裡，尤針對後者來說。

姚鼐之所以看重而選擇宋儒所注之書，是因其「有益於吾身心也」〔註53〕。專注於聖賢義理，能夠使讀者「釐正偽體，有俾於教化」，進而「融洽貫穿」文字考據，若再結合文學藝術，就可完成「辭達而已矣」〔註54〕的理想。這方面是乾嘉學者「以搜殘舉碎，人所少見者為功，其為玩物不彌甚邪」〔註55〕的考據為主的文章作法，反而造成玩物喪志的後果所達不到的。因此在姚鼐的理想中，宋儒所注之書，可謂是必讀經典的一種，既在聖賢與自身之間構建橋梁，

〔註48〕 此兩句出自〔清〕姚鼐：〈復孔撝約論禘祭文〉，《惜抱軒詩文集》，頁93。
〔註49〕 〔南朝梁〕劉勰著；王更生注譯：《文心雕龍讀本‧宗經》（上冊）（臺北：文史哲出版社，2004年10月），頁33。
〔註50〕 〔清〕姚鼐：〈復孔撝約論禘祭文〉，《惜抱軒詩文集》，頁91。
〔註51〕 〔清〕姚鼐：〈與陳碩士〉第五十四篇，《惜抱軒尺牘》，頁101。
〔註52〕 〔清〕姚鼐：〈題鹿源地圖〉第十六篇，《惜抱軒尺牘》，頁125。
〔註53〕 〔清〕姚鼐：〈與陳碩士〉第五十四篇，《惜抱軒尺牘》，頁101。
〔註54〕 〔南宋〕朱熹著；曹美秀校對：《論語集注》，《四書章句集注》（臺北：大安出版社，2014年12月第十六刷），頁236。
〔註55〕 〔清〕姚鼐：〈與陳碩士〉第五十四篇，《惜抱軒尺牘》，頁101。

又能提升自己的學問能力。

　　第二項為用選本來學作詩文。關於選本的價值意義，學者方志紅即指出：「『選』是一種強烈的主體行為，選家所選的雖是古人詩文，實卻是『借古人的文章，寓自己的意見』」〔註56〕，「選者選編一些世所公認的佳作，其目的更多地是為創作者提供可以仿效的範本」〔註57〕。因此好的選本一來有便於讀書、創作，二來不用擔心所選之作是碌碌無聞。

　　姚鼐在《尺牘》中認為選本對學習詩文的幫助甚大。例如他對自己的古文選本《古文辭類纂》與詩選《五七言今體詩鈔》頗有自信，認為這二本在作詩文前的內容涵養能正人視聽，使讀者從善如流，因此鼓勵門生多多參閱：

> 有志為古文，甚善。鼐有《古文辭類纂》，石士編修處有鈔本，借閱之，便可知門逕。（〈與張梧岡〉，頁 35）

> 此後但就愚《今體詩鈔》，更追求古人佳處，時以己作與相比較，自日見增長。（〈與伯昂從姪孫〉，頁 132）

甚至自陳在書院時也將選本用於作詩教學：

> 吾向教後學學詩，只用王阮亭《五七言古詩鈔》，今以加於賢，卻猶未當。蓋阮亭詩法，五言只以謝宣城為宗，七古只以東坡為宗。賢今所宗，當正以李、杜耳，越過阮亭一層。然王所選，亦不可不看，以廣其趣。（〈與管異之〉，頁 66～67）

雖然姚鼐認為王士禎的選本「取徑太窄，不能僅以謝靈運及蘇軾為宗而應當宗法李、杜，兼取王、孟、高、岑」〔註58〕，因而對管同作詩的幫助不大，但認同其所選不能不讀，可用來增廣見聞。實際上單一選本很難達到「兼收古人之具美」〔註59〕，但透過參照不同的選本，能互相補充對方所未選的篇章，一方面「以廣其趣」，另一方面可以避免了一本選本的主觀審美選擇上的盲點。

　　第三項為主張學習作詩文前從古人入手。在《古文辭類纂》序中就明白

〔註56〕方志紅：〈選本批評：中國文學理論批評方法之一〉，《綿陽師範學院學報》第27 卷第 12 期（2008 年 12 月），頁 31。

〔註57〕方志紅：〈選本批評：中國文學理論批評方法之一〉，《綿陽師範學院學報》第27 卷第 12 期（2008 年 12 月），頁 32。

〔註58〕盧坡：《桐城派尺牘研究——以姚鼐與弟子交往為中心》（蕪湖：安徽師範大學中文系博士學位論文，2015 年 4 月），第三章第二節，頁 75。

〔註59〕〔清〕姚鼐：〈與陳碩士〉第八十七篇，《惜抱軒尺牘》，頁 115。

主張：

> 學者之於古人，必始而遇其粗，中而遇其精，終則御其精者而遺其
> 粗者。〔註60〕

且相似的論述時常在《尺牘》中出現，例如建議門生或對方作詩文前多看古人之作：

> 欲作古文，鼐何足資問。韓、李以來，諸賢論文之語具在，取師之，
> 彼必不為欺人語也。用功之始，熟讀古人之作而已，豈復有異術哉？
> （〈與鮑雙五〉，頁 59～60）

可見姚鼐極度推崇古人之作，他深感多看可以解決許多作詩文時的癥結。例如透過比較古人之作可以更透徹自己斟酌的文句時的考量：

> 夫學文者利病短長，下筆時必自知之；更取以與所讀古人文較量，
> 得失使無不明了。充其得而救其失，可入古人之室矣。（〈與魯賓之〉，
> 頁 36）

又如對文句的節奏音韻：

> 所寄來詩文，皆有可觀。文韻致好，但說到中間，忽有滯鈍處，此
> 乃是讀古人文不熟。（〈與陳碩士〉第四十二篇，頁 96）

又如對文句的繁蕪刪節：

> 此番寄來文字，勝於已前所寄，足見功力精進也。字句微繁處，已
> 為刪節。大抵作文，須見古人簡質，惜墨如金處也。（〈與陳碩士〉
> 第五十八篇，頁 103）

又或是欲得筆勢氣力的痛快：

> 欲得筆勢痛快，一在力學古人，一在涵養胸趣。（〈與陳碩士〉第四
> 篇，頁 76）

經典的作品，往往「有一定之法，有無定之法。有定者所以為嚴整也，無定者所以為縱橫變化也」〔註61〕。是以能提供讀者許多詩文創作技巧。

雖然姚鼐並未在《尺牘》中詳述這些「古人之作」究竟為何人何作，但從其中仍可以歸納出姚鼐認同的對象。首先，姚鼐並不主張只學一位古人，而是多位古人以期融貫古今。在他與鮑桂星的尺牘中就傳遞這樣的理想：

〔註60〕〔清〕姚鼐輯；王文濡評註：〈古文辭類纂序〉，《大字本評註古文辭類纂》（上
冊）（臺北：華正書局，2000 年 8 月），頁 31。
〔註61〕〔清〕姚鼐：〈與張阮林〉，《惜抱軒尺牘》，頁 49。

見譽拙集太過，豈所敢承，然鎔鑄唐、宋，則固是僕平生論詩宗旨耳。（〈與鮑雙五〉，頁 59）

又每一個時代都有各自獨特的風格，如「唐詩以韻勝，故渾雅，而貴蘊藉空靈；宋詩以意勝，故精能，而貴深析透闢」〔註62〕，若只專學一家，既難以觸類旁通，也無法擴大視野，眼界亦受限，如此自與姚鼐論詩宗旨與理想有距離。

其次，據筆者統計，《尺牘》中姚鼐時常提起的歷代作家，依朝代分有漢代的司馬遷、唐代的韓愈、杜甫、宋代的蘇軾、歐陽修以及明代的歸有光〔註63〕。姚鼐常援引這些古人為鼓勵門生或對方之為文素養，可見他對傳統古文家一脈相承的傾慕：

文一首，亦只是尋常文境。文之出奇怪，惟功深以待其自至。卻又須常將太史公、韓公境懸置胸中，則筆端自與尋常境界漸遠也。（〈與陳碩士〉第六十四篇，頁 106）

在文方面，姚鼐最積極推崇韓愈文，在詩方面則是以杜甫為冠冕，並期待自身詩文創作的成就能接近他們：

將動身來時，將兩兒分撥，意欲自是更不問家事，亦不讀書作文，但以微明自照，了當此心而已。學如康成，文如退之，詩如子美，只是為人之事，於吾何有哉？（〈與胡雒君〉，頁 41）

甚至告訴姚元之學習古體詩的觀覽古人之作的順序應先從韓愈為起點，上溯杜甫，下探蘇軾：

至古體詩，須先讀昌黎，然後上溯杜公，下採東坡，於此三家得門逕尋入，於中貫通變化，又繫各人天分。（〈與伯昂從姪孫〉，頁 132～133）

《尺牘》中這些揄揚之語，除了意在給予通信對象一個明確的寫作詩文前的閱讀參考對象之外，亦是建議，只要尋出他們作品中的門徑，在之後的創作過程便能得到「古人佳處」〔註64〕，並提供一個具體而偉大的學習目標。

另外，也能從姚鼐在《尺牘》中提到的二本選本《古文辭類纂》與《五七言今體詩鈔》來多識「古人」之一二。《古文辭類纂》為姚鼐在書院教授學徒

〔註62〕繆鉞：《詩詞散論》（臺北：臺灣開明書局，1977 年 2 月六版），頁 17。
〔註63〕詳見附錄
〔註64〕〔清〕姚鼐：〈與伯昂從姪孫〉，《惜抱軒尺牘》，頁 132。

古文法的教材，雖然為上課用書，但在理想上仍意圖做到「夫文無所謂古今也，惟其當而已」〔註65〕的「其為道也一」〔註66〕之古今合一的理想。他在《尺牘》宣傳此書，並帶遺憾與期待的說：

> 鼐纂錄古人文字七十餘卷，曰《古文辭類纂》，似於文章一事，有所發明。恨未有力，即與刊刻，以遺學者。（〈與孔撝約〉，頁52）

謝嘉文對此句的複雜情感有解釋：

> 姚鼐「恨未有力，即與刊刻」，以造福更多學生；姚鼐既以「恨」如此強烈字眼表達，不僅強調這是自己在古文上「有所發明」，是獨到特別的見解，有別於時下的「俗學」，並有意將其古文之法傳遞下去，似有垂統之意，是以循循善誘，告誡學生不用等待「刊刻」，有鈔本，可「借閱」此書，以便瞭解做文章的途徑、方法與竅門。〔註67〕

因此在「有意將其古文之法傳遞下去」的教學目標下的選文眼光，便是「不論就時代、作家與體裁而言，姚鼐收錄唐宋八大家古文作品最多；再者，不論就作家與體裁而言，韓愈的作品又最受親賴，再則歐陽修之作」〔註68〕，除了表現他對唐宋八家的推崇，實際上也是將所選的古文家包孕在《尺牘》或文集中反覆提起的「古人」的意味裡。

　　而以《五七言今體詩鈔》來說，是姚鼐在閱讀王士禛的《古詩鈔》後，認為只選古詩有所偏失，因此以己意自選編輯的書院教材：

> 吾觀漁洋所取舍，亦時有不盡當吾心者，要其大體雅正，足以維持詩學，導啟後進，則亦足矣。其小小異同嗜好之情，雖公者不能無偏也。今吾亦自奮室中之說，前未必盡合於漁洋，後未必盡當於學

〔註65〕　〔清〕姚鼐輯；王文濡評註：〈古文辭類纂序〉，《大字本評註古文辭類纂》（上冊）（臺北：華正書局，2000年8月），頁3。

〔註66〕　〔清〕姚鼐輯；王文濡評註：〈古文辭類纂序〉，《大字本評註古文辭類纂》（上冊）（臺北：華正書局，2000年8月），頁3。

〔註67〕　謝嘉文：《「穿戴腳鐐」與「掙脫腳鐐」的舞者之舞──姚鼐《古文辭類纂》與曾國藩《經史百家雜鈔》選文研究》（新竹：國立清華大學中國文學系博士學位論文，2010年7月），第二章第二節，頁54。

〔註68〕　謝嘉文：《「穿戴腳鐐」與「掙脫腳鐐」的舞者之舞──姚鼐《古文辭類纂》與曾國藩《經史百家雜鈔》選文研究》（新竹：國立清華大學中國文學系博士學位論文，2010年7月），第二章第二節，頁51。另外，關於《古文辭類纂》中所收的選文數量、種類與分類，謝嘉文先生已在論文中作詳盡的表格介紹，詳見論文第50頁。

　　者，然而存古人之正軌以正雅袪邪，則吾說有必不可易者，世之君
　　子其亦以攬其大者求之。〔註69〕

可以從中發現，「姚鼐選編此書有兩個原因：一是要『補漁洋之闕編』，二是
糾正當時詩壇『今體』創作中的『訛謬』，力倡『風雅之道』」〔註70〕。同時，
加上他主張的「鎔鑄唐、宋，則固是僕平生論詩宗旨耳」〔註71〕之詩學主張，
使他所選的詩人〔註72〕，「主要是五、七言律體都推崇杜甫為最高典律，古
今無雙。而後分體立名家：五律以王、孟最得禪趣高妙，太白獨成仙境；七
律則以王維獨冠盛唐，蘇軾、陸游繼起於兩宋」〔註73〕的橫跨唐宋，以及在
所選之詩的詩風上「大體雅正」且「不著纖毫俗氣」〔註74〕，在《尺牘》中
就直言摒棄「大歷、貞元時期的五律，也以元稹、白居易等家的長律精警不
足而不取」〔註75〕：

　　《五七言今體詩鈔》，新刻本頗佳。今以一部奉寄，吾意以俗體詩之
　　陋，鈔此為學者正路耳。使學者誦之，縱不能盡上口，然必能及其
　　半，乃可言學。（〈與陳碩士〉第八十篇，頁111）

因此後輩門生們若能多看此選本，向所選中的詩人與詩作多多學習，就能「維
持詩學，導啟後進」，使雅正的詩學連綿不絕。

　　故《五七言今體詩鈔》所列舉的古典詩人，也同《古文辭類纂》的情況一
樣，看似與在《尺牘》不時提起的「古人」不謀而合，但實際上是姚鼐「多識」、
「觀覽汎博」之觀念的對象。同時，將此觀念貫徹在兩本選本裡，也可見姚鼐
對自己與對《尺牘》中的對象從一而終的態度。

　　最後，姚鼐提起研讀時，必須注意閱讀書籍的順序，以重要、經典的作品

〔註69〕〔清〕姚鼐：〈五七言今體詩鈔序目〉，詳見〔清〕姚鼐選；〔清〕方東樹評；
　　　　汪中編：《方東樹評今體詩鈔》（臺北：聯經出版，1975年5月），頁1。
〔註70〕李圈圈：《姚鼐《五七言今體詩鈔》研究》（南京：南京師範大學文學院碩士學
　　　　位論文，2011年5月），第一章第三節，頁8。
〔註71〕〔清〕姚鼐：〈與鮑雙五〉，《惜抱軒尺牘》，頁59。
〔註72〕李圈圈對姚鼐《五七言今體詩鈔》作過所選詩人的統計，詳見李圈圈：《姚
　　　　鼐《五七言今體詩鈔》研究》（南京：南京師範大學文學院碩士學位論文，
　　　　2011年5月），第二章第二節，頁15～16。
〔註73〕楊淑華：〈中國傳統詩選集的「典律」交替：以《古詩選》為探討核心〉，《臺
　　　　中師院學報》第17卷2期（2003年12月），頁161。
〔註74〕〔清〕姚鼐：〈與伯昂從姪孫〉，《惜抱軒尺牘》，頁128。
〔註75〕楊淑華：〈中國傳統詩選集的「典律」交替：以《古詩選》為探討核心〉，《臺
　　　　中師院學報》第17卷2期（2003年12月），頁161。

為先,次要的作品在後。在與陳用光的尺牘中就針對此項表述:

> 石士前書中云,近讀《晉書》,鼐以謂非也,謂史惟兩漢最要,次當
> 便及《資治通鑑》,《晉書》當又在所緩。韓子曰「非三代兩漢之書
> 不敢觀」,此語於初學要為有益,不可反嫌其隘也。(〈與陳碩士〉第
> 九篇,頁 79)

雖然此處所談為史學,但在讀書的高層次來看道理亦同。姚鼐得知陳用光正鑽
研史學,卻選擇先從次要的《晉書》入手時,給予「謂史惟兩漢最要」的為學
建議。而所謂的兩漢,指的即是《史記》與《漢書》。姚鼐對這二部史學作品
推崇備至,曾在鄉試的策問裡言:

> 史家之體多矣,而紀傳之敘載為詳。為紀傳者亦多矣,而司馬遷、
> 班固為首。故言史法者,宗《史》、《漢》而已。〔註76〕

以及〈滇繫序〉言:

> 方志為史家之一體,非其史才者,為之不能善也。昔司馬子長以父
> 子繼為史官,而成《太史公書》。然其後班彪即仕為縣長令,而首為
> 《漢書》,世推良史,何嘗以其職哉?自是之後,居史職者,往往屬
> 諸上車不落之才,而具史才者,不得居其職,是亦多矣。〔註77〕

是以姚鼐認為,在史學的領域中,司馬遷與班固以良史之才完成的《史記》與
《漢書》無疑是史家「經典」。因此姚鼐藉韓愈「非三代兩漢之書不敢觀」之
言來闡述,比起《晉書》,研讀史學應先從《史記》與《漢書》入手,學習其
中「善敘史事若太史公、班固」〔註78〕的春秋大義與筆法,才是學史與讀書的
正確順序。

第二節 創作論

姚鼐對創作的理解,可從曾於〈與陳碩士〉中就文章批評的關注方向作一
闡述:

> 夫文章一事,而其所以為美之道非一端,命意、立格、行氣、遣詞、
> 理充於中、聲振於外,數者一有不足,則文病矣。作者每意專於所
> 求,而遺於所忽,故雖有志於學,而卒無以大過乎。(〈與陳碩士〉

〔註76〕〔清〕姚鼐:〈乾隆庚寅科湖南鄉試策問五首〉,《惜抱軒詩文集》,頁 136。
〔註77〕〔清〕姚鼐:〈滇繫序〉,《惜抱軒詩文集》,頁 254。
〔註78〕〔清〕姚鼐:〈翰林論〉,《惜抱軒詩文集》,頁 5。

第八十七篇，頁 115）

此段可謂涵盡文章創作時的各個面向，表現出姚鼐認識文章創作的基本樣貌。其中「命意、立格、行氣、遣詞、理充於中、聲振於外」六項分別指涉文章的題目、格局標準、氣度、辭句、義理與聲音節奏。因此以下將從這六個層面，分析《尺牘》中對創作的看法。

另外，創作雖然涉及文體的選擇，且姚鼐在某些層面的內容上，例如命意，是出於對文章的討論，以及部分作法如摹倣則是針對詩的探討，但實際上這六項創作的步驟與方法皆是「理」，並不因文體而有分別限制：「詩之與文，固是一理，而取逕則不同」〔註79〕。同時可以考慮，姚鼐是因為針對尺牘對象的內容的答覆，才會看似有詩文有別的差異，但在創作層面上詩文是一體的。

一、命意

創作之初，首重命意。如魏慶之在《詩人玉屑》中引范季隨的《陵陽室中語》：

> 作詩必先命意，意正則思生，然後擇韻而用，如驅奴隸；此乃以韻
> 承意，故首尾有序。〔註80〕

亦如同《文心雕龍》所言的「屬意立文，心與筆謀」〔註81〕，均認同先命意再立文。命意即定立題目，劃定範圍。詩文的題目是創作過程的核心，亦是貫通全篇的主題。既決定作者創作詩文的內容，也提供讀者思考作品的方向。其後累積字句，最終成為一篇或一首完整的作品。因此命意應為創作的第一步驟，確立主題，才能避免創作時的文章句意走偏，或內容遠離初心，無法首尾應合。這也是姚鼐將命意置於前，優先於立格的原因。

姚鼐在《尺牘》中相當看重詩文的題目，在與陳用光的尺牘中就言：

> 所寄來文二篇，不及去歲所寄者，一是胸趣不暢時所為，一是題本
> 無文字可發揮也。作文尋題目，亦是要事。（〈與陳碩士〉第六十一
> 篇，頁 105）

「亦是要事」一句，顯然姚鼐認為定立題目是創作過程中容易忽略的大事，而

〔註79〕〔清〕姚鼐：〈與王鐵夫書〉，《惜抱軒詩文集》，頁 290。

〔註80〕〔南宋〕魏慶之：《詩人玉屑》（上）（上海：上海古籍出版社，1959 年 8 月）頁 127。

〔註81〕〔南朝梁〕劉勰著；王更生注譯：《文心雕龍讀本・事類》（下冊）（臺北：文史哲出版社，2004 年 10 月），頁 169。

陳用光正好沒能注意，造成陳的作品內容無法發揮他的筆力才氣。因此，一個好的題目能引發創作者的靈感與情緒，繼而創作出好的文字：

> 石士前所寄文，俱為閱過，其間卓然精詣者，不能及半，而牽於應酬者多，大抵好文字，亦須待好題目然後發。積學用功，以俟一旦興會精神之至。雖古名家，亦不過如此而已。（〈與陳碩士〉第三十五篇，頁92）

> 得去歲九月書，及文四篇。又前寄文二篇，似皆無卓絕處，亦是無好題目也。（〈與陳碩士〉第七十一篇，頁108）

而無卓絕處的文字，亦是無好題目的帶領。由此可知，一篇文或一首詩的優劣，除了文字內容本身，題目有著領頭與導正的重要。

姚鼐在《尺牘》中提供三個定題的方法。首先，必須認清尋題非一件易事，而是要能用功與些許的天分，才能找出好題目：

> 讀書以明理，則非如做時文有口氣。枯索等題使天資魯鈍之人無從著手，以致勞心生病。（〈與師古兒〉，頁192〜193）

由於命題是作詩文的首要之事，若無法先行確定方向，題目之後的文章內容就會窒礙難行。

第二，文體的選擇會影響得到題目的難易。詩文不待言說，是為一般文人熟稔的文體，但有部分文體的題目令作者難以下筆，發揮文字才氣。如姚鼐所說：

> 昨江寧楊方伯，將石士六月二十七日託鍾駿侍郎攜來書寄至桐城，並所作文，石士意不滿所作文，是也。然文亦要好題發之，今只是壽序等題耳，固亦難得好文字矣。（〈與陳碩士〉第六十九篇，頁107）

壽序為一種祝壽對方生日的文體。歸有光〈默齋先生六十壽序〉有言：

> 吾崑山之俗，尤以生辰為重。自五十以往，始為壽每歲之生辰而行事。其於及旬也，則以為大事，親朋相戒，畢致慶賀，玉帛交錯，獻酬燕會之盛，若其禮然者，不能者以為恥。富貴之家，往往傾四方之人，又有文字以稱道其盛。考之前記，載吳中風俗，未嘗及此，不知始於何時。長老云，行之數百年，蓋至於今而益侈矣。〔註82〕

以文字稱賀其生辰、尚壽與德行，是為壽序。在姚鼐的《古文辭類纂》中，將

〔註82〕〔明〕歸有光撰：〈默齋先生六十壽序〉，《歸震川集》（臺北：世界書局，1960年11月），卷十二，頁149。

壽序歸為贈序類，表示「所以致敬愛、陳忠告之誼也」〔註83〕的情感。這類文
體的題目，往往已有制式的規則。如《古文辭類纂》中收錄歸有光的〈戴素庵
七十壽序〉、〈王母顧孺人六十壽序〉與〈顧夫人八十壽序〉，或是姚鼐自己的
文集《惜抱軒文集》所收的〈劉海峰先生八十壽序〉以及〈陳東浦方伯七十壽
序〉等等，都呈現固定的公式，難有變化。因此誠如姚鼐在〈與陳碩士〉中所
建議的，難以借由題目的新穎來表現作者的文筆。換言之，作者應將創意發揮
在詩文上，反而更有機會承載創新的思緒。

　　第三，好題目自然能引起好的文章內容，但若平凡的題目卻能有斐然成
章、餘味無窮的內容，便是個人文字的功力所在。姚鼐言：

> 所寄來文字，無甚劣亦非甚妙，蓋作文亦須好題。今石士所作之題
> 內，本無甚可說，文安得而不平也。歸震川能於不要緊之題，說不
> 要緊之語，卻自風韻疏淡，此乃是於太史公深有會處。此境又非石
> 士所易到耳。(〈與陳碩士〉第五十七篇，頁103)

姚鼐對歸有光的推崇可從《古文辭類纂》來窺探：歸有光是該選本中唯一被收
錄的明代作家，且選錄多達三十二篇作品〔註84〕，遠超過桐城三祖的方苞與劉
大櫆，其欣賞溢於言表。

　　而歸有光的散文風格，可借王錫爵〈明太僕寺寺丞歸公墓誌銘〉來瞭解概
要：

> 先生於書無所不通，然其大指，必取衷六經。而好《太史公書》，所
> 為抒寫懷抱之文，溫潤典麗，如清廟之瑟，一唱三嘆，無意於感人，
> 而歡愉慘惻之思，溢於言語之外，嗟嘆之，淫佚之，自不能已已。
> 〔註85〕

王氏把握歸有光許多特點。其中「而好《太史公書》」、「無意於感人，而歡愉
慘惻之思，溢於言語之外」與姚鼐的「能於不要緊之題，說不要緊之語，卻自
風韻疏淡」、「此乃是於太史公深有會處」相應合。歸有光的題目與文字往往記

〔註83〕〔清〕姚鼐輯；王文濡評註：〈古文辭類纂序〉，《大字本評註古文辭類纂》(上
　　　　冊)(臺北：華正書局，2000年8月)，頁15。
〔註84〕謝嘉文：《「穿戴腳鐐」與「掙脫腳鐐」的舞者之舞——姚鼐《古文辭類纂》與
　　　　曾國藩《經史百家雜鈔》選文研究》(新竹：國立清華大學中國文學系博士學
　　　　位論文，2010年7月)，第六章第一節，頁254。
〔註85〕〔明〕王錫爵撰：〈太僕寺丞熙甫歸先生墓誌銘〉，《王文肅公全集》，詳見四庫
　　　　全書存目叢書編纂委員會編：《四庫全書存目叢書集部一三六》(濟南：齊魯書
　　　　社，1997年7月)，頁361。

家庭瑣事，姚鼐注意到其筆調自然而不見雕琢，因此看似微不足道，如不要緊之題目與語句，卻能在信手拈來的平淡文字裡深埋物是人非、家庭滄桑的哀傷感。因此歸有光的文字是疏淡的，情感是充滿風韻的。有這樣的評價，自然要有十足的功力：能「遠承漢代司馬遷之文風，繼唐宋古文運動的傳統，把家庭瑣事引到古文中來，擴大散文的表現範圍。」〔註86〕而有這樣的功力，即便是不要緊的小題目，自是也能輕鬆駕馭。

因此對姚鼐來說，題目只是創作的一部分，雖然為要事，但仍不比充實個人對詩文的內涵來得重要。是以姚鼐對陳用光的言外之意，即是作者應掌握題目，而非被題目控制。唯有用功精深，才能到達揮灑自如的境界。

二、立格

立格是確立詩文的格局，而格有格調之意。當命意為詩文的內容決定方向後，作家就必須依題目考慮詩文的內容的各項作法，而這能成為讀者判別詩文品質高下的途徑。如張表臣在《珊瑚鉤詩話》中引陳師道的話：

〈冬日謁玄元皇帝廟詩〉，敘述功德，反復外意，事核而理長；〈閬中歌〉，辭致峭麗，語脈新奇，句清而體好，茲非立格之妙乎？〔註87〕

陳師道顯然認為，立格是由辭、句與語脈構成的，因此杜甫的〈閬山歌〉之妙，在於「辭致峭麗，語脈新奇，句清而體好」且缺一不可。

但實際上，確認格局的關鍵並非將文章中的辭、句、體與語脈四者獨立來看，因為不存在獨有辭或句而能成一偉大的作品之例。反而是作者隱含在四者之間互相聯動、牽扯時的規律法則，而這個規律法則，能決定四者所產生的格局之高大或低下。如姚鼐以射箭比喻之：

鼐聞今天下之善射者，其法曰：「平肩臂，正胠，腰以上直，腰以下反句磬折，支左詘右。其釋矢也，身如槁木。苟非是，不可以射。」師弟子相授受，皆若此而已。及至索倫蒙古人之射，傾首、欹肩、僂背，發則口目皆動，見者莫不笑之。然而索倫蒙古之射遠貫深而命中，世之射者常不逮也。然則射非有定法亦明矣。〔註88〕

同樣是射箭，漢人依循「平肩臂，正胠，腰以上直，腰以下反句磬折」此規律，

〔註86〕高衛紅：〈不事雕琢而字有風味——重讀歸有光〈項脊軒志〉〉，《濮陽職業技術學院學報》第21卷第4期（2008年11月），頁85。

〔註87〕〔南宋〕張表臣：《珊瑚鉤詩話》（北京：中華書局，1985年），頁14。

〔註88〕〔清〕姚鼐：〈答翁學士書〉，《惜抱軒詩文集》，頁84。

看似標準正確，但在效果上卻不比蒙古人。而蒙古人的「傾首、敧肩、僂背，發則口目皆動」為漢人所恥笑，卻在結果上優於漢人。姚鼐以此比喻文章的外在如辭、句、體與語脈等等並非文章格局的關鍵，而是隱藏在辭、句、體與語脈之下的規律與法則。

　　雖然在《尺牘》中，姚鼐沒有表述立格的境界與內涵，但有提出造就格局的方式為「才」與「法」：

> 文章之事，能運其法者才也，而極其才者法也。古人文有一定之法，有無定之法。有定者所以為嚴整也，無定者所以為縱橫變化也。二者相濟而不相妨，故善用法者，非以窘吾才，乃所以達吾才也。非思之深、故功之至者，必不能見古人縱橫變化中，所以為嚴整之理，思深功至而見之矣。而操筆而使手與吾所見相副，尚非一日之事也。
> （〈與張阮林〉，頁 49～50）

「才」為天性才能，「法」為創作之法、規則。能運用創作之法是天生才能，而創作之法能發揮並窮盡作者的才能。故作者依才而循某種法，即能使文字創造或達到某種格局。而創作之法又分定法與無定法，定法如漢人射箭，標準嚴整，無定法如蒙古人射箭，字句縱橫變化而「遠貫深而命中」。因此定法與無定法便各自立了格局：嚴整與縱橫變化。

　　在定法與無定法間，姚鼐提醒，走定法之人欲變為無定法，卻仍沿用定法手段，只會走入無法盡情揮灑筆力的窘境，格局亦小：

> 夫文章之事，欲能開新境專於正者，其境易窮，而佳處易為古人所掩。（〈與石甫姪孫〉，頁 138）

或是堅守定法而不知變通者，亦是格局小而限制多：

> 而守正不知變者，則亦不免於隘也。（〈與石甫姪孫〉，頁 138）

顯見作者不論是掌握定法或無定法，在心態與努力上都必須與時俱進，才不至於使格局落入俗套。

　　另外，在〈與張阮林〉之後所言，古人在才與法的運用上比今人更進一層，因其無定法雖然表面上看似縱橫變化，實則深藏定法的「嚴整之理」，是「善用法」與「達吾才」的極致，定法與無定法的運用自如。因此古人如此之格局，非思之深、功之至之人難以見得。亦換言之，格局的達成，無不需要作者的用功與努力，思考自己的才適合定法或無定法。雖此「非一日之事也」，但以追

求古人「其中下之作,非不可到也」〔註89〕。

三、行氣

　　確定文章的題目與格局後,即面臨文章中的文句組成。而行氣指實行氣於詩文之中。氣自《孟子》的「吾善養浩然之氣」開始,至曹丕《典論·論文》「文以氣為主,氣之清濁有體」的以氣論文便發揚光大,成為重要的品評觀念。所謂「氣」,「涵攝了具實的生理生命與抽象的精神生命」〔註90〕,是人類精神發揚於文章字句之中,使文字有如同人的生命形象。是以可以說,「氣是指作品的風貌,也兼指作家的氣質」〔註91〕。

　　姚鼐相當看重作者用氣的情形,並對氣的理解也依循這二方面。例如在《文集》中:

> 文字者,猶人之言語也,有氣以充之,則觀其文也,雖百世而後,
> 如立其人而與言於此;無氣,則積字焉而已。意與氣相御而為辭,
> 然後有聲音節奏高下抗墜之度,反復進退之態,采色之華。故聲色
> 之美,因乎意與氣而時變者也,是安得有定法哉?〔註92〕

在〈答翁學士書〉中的氣很顯然是指作者的氣質,若作者運用文字得當,能使讀其文字產生如在目前的效果。而決定文章的聲色之美,在於作者之意與作者的氣質,然而這兩者又會因時而變。另外,也有對於作品的使用:

> 余以為君之詩,君之為人也。取君詩而比之子建、淵明、李、杜、
> 韓、蘇、黃之美,則固有不逮者,而其清氣逸韻,見胸中之高亮,
> 而無世俗脂韋之概,則與古人近而於今人遠矣。〔註93〕

若在〈答翁學士書〉中姚鼐認為作者之意與氣質相御而能成辭,那在〈荷塘詩集序〉中則認為作品會是作者心中的倒影與氣質之呈現。因此姚鼐從張五典的詩作中看出「清氣逸韻」,便認同其人之氣質定是與作品之氣質相符合。從這兩則例子來看,姚鼐對氣的理解與掌握可說是相當熟稔。

〔註89〕〔清〕姚鼐:〈與管異之〉,《惜抱軒尺牘》,頁69。

〔註90〕蔡英俊:〈曹丕「典論論文」析論〉,《中外文學》第8卷第12期(1980年5月),頁135。

〔註91〕王運熙,顧易生主編:《中國文學批評史新編(上卷)》(上海:復旦大學出版社,2007年8月(2016年9月重印)),頁71。

〔註92〕〔清〕姚鼐:〈答翁學士書〉,《惜抱軒詩文集》,頁84～85。

〔註93〕〔清〕姚鼐:〈荷塘詩集序〉,《惜抱軒詩文集》,頁51。

　　雖然在《尺牘》中並未細緻討論如何以文字施行行氣，但可藉由對氣的品評，也就是姚鼐對行氣結果的評價，來窺探行氣的概念。首先，行氣的第一要點在於培養氣。內在的氣質雖然人皆有之，但若不經琢磨就無法發揮，因是與學、識一樣都需要藉由讀書來增進：

> 齊庶常至，得示書，所論讀書「多義理明，充養其氣，慎擇其辭」，此數言本末兼該，足盡文章之理。（〈與董筱槎〉，頁 31）

> 欲得筆勢痛快，一在力學古人，一在涵養胸趣。夫心靜則氣自生矣。高才用心專至如此，久當自知耳。（〈與陳碩士〉第四篇，頁 76）

第二，辨識氣的好壞差異。氣本是中性的觀念，但也因作者的性格異趣、才學識的高下之分而創作出有好壞品質的氣：

> 所示詩、筆力才氣，在今日里中無與敵者。（〈與張阮林〉，頁 50）

> 寄來文十篇，閱之極令人欣快。若以才氣論，此時殆未有出賢右者。（〈與管異之〉，頁 67）

第三，好的氣與壞的氣之中也存在不同的樣貌。在《尺牘》中姚鼐認為好的詩文能呈現奔放之氣、神氣或英氣：

> 月初，得八月內手書，兼荷佳章，及白金之餽，厚誼令人媿赧。而循讀鉅製，詞氣奔放，押彊韻如是之多，不覺艱苦，足見雄才，良為陋室之光華矣。（〈與鮑雙五〉，頁 63）

> 前月得寄書並詩，詩句格近老成，此是進步。然於古人神氣超絕轉換變化處未得也。（〈與管異之〉，頁 167）

> 前書未發，而接讀佳章。淩紙怪發，英氣勃然，正如少壯盛時，孰知為八十老翁之作哉。快甚。（〈與馬雨耕〉，頁 181）

相對而言，不好的氣則有俗氣與邪氣，創作者應極力避免之：

> 前月得寄書，並詩文，快慰不可勝。相別三年，賢乃如此進邪！古文已免俗氣，然尚未造古人妙處。若詩則竟有古人妙處，稱此為之，當為數十年中所見才儁之冠矣。（〈與管異之〉，頁 66）

> 大抵作詩古文，皆急須先辨雅俗，俗氣不除盡，則無由入門，況求妙訣之境乎？（〈與陳碩士〉第四十二篇，頁 96）

> 所作詩則不能佳，蓋緣初入手，即染邪氣，不能洗脫。雖天分好處，偶亦發露，然亦希矣。必欲學此事，非取古大家正矩潛心一番，不

能有所成就。(〈與伯昂從姪孫〉,頁 128～129)

有些特殊的氣處在正邪的規律之外,須以個殊的方式處理。如應收斂鋒芒的陵屬之氣與應走沉穩步驟的魔氣:

> 承示古文佳甚,其氣陵屬無前,雖極能文之士,當避其鋒也。矧衰憊如鼐者乎?(〈與魯賓之〉,頁 36)

> 古體伯昂尤有魔氣,就其才所近,可先讀阮亭所選古詩內昌黎詩讀之,然後上溯子美下及子瞻,庶不至如游騎之無歸耳。(〈與伯昂從姪孫〉,頁 129)

總而言之,氣雖然能決定文章是否有生命力,但另一方面其呈現出來的樣貌也決定這生命力朝向的方向。

最後,氣不只能表現某種形象,既然是源自於作者內心而從作品中散發出來,姚鼐認為決定這些氣的形象以及優劣的關鍵因素,在於隱含在文句中的氣能否暢懷的表現出氣的流動貌。因此在評陳用光的詩作時,姚鼐就言:

> 寄來數詩改本,大勝於前,其〈述夢〉作亦佳甚,氣流轉而語圓美,此便是心地空明處所得,由是造古人不難。(〈與陳碩士〉第四篇,頁 76)

姚鼐認為〈述夢〉一詩,其佳處正在「氣流轉而語圓美」。而此句正是一閱讀經驗,同時也是氣的感受經驗的完整過程,首先,姚鼐所感受到這首詩的第一印象是氣的流動,因而省思流動的生成。第二是發現造成氣的流動轉圜的原因在於語言用字的圓熟完美,每字每句的承接串通一氣。第三是氣與語句的嫻熟使用皆來自心境的澄淨空明。若非作者長時間的修心靜養,便難以達到此境。亦正符合姚鼐多次提醒與鼓勵陳用光應「願石士勉力修心,文章猶是餘事耳」〔註94〕、「石士於應務紛冗中,嘗使此心澂空,甚佳甚佳」〔註95〕的緣故。

另外,姚鼐亦提醒繁冗蕪雜的文字會影響氣的流動:

> 石士誌文可用,微繁耳。必欲簡峻,莫若更讀荊公所為,則筆間自有裁製矣。敘事之文,為繁冗所累,則氣不能流行自在,此不可不知也。(〈與陳碩士〉第六十八篇,頁 107)

繁複過度易造成堆疊矯造,對於一件事物的描述難以連貫,因此氣則不易流動。如同姚鼐評考證文的「至繁碎繳繞,而語不可了當,以為文之至美,而反

〔註94〕 〔清〕姚鼐:〈與陳碩士〉第七十一篇,《惜抱軒尺牘》,頁 108。
〔註95〕 〔清〕姚鼐:〈題鹿源地圖〉第十篇,《惜抱軒尺牘》,頁 126。

以為病者」〔註96〕。因此唯有先使語句簡潔，內容精確，才能使「氣加開爽，詞簡而達矣」〔註97〕。

四、遣詞

遣詞，即寫作詩文中斟酌的詞彙語句。對詞的看法，可在上述「行氣」一節中，曾引姚鼐〈答翁學士書〉一段來理解：

> 意與氣相御而為辭，然後有聲音節奏高下抗墜之度，反復進退之態，采色之華。故聲色之美，因乎意與氣而時變者也，是安得有定法哉？
> 〔註98〕

詞的積累能成句，句的編排能成章。而句式的節奏高下為聲，詞的反復進退之態能成色。因此如姚鼐自己所言的「文章之精妙，不出字句聲色之間。捨此便無可窺尋矣」〔註99〕。正因遣詞為文章的關鍵，是以詞必然得作者用心經營，否則難以達到精妙之境。另外，在《尺牘》中，姚鼐也曾引韓愈、齊梅麓之言來告誡弟子：

> 頃寄〈與小峴書〉及〈山木誌文書後〉皆佳也。然有未調適處，故為竄改。昌黎云「詞不足，不可以成文」，理是而詞未諧，故是病也。
> （〈與陳碩士〉第四十四篇，頁 97）

> 齊庶常至，得示書，所論讀書「多義理明，充養其氣，慎擇其辭」，此數言本末兼該，足盡文章之理。（〈與董筱槎〉，頁 31）

「詞不足，不可以成文」、「慎擇其詞」二句能見姚鼐對遣詞的慎重心態。

而學習如何遣詞，亦如做學問一樣，從多識開始。姚鼐在《尺牘》中提供的遣詞學習，主要從學習古人入手，而入手的方法為摹倣古人之作，熟練之後，再從古人的遣詞用字中脫化為自己的文字。

摹倣為寫作遣詞的基本手法，優點「能取異己者之長而時濟之」、內省自己「能避所短而不犯」〔註100〕。而對姚鼐來說，摹倣古人之作對學習者、創

〔註96〕〔清〕姚鼐：〈述庵文鈔序〉，《惜抱軒詩文集》，頁 61。
〔註97〕〔清〕姚鼐：〈與陳碩士〉第五十六篇，《惜抱軒尺牘》，頁 102。
〔註98〕〔清〕姚鼐：〈答翁學士書〉，《惜抱軒詩文集》，頁 84～85。
〔註99〕〔清〕姚鼐：〈與石甫姪孫〉，《惜抱軒尺牘》，頁 134。
〔註100〕此二句出自姚鼐〈復魯絜非書〉：「夫論文者，豈異於是乎？宋朝歐陽、曾公之文，其才皆偏於柔之美者也。歐公能取異己者之長而時濟之，曾公能避所短而不犯，觀先生之文，殆近於二公焉。」詳見〔清〕姚鼐：〈復魯絜非書〉，《惜抱軒詩文集》，頁 84～94。

作者來說是最為便捷與易於上手，是以「其編纂《古文辭類纂》是為了『指導』學生寫作，這是『一種具體的標本示範』，『幫助』學生揣摩、模倣古文，因此『流傳』廣大，『效果』更甚於一切」〔註101〕。

　　但另一方面，純粹的摹倣而不深化轉出，只徒為依樣畫葫蘆，則所謂「單就摹擬而為文，則為世俗之文字，沒有存在的價值」〔註102〕。姚鼐在序中便意識到這情況：

> 文士之效法古人莫善於退之，盡變古人之形貌，雖有摹擬，不可得而尋其跡也。其他雖工於學古而跡不能忘，揚子雲、柳子厚於斯蓋尤甚焉，以其形貌之過於似古人也。而遽擯之，謂不足與於文章之事，則過矣。然遂謂非學者之一病，則不可也。〔註103〕

摹倣的境界在於「盡變古人之形貌」而到達「不可得而尋其跡也」，但過於摹倣古人用詞是為學者之病，如揚雄、柳宗元為例。因此姚鼐在《尺牘》中提供二個更為細緻的摹倣步驟，以避免過度摹倣、只摹擬遣詞或無法脫化為「辭必己出」的情況發生。

　　第一，在觀念上，姚鼐認為摹倣是為創作過程的一部分，不可率意忽略。因此創作時當首重擇辭，摹倣時應先專精集中於一家，摹倣到其中神髓後，再換另一家：

> 來書云，欲於古人詩中尋究有得，然後作詩。此意極是。近人每云，作詩不可摹擬，此似高而實欺人之言也。學詩文不摹擬，何由得入？須專摹擬一家，已得似後，再易一家。如是數番之後，自能鎔鑄古人，自成一體。若初學未能逼似，先求脫化，必全無成就。譬如學字而不臨帖，可乎？（〈與伯昂從姪孫〉，頁129）

循此步驟而漸進，就能從作品的用字遣詞進入其中的精神與氣質，同時「常將太史公、韓公境懸置胸中，則筆端自與尋常境界漸遠也」〔註104〕，用字遣詞便能脫離平凡，「自能鎔鑄古人」於心中，再經過個人的沉潛與「脫化」，終能

〔註101〕謝嘉文：《「穿戴腳鐐」與「掙脫腳鐐」的舞者之舞──姚鼐《古文辭類纂》與曾國藩《經史百家雜鈔》選文研究》（新竹：國立清華大學中國文學系博士學位論文，2010年7月），第一章第一節，頁2。

〔註102〕陳桂雲：《清代桐城派古文之研究》（臺北：中國文化大學文學院中國文學研究所博士學位論文，2010年6月），第二章第三節，頁114。

〔註103〕〔清〕姚鼐輯；王文濡評註：〈古文辭類纂序〉，《大字本評註古文辭類纂》（上冊）（臺北：華正書局，2000年8月），頁31。

〔註104〕〔清〕姚鼐：〈與陳碩士〉第六十四篇，《惜抱軒尺牘》，頁106。

自成一家。若無法於初學中得古人用字神髓，則可先從摹倣遣辭時以自身的創意求變化，累積成就感，建立作詩文的信心，久了自有造化及突破。

　　第二，姚鼐曾言「塗轍既正，用功深久，於古人最上一等文字，諒不可到，其中下之作，非不可到也」〔註105〕，因此摹倣同樣也須尋正確途徑與對象，而不可囫圇吞棗或走旁門左道。正途即如上述「觀覽汎博」之捷徑。而誤途則是在《尺牘》中提到盲信近人的謬論邪說，遂造成錯選或疏漏摹倣對象。姚鼐舉例言：

> 多作詩大佳，聽覃谿之論，須善擇之。吾以謂學詩，不經明李、何、王、李路人，終不深入。而近人為紅豆老人所誤，隨聲詆明賢，乃是愚且妄耳。覃谿先生正有此病，不可信之也。（〈題鹿源地圖〉第七篇，頁120）

> 近世人習聞錢受之偏論，輕識明人之摹倣，文不經摹倣，亦安能脫化？（〈與管異之〉，頁69）

姚鼐不滿錢謙益之說，主張摹倣前七子等明朝詩人方為學詩正途，一方面明清兩代相近，在用字遣詞上差異不大，另一方面摹倣亦是學詩文一途，沒有摹倣，就難以脫化，形成獨創。

　　上述《尺牘》中提起的前七子正以「文必秦漢，詩必盛唐」為復古的大纛，並實踐在創作當中。而復古與摹倣實有部分的交集。因此創作者摹倣前人時，若多看前人摹倣古人之遣辭，就能從中清楚知曉摹倣的方法，學習其中的優點，避開缺點：

> 觀古人之學前古，摹倣而渾妙者，自可法；摹倣而鈍滯者，自可棄。
> 雖揚子雲亦當以此義裁之，豈但明賢哉？（〈與管異之〉，頁69）

因此觀古人之學前古之遣辭，顯然為姚鼐認可的一條便捷且聰慧的途徑。既加快學習與摹倣的速度，又能從中加深摹倣的技巧，察其渾妙而摹法之。

　　在《尺牘》中對遣詞的方法雖僅提到摹倣一途，但其中的深意與事項對創作者而言有諸多幫助。同時，相較於立格與行氣等創作事項來說，此法更為實際具體，容易實踐。

五、理充於中

　　遣詞之後，即要注重詞句承載的道理內涵。「理」之一字可以有許多意思，

〔註105〕〔清〕姚鼐：〈與管異之〉，《惜抱軒尺牘》，頁69。

如近人張靜二先生為求全面，以考《惜抱軒全集》的理字組合，尋出「性理」、「條理」、「文理」、「道理」與「源理」等等。但認為若姚鼐將「理」用於創作時，應為「形而上的，是創作之本、創作活動的規律、作品的源頭和主宰，先於作品存在，而又存在於作品之中」〔註106〕的概念。這種形而上的概念，可以將其設想為：「理」是個人意於文章中所傳達的思想。而「充於中」，顯然是文字與理的相符應。因此當姚鼐提出創作應「理充於中」時，不僅是注重「文理、脈理」，更要能「文章脈理通和，調理明晰」〔註107〕、「陳理義必明當，布置取舍、繁簡廉肉不失法，吐辭雅馴不蕪而已」〔註108〕的文與理能二重和諧。

　　而姚鼐對理用於創作的看法，有如在《古文辭類纂》序中的為文八要：「神、理、氣、味、格、律、聲、色」即將「理」字位排第二，僅次於首要的「神」之後，可見其重要。又如在〈稼門集序〉中言：

> 天下所謂文者，皆人之言，書之紙上者爾。言何既有美惡，當乎理，切乎事者，言之美也。今世士之讀書者，第求為文士，而古人有言曰：「一為文士，則不足觀。」夫靡精神銷日月以求為不足觀之人，不亦惜乎！徒為文而無當乎理與事者，是為不足觀之文爾。〔註109〕

姚鼐批判當時世人雖然菲薄文章的內涵與載道功能，只追求華辭美句，卻樂此不疲而情願「靡精神銷日月」。但姚鼐認為，文章之言無分美惡，反而是重在文中有理，並要能「與客觀事物相符」〔註110〕的「當乎理，切乎事者」：

> 今春二月，尚書將入覲，與鼐過於江之南，以其文七卷、詩十卷視余。余歸卒讀，而竊歎以為古今所貴乎有文章者，在乎當理切事，而不在乎華辭，尚書得之矣！〔註111〕

作詩文若能兼收具美是為最上等之事，但顯然如果才能有所限制之下，在「當理切事」與「追求華辭」之間擇其先後順序，姚鼐認為應當以「當理切事」為先，並以為古今作者之所貴。可見理在文章之中有決定成敗的關鍵地位，文人

〔註106〕 張靜二：〈姚鼐的詩文理論〉，《文氣論詮》（臺北：五南圖書，1994 年 4 月），第十一章，頁 429。

〔註107〕 王運熙，顧易生主編：《中國文學批評史新編（下卷）》（上海：復旦大學出版社，2007 年 8 月（2016 年 9 月重印）），頁 230。

〔註108〕 〔清〕姚鼐：〈復魯絜非書〉，《惜抱軒詩文集》，頁 94。

〔註109〕 〔清〕姚鼐：〈稼門集序〉，《惜抱軒詩文集》，頁 273。

〔註110〕 鄧心強，史修永著：《桐城派文體學研究》（合肥：安徽大學出版社，2012 年 9 月），第一章，頁 105。

〔註111〕 〔清〕姚鼐：〈稼門集序〉，《惜抱軒詩文集》，頁 274。

不可棄之而追求詞藻。

在《尺牘》中也與《文集》一樣，強調創作時應當注意理與詞的相諧相應。首先，在培養理的觀念時，可從「多識」、觀覽汎博來入手：

> 齊庶常至，得示書，所論讀書「多義理明，充養其氣，慎擇其辭」，
> 此數言本末兼該，足盡文章之理。（〈與董筱槎〉，頁 31）

齊梅麓所言的讀書三項步驟為姚鼐所認同能用於創作之中，「足盡文章之理」。首要的「多義理明」，顯然是指藉由多看、大量的閱讀經驗來累積知識，並引此來思考、反覆辯證，使心中欲施行於文內的意念能在多次的研析中浮現出最接近作者理想的道理。

其次，當心中辨明道理後，即可審視理與詞的關係以便施於文。姚鼐認為，詞雖然承載並能彰顯理，但詞與理猶如天秤的兩端互相牽掣，一但一方多或少時，都是創作之病，並不以多為貴：

> 文章之事，欲其言之多寡，當然不可增減。意如駢枝，辭如贅疣，
> 則失為文之義。（〈題鹿源地圖〉第二篇，頁 117）

即便文中能當理但詞不足，或相互齟齬時，也不會因理的重要而能忽略詞的瑕疵：

> 頃寄〈與小峴書〉及〈山木誌文書後〉皆佳也。然有未調適處，故
> 為竄改。昌黎云「詞不足，不可以成文」，理是而詞未諧，故是病也。
> （〈與陳碩士〉第四十四篇，頁 97）

因此，理與詞最完善的關係是「理足詞達」，意即有多少的想法，述說多少的言詞，同時詞能切合作者的心中想法，一分不差地表達出來，自然是為佳作：

> 其論廣仁莊事，理足而辭達，不求佳而自佳。朱子論昌黎〈禘祫議〉
> 謂「是世間真文章」，吾於石士此文，亦謂然矣。（〈題鹿源地圖〉第
> 四篇，頁 117～118）

因此姚鼐所言的「理充於中」，顯然不能單獨分析「理」之一字，而是必須將前者的「遣詞」一併評論，才能理解創作的深意、發揚作者的創見，以及成就一篇上等的詩文。

六、聲振於外

自《尚書‧舜典》表明「詩言志，歌永言，聲依永，律和聲」〔註112〕的

〔註112〕冀昀主編：《尚書‧舜典》（北京：線裝書局，2007 年 5 月），頁 13。

詩附屬於樂的性質後，文學作品就難以與音樂節奏脫離關係。舉凡詩詞曲賦，甚至不帶韻的散文都能以作者的才氣來表現出漢字的聲韻之美。

「聲振於外」之「聲」，即是讀者能藉由「文章音調的高低起伏、抑揚頓挫」〔註113〕、「聲音節奏、高下抗墜、長短疾徐」〔註114〕，體驗作者以音樂性質搭建出文章中某種美感質素。姚鼐以聲為《尺牘》中創作論的最後一項，即注重詩文能有「聲」。而「振於外」，亦同於上述「理充於中」的「充於中」，指文字遣詞要能相應，並發揮出細緻安排於其中的聲韻。

在本章的第一節論述姚鼐為創作之前做的「學」準備時，就提過聲對學習詩文知識的重要，應「讀」出聲來，並注意讀法，而不能只是「默讀」：

> 大抵學古文者，必要放聲疾讀，又緩讀，祇久之自悟。若但能默看，
> 即終身作外行也。（〈與陳碩士〉第三十七篇，頁94）

以及從詩文之聲來加強字句的印象：

> 詩古文各要從聲音證入，不知聲音，總為門外漢耳。（〈題鹿源地圖〉
> 第七篇，頁120）

因此若能理解聲音的深理，就可做為品詩論文的途徑，能「抓住作品的氣勢、神韻，進一步體會作者的感情的思想」〔註115〕。而在《文集》中，也同樣提出詩文中營造聲音的重要，其抑揚頓挫、高下抗墜是為表現美感要素之一：

> 文字者，猶人之言語也，有氣以充之，則觀其文也，雖百世而後，
> 如立其人而與言於此；無氣，則積字焉而已。意與氣相御而為辭，
> 然後有聲音節奏高下抗墜之度，反復進退之態，采色之華。故聲色
> 之美，因乎意與氣而時變者也，是安得有定法哉？〔註116〕

這裡可以注意到的是，姚鼐顯然認為聲音無法獨立在字詞之外，與字詞之美脫離關係，因此將聲音與詞藻並列為「聲色」。這部分與〈古文辭類纂序〉中將「聲」選入為文八要之中，列為創作的重要一項，以及將「格律聲色」分為文之粗者，聲色又歸為一組同樣的情況。是從以上文集與尺牘中以聲來讀書的例

〔註113〕 鄧心強，史修永著：《桐城派文體學研究》（合肥：安徽大學出版社，2012年9月），第一章，頁106。

〔註114〕 王運熙，顧易生主編：《中國文學批評史新編（下卷）》（上海：復旦大學出版社，2007年8月（2016年9月重印）），頁230。

〔註115〕 金華珍：《桐城派詩論研究》（臺北：國立臺灣師範大學國文學系博士學位論文，2006年），第四章第三節，頁193。

〔註116〕 〔清〕姚鼐：〈答翁學士書〉，《惜抱軒詩文集》，頁84〜85。

子，皆可以得知姚鼐對聲看重的程度。

　　《尺牘》同樣也依循著《文集》的論述，將聲音與文詞之美同列為構成創作詩文時，達到精妙的條件：

> 文章之精妙，不出字句聲色之間。捨此便無可窺尋矣。（〈與石甫姪孫〉，頁 134）

「聲色」為讀者接觸作品的第一印象，因此文章的精妙，便是讀者經由作品中字句之美與產生的節奏音韻來感受、沉澱的，除此之外別無它徑。因此，如何在字句中表現出聲音效果，成為「聲振於外」的關鍵所在。

　　姚鼐認為，在詩文中的字句可以以節奏快慢交錯的方式，使作品中的字句之聲產生「馳驟」與「頓挫」的反差，藉以達到文章之妙：

> 大抵文章之妙，在馳驟中有頓挫，頓挫處有馳驟。若但有馳驟，即成剽滑，非真馳驟也。更精心於古人求之，當有悟處耳。（〈與石甫姪孫〉，頁 137）

同時，這兩種方式也必須互相依存，形成「你中有我，我中有你」的關係。且好的文章顯然不能只存在馳驟，否則就成「剽滑」，而不是真的馳驟。

　　「馳驟」為急速貌，而「頓挫」為急停樣。雖然姚鼐並未給「馳驟」與「頓挫」作一範例，但從其它文本的評論中能略窺一二。

　　姚鼐在《古文辭類纂》中評韓愈的〈送楊少尹序〉引劉大櫆的評語：「海峰先生云：『馳驟跌蕩，生動飛揚，曲盡行文之妙。』」〔註 117〕而文中最能彰顯所謂「馳驟跌蕩」貌為：

> 予忝在公卿後，遇病不能出，不知楊侯去時，城門外送者幾人？車幾兩？馬幾匹？道旁觀者亦有歎息知其為賢以否？而太史氏又能張大其事為傳繼二疏蹤跡否？不落莫否？〔註 118〕

連續的問句使送別之情無限綿延，而「否」字用於每一句的句尾使該段猶如一首詩作，增添複沓音韻之美，加之伸縮長短的句式讓觀者讀之有高潮跌宕之感。因此劉大櫆發現的「馳驟跌蕩」可謂深得韓愈之意。

　　而姚鼐在王安石的〈給事中孔公墓誌銘〉引茅坤的評語「荊公第一首誌銘，

〔註 117〕　〔清〕姚鼐輯；王文濡評註：《大字本評註古文辭類纂》（上冊）（臺北：華正書局，2000 年 8 月），頁 875。

〔註 118〕　〔唐〕韓愈撰；〔清〕馬其昶校注；馬茂元編：〈送楊少尹序〉，《韓昌黎文集校注》（新北：頂淵文化，2005 年 11 月），頁 160。

須看他頓挫紆徐，往往序事中伏議論，風神蕭颯處。」〔註119〕然最能貼切「頓挫紆徐」之處，更可在以下引文中見得：

> 公（筆者案：孔道輔）廉於財，樂賑施，遇故人子恩厚尤篤，而尤
> 不好鬼神機祥事。在寧州，道士治真武像，有蛇穿其前，數出近人，
> 人傳以為神。州將欲視驗以聞，故率其屬往拜之，而蛇果出。公即
> 舉笏擊蛇殺之，自州將以下皆大驚，已而又皆大服。公由此始知名。
> 然余觀公數處朝廷大議，視禍福無所擇，其智勇有過人者，勝一蛇
> 之妖，何足道哉。〔註120〕

王安石在敘述孔道輔殺蛇之事時，每一斷句都只交代一個背景、一種動作或一種情境，且句與句之間敘述的內容不相黏，句意的決絕如一刀兩斷，讀來有急停急煞之感。此處的頓挫之態正如李漁在《閑情偶寄》中討論戲曲科白時言「頓挫之法」：

> 大約兩句三句而止言一事者，當一氣趕下，中間斷句處勿太遲緩；
> 或一句止言一事，而下句又言別事，或同一事而另分一意者，則當
> 稍斷，不可竟連下句。〔註121〕

王安石的句式與李漁所言有著同工之妙。因此姚鼐引茅坤評王安石之言，可謂切當「頓挫」之理。

　　雖然姚鼐並未在《尺牘》中詳談馳驟與頓挫的細節，但旁及《古文辭類纂》中的評語以及選文，便可得知其中所言的馳驟與頓挫之貌。而學習者若肯依循此步驟，精心模仿古人深處——如韓愈和王安石，就能對「聲振於外」的創作方法略窺一二，遂入文章之妙。

第三節　批評論

　　「創作雖曰『創』作，其實泰半仍須是合於某種『典範』或『法式』之下的『創』作」〔註122〕。因此學習創作詩文時，必然要面對這些典範與法式的

〔註119〕〔清〕姚鼐輯；王文濡評註：《大字本評註古文辭類纂》（下冊）（臺北：華正書局，2000 年 8 月），頁 1229。

〔註120〕〔北宋〕王安石：〈給事中贈尚書工部侍郎孔公墓誌銘〉，《王安石全集》（第四冊）（上海．大眾書局，1935 年 8 月），頁 715。

〔註121〕〔明〕李漁：《閑情偶記》（北京：作家出版社，1995 年 7 月），頁 111～112。

〔註122〕柯慶明：〈《北宋的古文運動》序〉，《中國文學的美感》（臺北：麥田出版，2000 年 1 月），附錄三，頁 383。

考究。例如思想的背景、風格或美學的呈現、社會的取向、參考作家的挑揀以及文體的選擇等。在用字遣詞之外，當能使文學論述更為周全。而若能瞭解這些論題的內容並深入其中，則能增加個人創作的功力，以及能思考出更為深刻的作品內容。

　　姚鼐在《尺牘》中，談風格，以雅俗之辯與妙境為骨幹；談作家，以崇尚八家，審慎今人為中心；談文體，以八股文與古文之別為基本。以下將從這三項要素出發，以考察《尺牘》批評論之梗概。

一、風格批評

　　「風格」即「文章的體製與作家的性情相結合」〔註 123〕。而風格的差異，是由於「才有庸俊，氣有剛柔，學有淺深，習有雅鄭，並情性所鑠，陶染所凝」〔註 124〕，遂形諸體製，呈現出多元文章風格表現。

　　姚鼐在《尺牘》中對風格的討論，最顯著的為「雅俗之辯」與「妙境」兩者。姚鼐認為，作品最應做到的是雅，而最該避免的即是俗。而在雅之上更高一層的風格，即為妙。因此以下將從這二點，來分析姚鼐認為的雅與妙之內涵，並透過此分析，進而瞭解姚鼐理想中的文學風格。

（一）雅與俗

　　「雅」在桐城派的文論中意為「對文章語言的要求，所謂『文之古雅者，惟其辭之是而已』，它是指以儒家經典和兩漢唐宋文人的優秀古文作品為代表的雅馴、清醇的語言特色」〔註 125〕。自方苞的「雅潔論」後，雅與潔即成為桐城派的文論中重要的審美標準與傳統，其中又多以雅為重。學者郭紹虞就認為雅潔源自對義法講求的延伸：

> 法而與義相合，於是義法之說又可視為「雅潔」之稱之同義詞。沈
> 蓮芳〈書方望溪先生傳後〉稱引望溪語云：「南宋元明以來，古文義

〔註 123〕王更生：「〈體性篇〉本篇標題上的『體』字，指的是文章『體製』。體製者，布局結構也。文章的體製與作家的性情相結合，即構成文章風格。」詳見〔南朝梁〕劉勰著，王更生注譯：《文心雕龍讀本》（下冊）（臺北：文史哲出版社，2004 年 10 月），頁 19。

〔註 124〕〔南朝梁〕劉勰著；王更生注譯：《文心雕龍讀本・體性》（下冊）（臺北：文史哲出版社，2004 年 10 月），頁 21。

〔註 125〕王運熙，顧易生主編：《中國文學批評史新編（下卷）》（上海：復旦大學出版社，2007 年 8 月（2016 年 9 月重印）），頁 222。

法不講久矣。吳越間遺老放恣，或雜小說，或沿翰林舊體，無雅潔
者。」據是，便可看出文之雅潔由於講義法，而義法之標準也即在
雅潔。〔註126〕

講求文章義法，就能將文章中「其辭蕪雜俚近」、「至繁碎繳繞，而語不可了當」
〔註127〕之病去除抹淨。因此追求詩文的雅，能上繼文學傳統，使自己的作品
更能趨近於典範。

在《尺牘》中，姚鼐對雅的看重，使其認為在學習寫作詩文前，應先辨雅
俗的差異，以避免作品內容俗不可耐：

> 此番所寄來之文，吾因石士與之至好，便同學徒文一例抹閱。亦孟
> 子所云「有人之患者矣」，一笑。大抵作詩古文，皆急須先辨雅俗，
> 俗氣不除盡，則無由入門，況求妙訣之境乎？（〈與陳碩士〉第四十
> 二篇，頁96）

這裡可見，雅是包容在妙境之中，並且為構成妙的要素之一。辨別雅俗為學詩
文的入門，去俗之後，方能跨入更高層次的妙境。若無法識清其中的差異，就
會使詩文「沾染邪氣」，難以發揮天分的優勢，更遑論進入雅、妙之境：

> 所作詩則不能佳，蓋緣初入手，即染邪氣，不能洗脫。雖天分好處，
> 偶亦發露，然亦希矣。必欲學此事，非取古大家正矩潛心一番，不
> 能有所成就。（〈與伯昂從姪孫〉，頁128～129）

前節提及「識」，當以觀覽汎博之法來增進學識，姚鼐認為參閱「古大家」之
詩文能「正矩潛心」，洗脫詩文中的邪氣並提升作者的雅的眼光與筆調。至於
其學習方法，姚鼐在同一篇尺牘接下去說：

> 近體只用吾選本，其間各家，門逕不同。隨其天資所近，先取一家
> 之詩，熟讀精思，必有所見。然後又及一家，知其所以異，又知其
> 所以同。同者必歸於雅正，不著纖毫俗氣。起復轉摺，必有法度，
> 不可苟且牽率，致不成章。至其神妙之境，又須於無意中忽然遇之，
> 非可力探。然非功力之深，終身必不遇此境也。（〈與伯昂從姪孫〉，
> 頁129）

學習古文大家的方式與步驟，亦如在「學」與「識」兩題中提過的，以「熟讀
精思」與「選本」來入手：首先，選本之所選雖然「門逕不同」，但大抵都是

〔註126〕郭紹虞：《中國文學批評史》（臺北：五南圖書，1994年8月），頁590。
〔註127〕此兩句出自〔清〕姚鼐：〈述庵文鈔序〉，《惜抱軒詩文集》，頁61。

古典文學中的精華，因此姚鼐可以有自信地說「借閱之，便可知門逕」〔註128〕、「此為詩家正法眼藏」〔註129〕與「存古人之正軌以正雅祛邪」〔註130〕。是以這些入選的精華，勢必早已脫離初學創作而能「不著纖毫俗氣」，深具雅的風格；其次，從選本中擇一家來反覆熟讀，後擇另一家天分相近的比較之，辨別其中的異同，前後兩家的風格相異處必為個人風格，相同處則會是最為基礎的「雅正」。透過這樣漸次的過濾，反覆擇取其中的相同，就能理清古文之雅的內涵，並跨入妙境的門檻。

　　但姚鼐亦提醒，學習不可草率與過度期待，否則詩文易「致不成章」。也不能力探，否則「終身必不遇此境也」。這更顯示出雅為詩文風格的基礎，不同於妙境，是可以透過學習來達到的。

　　另外，從文章來尋雅，還要考慮古人與文體的影響。姚鼐曾言：

> 西漢人文傳者，大抵官文書耳，而何其雄俊高古之甚。昌黎官中文字，止用當時文體，而即得漢人雄古之意。歐、曾、荊公官文字有雄古者，鮮矣。然詞雅而氣暢，語簡而事盡，固不失為文家好處矣。
>
> （〈與陳碩士〉第十四篇，頁83）

這篇尺牘是姚鼐與陳用光討論古典應用公文。官文書，指「中國古代中央政府與各級地方政府之間在日常行政管理運行過程中形成的一系列文書的合稱」〔註131〕，如詔令、章奏一類的應用文。此段前半部分為姚鼐認為西漢的作家之傳世作品以官文書為主，並深感其雄俊高古，而此風格，在唐代僅延續到韓愈一人所繼承。後半部分則是討論歐、曾、王安石等宋代文家官文書「詞雅氣暢，語簡事盡」之風格。

　　前半部分對官文書的討論，可從《古文辭類纂》來瞭解。其中所收的奏議

〔註128〕〔清〕姚鼐〈與張梧岡〉：「鼐有《古文辭類纂》，石士編修處有鈔本，借閱之，便可知門逕。若夫超然自得，不從門入，此非言說可喻，存乎妙悟矣。珍重不具。」詳見〔清〕姚鼐：〈與張梧岡〉，《惜抱軒尺牘》，頁35。

〔註129〕〔清〕姚鼐〈與胡雒君〉：「吾所選五七言今體，重復批閱之本，彼行笥攜有之，可以借臨一過。鄙見自詡，此為詩家正法眼藏，不知他日真有識者論之，當復何如。若近時人毀譽，舉不足校耳。」此處指姚鼐的詩選本《五七言今體詩鈔》。詳見〔清〕姚鼐：〈與胡雒君〉，《惜抱軒尺牘》，頁44。

〔註130〕〔清〕姚鼐：〈五七言今體詩鈔序目〉，詳見〔清〕姚鼐選；〔清〕方東樹評；汪中編：《方東樹評今體詩鈔》（臺北：聯經出版，1975年5月），頁1。

〔註131〕賀科偉：〈秦漢簡牘官文書收藏管理制度研究〉，《河南科技學院學報》第五期（2014年5月），頁100。

類與詔令類選文，漢魏作家分別收四十三篇與三十三篇，這數量在書中相當可觀〔註132〕。另一方面，在奏議類當中，雖然韓愈僅收四篇，在唐宋八家中僅次於蘇軾的十七篇，但所選的〈論佛骨表〉，氣勢磅礡，內容「所爭關國家大體，賈生而後，此表可與日光爭光。文之古質，是西漢諸公諫疏；而法度章整，殆於過之」〔註133〕，其後世評論與姚鼐所言的「即得漢人雄古之意」不謀而合。因此從西漢文人所收錄的數量以及對韓愈的讚揚來看，顯然姚鼐認為，官文書這一類文體，以雄俊高古為風格典範，以西漢文人與韓愈為標竿。

歐陽修、曾鞏與王安石雖然也有官文書，但雄俊高古的作品較少，不過其詞雅氣暢，語簡事盡之風格，仍有值得觀覽之處。此段亦有兩層涵義。首先，這裡姚鼐亦再表明雅為入詩文之門的基礎，尤其「詞雅氣暢，語簡事盡」八字，即是以雅與簡為基礎開展的批評，詞有雅才能使讀者感受詩文的氣流暢通順而不凝滯，而語簡如同用語簡潔，「表達嚴謹約淨，無蔓枝繁葉、雜事游辭，是一種洗鍊的文風」〔註134〕，可節省用文字數，切題與直指情境的中心，讀來不覺繁複。因此雖然歐、曾、王的官文書無法像韓愈一樣達到雄俊高古，但仍能做到雅與簡之基本原則，是以「不失為文家好處」。

其次，既然歐、曾與王作官文書一類的文體，有其基本且「不失為文家好處」的風格，那在他們其上的韓愈與西漢文人，必然是在有做到「詞雅氣暢，語簡事盡」的基礎，再增闢新境，賦予文體雄俊高古一格。因此，對創作者而言，在詞的雅與簡之基礎完備後，就能自由施加個人意念於文體風格上，好自成一體。以創作來說，是為對文體熟悉掌握的證明；從批評來說，則能成為後世某文體的風格典範。

而與雅立於相對面的「俗」，則是姚鼐認為應極力避免的風格。俗為「繁雜不清，或是粗鄙不堪，或帶有濃郁的市井之味，甚至輕挑下流」〔註135〕。

〔註132〕 詳見謝嘉文先生所整理的表格。謝嘉文：《「穿戴腳鐐」與「掙脫腳鐐」的舞者之舞——姚鼐《古文辭類纂》與曾國藩《經史百家雜鈔》選文研究》（新竹：國立清華大學中國文學系博士學位論文，2010年7月），第二章第二節，頁50。

〔註133〕 〔清〕儲欣：〈論佛骨表〉，《唐宋八大家類選》，詳見葉百豐編著：《韓昌黎文彙評》（臺北：正中書局，1990年2月），頁304。

〔註134〕 王運熙，顧易生生編：《中國文學批評史新編（下卷）》（上海：復旦大學出版社，2007年8月（2016年9月重印）），頁222。

〔註135〕 金華珍：《桐城派詩論研究》（臺北：國立臺灣師範大學國文學系博士學位論文，2006年），第六章第一節，頁257。

姚鼐強調「欲作古賢辭，先棄凡俗語」〔註136〕，詩文若無法除去俗語，則俗氣接踵而至，更難以達於詩文妙境。

在《尺牘》中，就分別對管同與陳用光的作品有無俗氣而討論之：

> 前月得寄書，並詩文，快慰不可勝。相別三年，賢乃如此進邪！古文已免俗氣，然尚未造古人妙處。若詩則竟有古人妙處，稱此為之，當為數十年中所見才儁之冠矣。老夫放一頭地，豈待言哉！（〈與管異之〉，頁66）

> 石士寄來文字，〈達生解〉最佳。庶幾東坡〈述典〉亦可，然未出近人疆域。大抵頌辭，每以囁嚅為病，能如孟堅〈典引〉，已是大難，況西京乎？〈與明東書〉、〈祭靜山文〉皆不佳。〈陳戶部文〉一篇，不能見佳處，然不至俗陋，便是可學。（〈與陳碩士〉第三十七篇，頁94）

可見免去俗氣、不至俗陋與詩文有雅相似，皆為學古人、造古人妙處的門檻與基礎。而誤入俗氣的原因，在於創作者的心態與學識：

> 所選吾詩，大抵取正而不取變。然觀人之才，須正變兼論之，得其真境乃善。夫文章之事，欲能開新境專於正者，其境易窮，而佳處易為古人所掩。近人不知詩有正體，但讀後人集，體格卑卑。務求新而入纖俗，斯固可憎厭。而守正不知變者，則亦不免於隘也。（〈與石甫姪孫〉，頁138）

姚鼐認為，學詩學文與看人才一樣，如同近體詩的正格偏格之分，需正變同觀，不能偏失一隅。而偏失的後果，亦有過度專注於正或變之分：專注於古人經典常走的正格卻意開發新的領域或題目，往往用功多而收穫少，故姚鼐言其境易窮，佳處也早已為古人所挖盡，其內容多狹隘；近人多將新意集中在變格，劍走偏鋒，卻造成詩的格調平庸，內容走向小巧，文字偏向庸俗，均為氣度不足，是為可厭。如同姚鼐向姚元之說的：「大抵作詩平易，則苦無味；求奇，則患不穩。」〔註137〕過度偏向創新或守舊的一方，對創作均不是好事。因此，避免文字入俗的方法，就在於心態上不能偏廢一方，模仿或詳閱的詩文需正變皆有，以及要能上溯古人，追求古人未竟之處，以防近人謬論的誤導。

〔註136〕〔清〕姚鼐：〈與張荷塘論詩〉，《惜抱軒詩文集》，頁485。
〔註137〕〔清〕姚鼐：〈與伯昂從姪孫〉，《惜抱軒尺牘》，頁132。

總括來說，姚鼐認為的雅與俗雖然是判別詩文風格之基礎，但也同樣因其基礎而容易遭時人忽略，遂至「風雅之道日衰」〔註138〕，因此頗為慎重看待。不過姚鼐亦提出，只要在方法上能紮穩根基，多識古人之作，兼論正變，細究文體的影響，就能「存古人之正軌以正雅祛邪」〔註139〕，去除為文之病，導正文風。

（二）妙境

在上述的雅與俗之辯中曾提過，姚鼐以為，作品達到雅的程度之後，即代表已經通過詩文的門檻，之後便可向上進一步追求「妙訣之境」：

> 大抵作詩古文，皆急須先辨雅俗，俗氣不除盡，則無由入門，況求
> 妙訣之境乎？（〈與陳碩士〉第四十二篇，頁96）

妙是姚鼐在《尺牘》中常見的評語，並且搭配為妙處、渾妙、神妙、奇妙與精妙等等。而不論是以甚麼組合辭呈現，其中心概念是以指稱作品達到一種「若夫超然自得，不從門入，此非言說可喻，存乎妙悟矣」〔註140〕同時兼具禪趣且神祕的風格。例如以「妙」來稱讚達到標準的好作品：

> 前月得寄書，並詩文，快慰不可勝。相別三年，賢乃如此進邪！古
> 文已免俗氣，然尚未造古人妙處。若詩則竟有古人妙處，稱此為之，
> 當為數十年中所見才儁之冠矣。（〈與管異之〉，頁66）

或是以「非甚妙」來期勉門生可以在創作更加努力上，並給予一些提示：

> 所寄來文字，無甚劣亦非甚妙，蓋作文亦須好題。（〈與陳碩士〉第
> 五十八篇，頁103）

以下將從《尺牘》中認為可以達到妙境的條件，以及詩文之妙的呈現內容來細究之。

首先，要使詩文風格到達妙境，需要一些個人天賦：

> 理堂果深於理境，文筆則苦有區脯，無縱橫超妙處，此亦是天限之，
> 第賢於他人之猥陋耳。（〈題鹿源地圖〉第二十七篇，頁127）

此處姚鼐以韓夢周為評例，認為其文筆說理有深度，但文辭卻有如小屋窗戶，

〔註138〕〔清〕姚鼐：〈五七言今體詩鈔序目〉，詳見〔清〕姚鼐選；〔清〕方東樹評；
汪中編：《方東樹評今體詩鈔》（臺北：聯經出版，1975年5月），頁1。

〔註139〕〔清〕姚鼐：〈五七言今體詩鈔序目〉，詳見〔清〕姚鼐選；〔清〕方東樹評；
汪中編：《方東樹評今體詩鈔》（臺北：聯經出版，1975年5月），頁1。

〔註140〕〔清〕姚鼐：〈與張梧岡〉，《惜抱軒尺牘》，頁35。

狹隘而無氣度，兩者無法相互搭配，因此難以「超妙」，是為天賦所限。而這裡也可見，詩文要能達到妙境，內容與文采是缺一不可，也必須勢合形離。

在天賦之外，亦需要以個人努力，充實內涵來等待上天開啓之：

> 學文之法無他，多讀多為，以待其一日之成就，非可以人力速之也。
> 士茍非有天啓，必不能盡其神妙。然茍人輟其力，則天亦何自而啓之哉。（〈與陳碩士〉第九篇，頁 79）

姚鼐認為，學文的方法無法速成，只能以多讀多作來累積實力。但即便有文字實力，也不代表文章能達到妙境。而是必須累積到一定的標準，並等待某一日上天的啟發，靈感的忽至，才能有所領悟。若無上天的開啟，就無法成功。但另一方面，若個人無用功努力而只坐等上天開啟，那也只是徒勞而已。因此，姚鼐提醒，創作者欲一時的天啓神妙，必定得待實力累積而成的，無法速成，無法強求，更無法隨心而至：

> 近體只用吾選本，其間各家，門逕不同。隨其天資所近，先取一家之詩，熟讀精思，必有所見。然後又及一家，知其所以異，又知其所以同。同者必歸於雅正，不著纖毫俗氣。起復轉摺，必有法度，不可苟且牽率，致不成章。至其神妙之境，又須於無意中忽然遇之，非可力探。然非功力之深，終身不遇此境也。（〈與伯昂從姪孫〉，頁 128～129）
>
> 承示數文字皆佳甚，今世那得見此手筆。校之古人，當尚有遜處耳。夫古人妙處不可形求，不可力取，用力精深之至，乃忽遇之。（〈與惲子居〉，頁 161）

是以神妙、古人妙處等等的妙境狀態，只要用力精深於讀書作文，自然而然能「忽遇之」。

第二，要探究詩文之妙與其呈現，必定要從文辭入手。文辭是讀者品析詩文作品時第一個接觸的媒介，因此姚鼐認為文章的精妙，往往是由深意巧妙的字句，以及讀文章時感受到因漢字特有韻律，並有「緩急相濟」的聲律之美：

> 夫道德之精微，而觀聖人者，不出動容周旋中禮之事。文章之精妙，不出字句聲色之間。捨此便無可窺尋矣。（〈與石甫姪孫〉，頁 134）
>
> 大抵文章之妙，在馳驟中有頓挫，頓挫處有馳驟。若但有馳驟，即成剽滑，非真馳驟也。（〈與石甫姪孫〉，頁 137）

尤其精妙的聲律美感的組成是徐緩與急馳缺一不可，一旦有缺其中一項，就會

使文章整體的韻律感失衡，非真的馳驟或頓挫。換言之，若無深厚的文字功力，熟練地操作文字與聲韻於其中，必無法達成精妙的程度。

　　而在上述各種無法達到妙境的原因，有「俗氣不除盡」、「作文須好題」、「文筆則苦有區脯」，以及「語句蹇滯」、「押彊韻」：

> 寄來數詩改本，大勝於前，其〈述夢〉作亦佳甚，氣流轉而語圓美，此便是心地空明處所得，由是造古人不難。惟〈次東坡韻〉詩尚蹇滯，不為妙耳。（〈與陳碩士〉第四篇，頁 76）

> 詩作〈寄伯昂〉為最善。五言詩每欲押彊韻，輒不能妙。此處唯涪翁為獨勝。此天賦，不可彊學也。（〈題鹿源地圖〉第二十一篇，頁 127）

統括來看，這些文之弊病，都可以歸咎於對文句的掌握不熟，無法依聲韻、節奏、字義與句式做恰當合適的安排。是以對文字的熟悉，實為達到妙境的重要目標：

> 所寄來文字，大旨得之，而時有鈍筆、不快人意處。大抵文字須熟乃妙，熟則利病自明。手之所至，隨意生態，常語滯意，不遣而自去矣。（〈與陳碩士〉第六十二篇，頁 105）

只要熟練於文字操作，上述常見的文之弊病自然也會消失無蹤。

　　第三，「風韻疏淡」為詩文妙境的一種風格呈現。姚鼐在評陳用光的作品時曾言：

> 〈送集正序〉甚佳，風味疏淡，自是好處。從此做深，或更入古人奇妙之境。然不可彊為，反成虛憍。大抵石士之才，與學古錄為類者，茲亦足以名於後世矣。（〈與陳碩士〉第四十八篇，頁 98）

所謂疏，可與密互相比較來得其範疇：「凡文力大則疏，氣疏則縱，密則拘：神疏則逸，密則勞；疏則生，密則死。」〔註141〕能作神情安逸，表現自然之解：「不可彊為，反成虛憍」。而所謂淡，即指：

> 凡作古文，須知古人用意沖澹處，忌濃重。譬如舉萬鈞之鼎如一鴻毛，乃文之佳境。有竭力之狀，則入俗矣。（〈與石甫姪孫〉，頁 138～139）

顯然淡並非指文字索然無味，而是譬如能以扛萬鼎之姿卻表現出舉重若輕之

〔註141〕〔清〕劉大櫆著；舒蕪點校：《論文偶記》（北京：人民文學出版社，1998 年 5 月），頁 8。

感，在深情濃烈的題材與內容下卻作輕快伶俐之筆的樣態。而能做深風韻疏淡之風格，就能更進入古人的妙境之中。

另外，「風韻疏淡」亦以用來評歸有光的作文風格：

> 所寄來文字，無甚劣亦非甚妙，蓋作文亦須好題。今石士所作之題內，本無甚可說，文安得而不平也。歸震川能於不要緊之題，說不要緊之語，卻自風韻疏淡，此乃是於太史公深有會處。此境又非石士所易到耳。（〈與陳碩士〉第五十七篇，頁 103）

姚鼐雖然是在此篇提醒陳用光命題的重要，但卻能從中見得對歸有光的推崇。姚鼐認為，因為歸有光在小題目中作平凡的內容、平淡的文字，卻能作得韻味綿長，情深意遠而能甚妙，是為風韻疏淡的風格。而歸有光的文章確實「無意於感人，而歡愉慘惻之思，溢於言語之外」〔註142〕。是以作者以安閒舒坦之心，在面對沉重壓抑的題材時，表現出處之泰然的文章字句，形成表裡強烈的反差，引出讀者之思，是為妙境的呈現。

總括來看，相對於基礎的雅而言，詩文的妙境是為較高一層次的風格。因此其中所要衡量的標準，如天賦的啟發、學力的涵養、文字的熟練、音律的韻味，以及個人風格的產生等等的要求都顯得更為嚴格。故對創作者而言，是為一大挑戰。然倘能跨越此門檻達到妙境，「茲亦足以名於後世矣」〔註143〕。

二、作家評論

在《尺牘》中，姚鼐對許多作家時有品評。若依褒貶與論述的完整來分，姚鼐對唐代詩人李、杜、唐宋八家中的韓、柳、歐、王、曾、蘇軾以及明代的歸有光最為稱頌；另對當時的文人，厲鶚、袁枚與錢謙益多有批判。以下將從這兩種態度，來看姚鼐對這些文人的品評。

（一）唐宋八家

從姚鼐褒稱的古人作家來看，明顯是為古典文學中一脈相承的傳統認同。這樣的認同除了自古皆然外，一方面是他認為當時的古文或詩作的環境不盡理想，如曾言「近日後備才俊之士，講考證者猶有人，而學古文者最少」〔註144〕，

〔註142〕〔明〕王錫爵撰：〈太僕寺丞熙甫歸先生墓誌銘〉，《王文肅公全集》，詳見四庫全書存目叢書編纂委員會編：《四庫全書存目叢書・集部一三六》（濟南，齊魯書社，1997 年 7 月），頁 361。
〔註143〕〔清〕姚鼐：〈與陳碩士〉第四十八篇，《惜抱軒尺牘》，頁 98。
〔註144〕〔清〕姚鼐：〈與翁覃谿〉，《惜抱軒尺牘》，頁 27。

因此希望自己或教導的門生能承繼古文的一脈並發揚光大：「冀世有英異之才，可因之承一線未絕之緒，倔然以興。」〔註145〕另一方面，這些古典作家皆學養深厚且內容豐富，「歷千百代而不朽者以此」〔註146〕，因此引以推薦給門生，能「具見古人學之根柢」〔註147〕，除了便於學習之外，亦是期許他們的文學成就能與這些古人一樣，振興衰敝。

在《尺牘》中，時常可見姚鼐提起唐宋八家中的韓、柳、歐、王、曾與蘇軾之名，如以其為論作古詩古文法的佐證，「或分析友朋作品中存在不足時，提及八大家以之作為楷模和治病良藥」〔註148〕，以為古典文學之冠冕。例如在建議門生學習寫作詩文時，就標舉八家論文的佳處：

> 韓昌黎、柳子厚、歐、蘇所言論文之旨，彼固無欺人語。後之論文
> 者，豈能更有以踰之哉。（〈答徐季雅〉，頁 34）

由於八家的學問之深、作品之大、內容之廣，以此為學習、模仿對象，較之他人單獨一家而言更為踏實且平穩。而這其中又以韓愈為大宗。

姚鼐對韓愈的詩文極為推崇。以古文而言，在〈與胡雛君〉一篇中，姚鼐闡述自己規劃的退休生活時，就將杜甫立為詩的典範，韓愈定為古文的理想對象，並期許自己的術業能做到尺牘中提到三位古人一樣的成就：

> 將動身來時，將兩兒分撥，意欲自是更不問家事，亦不讀書作文，
> 但以微明自照，了當此心而已。學如康成，文如退之，詩如子美，
> 只是為人之事，於吾何有哉？（〈與胡雛君〉，頁 41）

在姚鼐的眼中，韓愈能將各式文體的創作都發揮出「學術精博，文力雄健」〔註149〕的雄偉古風，如誌銘與官文書，既突破當時沿襲六朝餘韻舊風的時文，又能表現出他最嚮往的陽剛之氣：

> 東漢、六朝之誌銘，唐人作贈序，乃時文也；昌黎為之，則古文矣。
> （〈與管異之〉，頁 68）

〔註145〕〔清〕姚鼐：〈與劉海峰先生〉，《惜抱軒尺牘》，頁 5。

〔註146〕〔清〕葉燮著；郭紹虞主編；霍松林校注：《原詩》，《原詩、一瓢詩話、說詩晬語》（北京：人民文學出版社，1979 年 9 月），頁 27。

〔註147〕〔清〕姚鼐：〈與張翰宣〉，《惜抱軒尺牘》，頁 160。

〔註148〕鄧心強，史修永著：《桐城派文體學研究》（合肥：安徽大學出版社，2012 年 9 月），第六章，頁 344。

〔註149〕〔唐〕白居易撰，朱金城箋校：〈韓愈比部郎中史館修撰制〉，《白居易文集箋校》（第五冊）（上海：上海古籍出版社，2003 年），卷 55，頁 3190。

西漢人文傳者，大抵官文書耳，而何其雄俊高古之甚。昌黎官中文
字，止用當時文體，而即得漢人雄古之意。(〈與陳碩士〉第十四篇，
頁 83)

甚至認為墓誌銘與碑誌這類的金石之文在韓愈的手中能搖身一變，自成一體，
成為後世金石文學的楷模，遂「極力贊成韓愈的語體革命與實踐」〔註 150〕：

大抵作金石文字，本有正體，以其無可說，乃為變體。始於昌黎作
〈殿中少監馬君誌〉，因變而生奇趣。文家之境，以是廣矣。(〈與陳
碩士〉第五十九篇，頁 104)

此處所言的正體，即《文心雕龍》稱的碑文應以「資乎史才，其序則傳，其文
則銘」〔註 151〕的史家之眼與筆紀錄死者的生平事蹟。但在韓愈筆下的墓誌銘，
卻是「撫今追昔，感慨存亡，旨在抒情」〔註 152〕的奇風變格。「有氣力，亦甚
古」〔註 153〕，因此能成為「墓誌中千秋絕唱」〔註 154〕不無道理。是以姚鼐將
其推薦給門生：

文一首，亦只是尋常文境。文之出奇怪，惟功深以待其自至。卻又
須常將太史公、韓公境懸置胸中，則筆端自與尋常境界漸遠也。(〈與
陳碩士〉第六十四篇，頁 106)

認為若能多讀韓愈與司馬遷一類古氣其高之文，學習其中的文氣與技法，「盡
變古人之形貌」〔註 155〕的同時又能承繼古風，下筆就能漸漸脫離凡俗，進入

〔註 150〕 鄧心強，史修永著：《桐城派文體學研究》(合肥：安徽大學出版社，2012 年
9 月)，第六章，頁 347。

〔註 151〕 〔南朝梁〕劉勰著；王更生注譯：《文心雕龍讀本‧誄碑》(上冊)(臺北：文
史哲出版社，2004 年 10 月)，頁 207。

〔註 152〕 錢基博《韓愈志》：「蓋傳以敘事，銘以昭德；而碑誌以敘事為體，不以抒情
為本；以昭德為美，不以議論為貴。觀韓愈〈殿中少監馬君墓誌〉撫今追昔，
感慨存亡，旨在抒情；而〈故太學博士李君墓誌銘〉以李君服食致死，而歷
著並時所見以藥敗者六、七公以為世戒，皆非碑誌正體。」詳見錢基博：〈韓
集籀讀錄第六〉，《韓愈志》(臺北：河洛出版社，1975 年)，頁 140。詳見謝
敏玲：《韓愈之古文變體研究》(臺北：國立政治大學中國文學系博士學位論
文，2006 年)，第六章，頁 121～149。

〔註 153〕 〔明〕王世貞：〈書韓文後〉，《讀書後》(臺北：臺灣商務印書館，1970 年)，
卷三頁 18。

〔註 154〕 〔清〕沈德潛：〈柳子厚墓誌銘〉，《唐宋八大家類選》，詳見葉百豐編著：《韓
昌黎文彙評》(臺北：正中書局，1990 年 2 月)，頁 304。

〔註 155〕 〔清〕姚鼐：〈古文辭類纂序〉，詳見〔清〕姚鼐輯；王文濡評註：《大字本評
註古文辭類纂》(上冊)(臺北：華正書局，2000 年 8 月)，頁 31。

古文之域。

　　而另以詩來說，雖然姚鼐以為韓愈的詩不及杜甫，但頗為稱頌其古體詩「聘駕氣勢，嶄絕崛強」〔註156〕之氣質，與古來詩人如曹植、陶淵明、李白、杜甫一樣，承襲古典一脈「忠義之氣，高亮之節，道德之養，經濟天下之才」〔註157〕的人文精神。而姚鼐又以為韓愈可為漢魏六朝盛唐與宋代之間的橋樑與樞紐，因此學習韓愈的古體詩，無疑是一道學詩的捷徑：

　　　　古體伯昂尤有魔氣，就其才所近，可先讀阮亭所選古詩內昌黎詩讀
　　　　之，然後上溯子美下及子瞻，庶不至如游騎之無歸耳。(〈與伯昂從
　　　　姪孫〉，頁129)

　　　　至古體詩，須先讀昌黎，然後上溯杜公，下採東坡，於此三家得門
　　　　逕尋入，於中貫通變化，又繫各人天分。一時如古今體不能並進，
　　　　只專心今體可耳。(〈與伯昂從姪孫〉，頁133)

若同樣作詩的門生能向其學習，就能上繼杜甫，下開蘇軾，更甚者為「宋之蘇、梅、歐、蘇、王、黃，皆愈為之發其端」〔註158〕，融貫古典詩人的脈絡與道統，深入「古人精深之旨」〔註159〕。

　　在韓愈的作品之外，姚鼐對韓愈的為學之法與作文之理也多有繼承、宣傳與稱頌之舉。由於韓愈「學力正大，俯視群蒙」〔註160〕，因此引以為做學問的標竿最適合不過。在《尺牘》中，姚鼐常引韓愈之言來教導門生。例如讀書與做學問的方法：

　　　　凡書少時未讀，中年閱之，便恐難記，必須隨手鈔纂。退之「記事
　　　　提要，纂言鉤玄」，固古今為學之定法也。但此等只為求記之方，一
　　　　人所為，於他人無用。(〈與劉明東〉，頁65)

以及得知陳用光在讀史書時，就引韓愈之言來提醒他注意史書的選擇與研讀

〔註156〕〔明〕高棅〈唐詩品匯序〉：「今觀昌黎之博大而文，鼓吹六經，搜羅百氏，其詩聘駕氣勢，嶄絕崛強，若掀雷決電，千夫萬騎，橫鶩別驅，汪洋大肆，而莫能止者。」〔明〕高棅：〈唐詩品匯序〉，《唐詩品匯》(一)(臺北：臺灣商務印書館，1970年)，頁37。
〔註157〕〔清〕姚鼐：〈荷塘詩集序〉，《惜抱軒詩文集》，頁50。
〔註158〕〔清〕葉燮著；郭紹虞主編；霍松林校注：《原詩》，《原詩、一瓢詩話、說詩晬語》(北京：人民文學出版社，1979年9月)，頁8。
〔註159〕〔清〕姚鼐：〈復蔣松如書〉，《惜抱軒詩文集》，頁95。
〔註160〕〔清〕薛雪著；郭紹虞主編；杜維沫校注：《一瓢詩話》，《原詩、一瓢詩話、說詩晬語》(北京：人民文學出版社，1979年9月)，頁108。

順序：

> 石士前書中云，近讀《晉書》，鼐以謂非也，謂史惟兩漢最要，次當
> 便及《資治通鑑》，《晉書》當又在所緩。韓子曰「非三代兩漢之書
> 不敢觀」，此語於初學要為有益，不可反嫌其隘也。（〈與陳碩士〉第
> 九篇，頁79）

或是對門生的作品提出批評時引韓愈的論述或特質為例來陪襯，藉此以增強
說服對方的力度：

> 頃寄〈與小峴書〉及〈山木誌文書後〉皆佳也。然有未調適處，故
> 為竄改。昌黎云「詞不足，不可以成文」，理是而詞未諧，故是病也。
> （〈與陳碩士〉第四十四篇，頁97）

> 諸文時有佳處，時患語繁拖沓。大抵簡峻之氣，昌黎為最，更當於
> 此著力。（〈與陳碩士〉第五十篇，頁99）

甚至引韓愈之言來建立為學的態度：

> 得前書，知佳好。近作何功夫？想增新得也。昌黎云「能自樹立，
> 不隨流俗」，此所望足下矣。（〈與張阮林〉，頁50）

上述的論述，都能看出姚鼐對韓愈的崇仰與吸取。這樣的教導方式，除了便
捷、有指標作用外，亦能置人才於古典的道統脈絡之下，且能不只有作詩文，
而是有完整的理論與態度的範例，可避免「講考證者猶有人，而學古文者最
少」〔註161〕、「今日詩家大為榛塞」〔註162〕與「今世時文之道，殆成絕學矣」
〔註163〕等等當時的文之病，「足以導率後進，方駕古人」〔註164〕。

　　而在韓愈之外的唐宋八家以及李杜、黃庭堅，雖然姚鼐對他們的態度為褒
揚，但論述的完整惜不及韓愈，故在《尺牘》中多偶爾提及與兼論之。例如將
歐陽修推薦給門生作文之法：

> 古文若更欲學，試更讀韓、歐，然將來成就，終不逮詩。（〈與管異
> 之〉，頁66）

「姚鼐以為剛柔偏勝的韓、歐作品各具特色，不論是『簡峻之氣』的韓文，亦
或『神韻縹緲』的歐作，皆是初學者的典範。」〔註165〕故可見唐宋八家皆有

〔註161〕〔清〕姚鼐：〈與翁覃谿〉，《惜抱軒尺牘》，頁27。
〔註162〕〔清〕姚鼐：〈與鮑雙五〉，《惜抱軒尺牘》，頁59。
〔註163〕〔清〕姚鼐：〈與鮑雙五〉，《惜抱軒尺牘》，頁64。
〔註164〕〔清〕姚鼐：〈與董筱槎〉，《惜抱軒尺牘》，頁31。
〔註165〕謝嘉文：《「穿戴腳鐐」與「掙脫腳鐐」的舞者之舞——姚鼐《古文辭類纂》

各自可參閱的多元面向，亦是希望門生不單只有一種模範而限制自己的視域。

（二）歸有光

而在唐宋作家之外，有一特殊例子為歸有光。歸有光是唯一一位收錄在《古文辭類纂》中的明代作家，可見姚鼐肯定在他在明代古文的貢獻與地位，並且認可「明文第一」的稱號。而《尺牘》中，則表現出有褒有貶的評論。

姚鼐認為，歸有光承襲古典文學一脈的精神傳統，「為文家之正傳」〔註166〕，在風格上「原本六經，而好太史公書，能得其風神脈理」〔註167〕，其「文章之境，莫佳於平淡，措語遣意，有若自然生成者」〔註168〕。而在文體的變化，也同唐宋八家如韓愈一樣，能將八股時文一變為古文：

> 東漢、六朝之誌銘，唐人作贈序，乃時文也；昌黎為之，則古文矣。
> 明時經藝壽序，時文也；熙甫為之，則古文矣。作古文者，生熙甫
> 後，若不解經藝，便是缺陷。（〈與管異之〉，頁68）

因此學習八股文，若不從歸有光「以古文為時文」的主張並深讀其作品，則所作就不出時文的範疇，眼界亦狹隘。

另外，歸有光在抒情與記事散文的成就上最高，能「不事雕飾，而自有風味，超然當名家矣」〔註169〕。在本章第二節提到的「命意」一題曾提過姚鼐在《尺牘》中對其稱讚：「歸震川能於不要緊之題，說不要緊之語，卻自風韻疏淡，此乃是於太史公深有會處。」〔註170〕是以姚鼐贊同其中筆法的傳承與模仿司馬遷之風格，可作為作詩文教學上的一大利器，以及深刻認同「無意於感人，而歡愉慘惻之思，溢於言語之外」〔註171〕的濃烈情感與冷淡筆調之反差的創舉。

與曾國藩《經史百家雜鈔》選文研究》（新竹：國立清華大學中國文學系博士學位論文，2010年7月），第三章第一節，頁85。
〔註166〕〔清〕姚鼐：〈與王鐵夫書〉，《惜抱軒詩文集》，頁289。
〔註167〕〔清〕錢謙益著：〈震川先生歸有光〉，《列朝詩集小傳》（下）（上海：上海古籍出版社，1983年10月），頁559。
〔註168〕〔清〕姚鼐：〈與王鐵夫書〉，《惜抱軒詩文集》，頁289。
〔註169〕〔明〕王世貞：〈歸太僕贊〉，詳見〔明〕歸有光著；嚴佐之、譚帆、彭國忠主編：《歸有光全集》（第七冊）（上海：上海人民出版社，2015年），附錄，頁1061～1062。
〔註170〕〔清〕姚鼐：〈與陳碩士〉第五十七篇，《惜抱軒尺牘》，頁103。
〔註171〕〔明〕王錫爵撰：〈太僕寺丞熙甫歸先生墓誌銘〉，《王文肅公全集》，詳見四庫全書存目叢書編纂委員會編：《四庫全書存目叢書‧集部一三六》（濟南，齊魯書社，1997年7月），頁361。

不過歸有光之文亦非完美而毫無缺陷。如在官文書的作品方面，姚鼐以為有繁蕪俚俗之病：

> 西漢人文傳者，大抵官文書耳，而何其雄俊高古之甚。昌黎官中文
> 字，止用當時文體，而即得漢人雄古之意。歐、曾、荊公官文字有
> 雄古者，鮮矣。然詞雅而氣暢，語簡而事盡，固不失為文家好處矣。
> 熙甫於此體，乃時有傷雅、不能簡當之病。（〈與陳碩士〉第十四篇，
> 頁 83）

這方面類同方苞所言的：

> 震川之文於所謂有序者，蓋庶幾矣；而有物者，則寡焉。又其辭號
> 雅潔，仍有近俚而傷於繁者。〔註 172〕

雖然方苞並未指出如同姚鼐所提及的官文書體，但從先後順序來看，顯然是在方苞提出論述後，姚鼐於其中發現問題顯然正在於公文一類的文體。因此在《古文辭類纂》的書說與奏議這二類文體的收錄中，則略過歸有光的文章。另一方面，可以以為姚鼐意在提醒陳用光人各有擅長所為而難以面面俱到，如歸有光有傷雅、不能簡當之體，「一時欲其兼善，安有是邪？」〔註 173〕

（三）錢謙益、袁枚與厲鶚

最後，在對古文作家的褒稱外，姚鼐在《尺牘》中對當時的文人如袁枚、厲鶚與錢謙益的文論與作品內容多有貶論。以袁枚與厲鶚而言，姚鼐對其詩作有很沉重的批評且宛如怨懟之言：

> 今日詩家大為榛塞，雖通人不能具正見。吾斷謂樊榭、簡齋，皆詩
> 家之惡派。此論出必大為世怨怒。然理不可易，非大才不足發明吾
> 說，以服天下。意在足下乎？（〈與鮑雙五〉，頁 59）

而姚鼐對其批評也僅止於此篇，因此若要瞭解「惡派」的原因，就必須旁徵姚鼐在〈與張荷塘論詩〉中對當時詩風的討論：

> 薰蕕非同根，鵷鴟豈並處？欲作古賢辭，先棄凡俗語。青岩萬仞
> 立，丹鳳千里翥。寶氣照山川，芳華出霧雨。快此大美聚，亦使小
> 拙嫵。淺易詢灶嫗，險怪趨虯戶。焉知難易外，橫縱入規矩。小黠
> 弄狡獪，窺隙目用鼠。不知虎視雄，一嘯風林莽。嘵嘵雜市井，喁

〔註 172〕〔清〕方苞著；劉季高校點：〈書歸震川文集後〉，《方苞集》（上冊）（上海：
上海古籍出版社，1983 年 5 月），頁 117～118。
〔註 173〕〔清〕姚鼐：〈與陳碩士〉第七篇，《惜抱軒尺牘》，頁 78。

喝媚兒女。至言將不出,曩哲遭腹侮。謂獲昔未搜,頗疑今者愈。
嗟哉餘病耄,奈此眾簧鼓?弦上矢難留,蓄憤終一吐。不期得吾
心,君先樹幟羽。將掃妄且庸,略示白與甫。病幾偶對論,陽氣上
眉宇。東南百俊彥,解者未十五。寡和君勿嫌,終世一仰俯。有得
昔幾人,屈指君試數!〔註174〕

其中的「淺易詢灶嫗,險怪趨虬戶」兩句,「淺易」指以性靈詩學為主張的袁
枚,「險怪」則是指浙派「專趨宋人生癖一路」〔註175〕、「好用替代字」〔註176〕
與生僻典故的厲鶚。

厲鶚(1692～1752)為浙派知名文人,詩詞兼擅。為人「獨矯之以孤澹」
〔註177〕而不黯世俗。其詩作「善用典故,許多典故本於《墨莊漫錄》、《曲洧
舊聞》等宋人筆記、方志和其他著述」〔註178〕。因此詩中的字句用詞往往走
向尖新奇詭,非為姚鼐所認同的「正」之詩格:

古之善為詩者,不自命為詩人者也。其胸中所蓄,高矣、廣矣、遠
矣,而偶發之於詩,則詩與之為高廣且遠焉,故曰善為詩也。〔註179〕

另朱曙輝對姚鼐此詩中深埋對厲鶚的批評有一番深刻的挖掘:

通讀全詩可以看出,姚鼐對於浙派的批評集中在兩個方面:一是在
整體意境上,姚鼐嚮往的是如同「萬仞青岩」、「千里丹鳳」一般具
有壯闊雄渾特徵的「大美」,而厲鶚及浙派詩歌一向被詩論家認為
「氣局本小」、「無雄渾闊大之局陣篇幅」,故而姚鼐反對厲鶚詩歌
這樣狹小幽隘的詩境,貶之為「窺隙目用鼠」;二是在藝術方式上,
姚鼐反對厲鶚力求艱深的詩歌寫作手法,貶之為「小點弄狡儈」,
只會玩弄文字技巧,而宣揚一種超乎難易之外而「橫縱入規矩」的

〔註174〕〔清〕姚鼐:〈與張荷塘論詩〉,《惜抱軒詩文集》,頁485～486。

〔註175〕〔清〕袁枚著;王英志主編:《隨園詩話補遺》,《袁枚全集》(第三冊)(南京:
江蘇古籍出版社,1993年),頁648。

〔註176〕〔清〕袁枚《隨園詩話》:「吾鄉詩有浙派,好用替代字,蓋始於宋人,而成
于厲樊榭。……樊榭在揚州馬秋玉家,所見說部書多,好用僻典及零碎故事。」
詳見〔清〕袁枚著;王英志主編:《隨園詩話》,《袁枚全集》(第三冊)(南京:
江蘇古籍出版社,1993年),頁309。

〔註177〕〔清〕杭世駿:《科詞掌錄》(上冊)(臺北:臺灣學生書局,1976年3月),
卷二,頁81。

〔註178〕路楊:〈厲鶚詩學主張淺論〉,《現代語文(文學研究)》2010年7期(2010年
7月),頁42。

〔註179〕〔清〕姚鼐:〈荷塘詩集序〉,《惜抱軒詩文集》,頁50。

寫作方式，即對創作主體高遠開廣精神境界的直接描述，以虎嘯風

　　生為之贊。〔註180〕

因此可以見得，厲鶚這種作新奇之語卻故意縮小格局的行為，既無像韓愈一般革新成功，「備有『閬闐』幽深之境」〔註181〕，反倒使詩風走向「亂之以怪僻猥碎」〔註182〕之境而不夠端正。

　　而另一位袁枚（1716～1797），雖然為姚鼐多年的好友，但在詩文作品與理論方面與其時有齟齬。袁枚主張「言詩之必本乎性情也」〔註183〕：

　　人有滿腔書卷，無處張皇，當為考據之學，自成一家；其次，則駢

　　體文，盡可鋪排。何必借詩為賣弄。自《三百篇》至今日，凡詩之

　　傳者，都是性靈，不關堆垛。〔註184〕

認為詩應抒發情調，注重情感而要能自由揮灑，在主題上多強調「情所最先，莫如男女」〔註185〕而非詩學傳統的「詩言志」，並且排斥過度雕琢字句：「近見作詩者，好作拗語以為古，好填浮詞以為富。」〔註186〕因此「寫了不少具有真情實感、富有新意的作品，但其詩中也有不少艷靡纖佻、輕薄之作」〔註187〕。這正與嚴謹而認為詩文應「明道義、維風俗以詔世者」〔註188〕的姚鼐所持的「雅」背道而馳。因此姚鼐在為其所作的墓誌銘中就藏有暗諷意味：

　　君古文、四六體，皆能自發其思，通乎古法。於為詩，尤縱才力所

　　至，世人心所欲出不能達者，悉為達之。士多效其體，故《隨園詩

　　文集》，上自朝廷公卿，下至市井負販，皆知貴重之。〔註189〕

〔註180〕 朱曙輝：〈論姚鼐對厲鶚之詩學批評〉，《宿州學院學報》第 26 卷第 12 期（2011年 12 月），頁 50～51。

〔註181〕 〔清〕姚鼐：〈謝蘊山詩集序〉，《惜抱軒詩文集》，頁 54。

〔註182〕 〔清〕姚鼐：〈贈錢獻之序〉，《惜抱軒詩文集》，頁 110。

〔註183〕 〔清〕袁枚著；王英志主編：《隨園詩話》，《袁枚全集》（第三冊）（南京：江蘇古籍出版社，1993 年），頁 86。

〔註184〕 〔清〕袁枚著；王英志主編：《隨園詩話》，《袁枚全集》（第三冊）（南京：江蘇古籍出版社，1993 年），頁 141。

〔註185〕 〔清〕袁枚著；王英志主編：〈答蕺園論詩書〉，《小倉山房文集》，《袁枚全集》（第二冊）（南京：江蘇古籍出版社，1993 年），頁 527。

〔註186〕 〔清〕袁枚著；王英志主編：《隨園詩話》，《袁枚全集》（第三冊）（南京：江蘇古籍出版社，1993 年），頁 487。

〔註187〕 金華珍：《桐城派詩論研究》（臺北：國立臺灣師範大學國文學系博士學位論文，2006 年），第六章第一節，頁 263。

〔註188〕 〔清〕姚鼐：〈復汪進士輝祖書〉，《惜抱軒詩文集》，頁 89。

〔註189〕 〔清〕姚鼐：〈袁隨園君墓誌銘並序〉，《惜抱軒詩文集》，頁 202。

姚鼐以為袁枚的詩作風格能雅至「上自朝廷公卿」，但也因其「天才穎異」、「喜聲色」〔註190〕導致「遂或涉於粗浮，近於遊戲者有之」、「才多而手滑，諸體皆有遊戲」〔註191〕等等不甚莊重而「下至市井負販」，如同白居易一事「詢灶嫗」的淺俗。因此從不夠端正的厲鶚與過於俚俗的袁枚之詩學主張來看，就不難理解因世人流行厲、袁詩風而牴牾自身崇仰的詩學傳統的姚鼐而感嘆「非大才不足發明吾說」所生發的「詩家之惡派」的憤懣批評。

而《尺牘》中最受批評的文人為明末清初詩人錢謙益（1582～1664）。錢謙益在歷史上毀譽參半，批評多集中在改朝易代的剃髮降清與娶名妓柳如是一事，而褒稱多在「為文博贍，諳悉朝典，詩尤擅其勝。明季王、李號稱復古，文體日下，謙益起而力振之」〔註192〕的工為詩文與以其地位來反對明代的復古派。

明代的復古派風行一時，「倡言文必秦漢，詩必盛唐」〔註193〕，並要求時人「在創作上，直接透過對前人典範作品之風格反覆掌握來襲擬的『格調』美感」〔註194〕作為評判的標準。但錢謙益相當反對復古詩風，並對當時的作詩環境提出反省與批評：

> 有宋淳熙以後，以腐爛為理學，其失也陋。本朝弘、正（弘治、正德）以後，以剽賊為古學，其失也倍。〔註195〕

> 弘、正以後之繆學，如偽玉贗鼎，非博古識真者，未有不襲而寶之者也。繆學之行，惑世而亂真，使夫人窮老盡氣，至死而不知悔，其為禍尤慘於俗學。〔註196〕

〔註190〕趙爾巽等撰：《清史稿》（第四冊）（北京：中華書局，1998年1月），卷四百八十五，列傳二百七十二，頁3427。

〔註191〕此兩句出自〔清〕張維屏編撰；陳永正點校：《國朝詩人徵略》（廣州：中山大學出版社，2004年12月），頁447。

〔註192〕趙爾巽等撰：《清史稿》（第四冊）（北京：中華書局，1998年1月），卷四百八十四，列傳二百七十一，頁3412。

〔註193〕〔清〕張廷玉等撰：《明史》（北京：中華書局，1974年4月），卷二百八十六，頁7348。

〔註194〕黃如焄：《明代詩學精神與神韻傳統》（嘉義：國立中正大學中國文學系博士學位論文，2000年），第一章，頁31。

〔註195〕〔明〕瞿式耜：〈牧齋先生初學集目錄後序〉，詳見〔明〕錢謙益著；〔清〕錢曾箋注；錢仲聯標校：《牧齋初學集》，《錢牧齋全集》（第一冊）（上海：上海古籍出版社，2003年8月），頁52。

〔註196〕〔明〕錢謙益著；〔清〕錢曾箋注；錢仲聯標校：〈答唐訓導論文書〉，《錢牧齋全集》（第三冊）（上海：上海古籍出版社，2003年8月），頁1702。

> 本朝弘、正間學杜者，專法此等詩，模擬其槎牙突兀，粗皮老幹，
>
> 以為形似。〔註197〕

在錢謙益「看來復古派對漢文、唐詩的模擬，只能是像漢文、唐詩的贋品，而不可能達到漢文、唐詩本身的高度」〔註198〕，因此大力抨擊前後七子以摹擬為主要作詩方法所帶起的浪潮。

　　但日後主張摹倣為創作詩文的手法之一的姚鼐卻為此相當反感，因此在《尺牘》中多告誡門生對錢謙益之言勿盡信：

> 近世人習聞錢受之偏論，輕譏明人之摹倣，文不經摹倣，亦安能脫
>
> 化？觀古人之學前古，摹倣而渾妙者，自可法；摹倣而鈍滯者，自
>
> 可棄。雖揚子雲亦當以此義裁之，豈但明賢哉？（〈與管異之〉，頁
>
> 69）

在本章的第二節的「遣詞」一題中曾有論述，姚鼐以學書法必須先從臨帖為比喻，認為作詩文與其方法一樣，初學都是先從摹倣入手，後再盡變形貌：

> 近人每云，作詩不可摹擬，此似高而實欺人之言也。學詩文不摹擬，
>
> 何由得入？須專摹擬一家，已得似後，再易一家。如是數番之後，
>
> 自能鎔鑄古人，自成一體。若初學未能逼似，先求脫化，必全無成
>
> 就。譬如學字而不臨帖，可乎？（〈與伯昂從姪孫〉，頁129）

如此反覆熟練，就能潛移默化，從中深得古人作詩文的方法，後才能擁有自己創立的風格。因此姚鼐對錢謙益的反摹擬相當不以為然，而勸門生勿聽信其言，以免誤入歧途：

> 多作詩大佳，聽覃谿之論，須善擇之。吾以謂學詩，不經明李、何、
>
> 王、李路人，終不深入。而近人為紅豆老人（按：錢謙益）所誤，隨
>
> 聲詆明賢，乃是愚且妄耳。覃谿先生正有此病，不可信之也。（〈題
>
> 鹿源地圖〉第七篇，頁120）

> 《崆峒集》亦正為子選導，紅豆老人謬說，勿聽之也。（〈與管異之〉，
>
> 頁67）

　　但實際上，錢謙益的批評是以為作詩應將性情與學問互相搭配為基礎，使

〔註197〕〔明〕錢謙益著；〔清〕錢曾箋注；錢仲聯標校：〈承聞河北諸道節度入朝歡
　　　　喜口號絕句〉，《錢牧齋全集》（第三冊）（上海：上海古籍出版社，2003 年 8
　　　　月），頁 2180。

〔註198〕李向昇：〈性情與法度：論汪琬對錢謙益古文觀的批評〉，《政大中文學報》第
　　　　二十二期（2014 年 12 月），頁 80。

詩能「以性情為內在精神，以學問為外在文采」〔註199〕，而非只模仿唐人之作，空有外在的贗品：

> 夫詩之為道，性情學問參會者也。性情者，學問之精神也；學問者，性情之浮尹也。〔註200〕

是以強調創作者應提升自己的內涵，來做為作詩的動力與靈感來源。這部分實與姚鼐認為「夫詩之至善者，文與質備，道與藝合，心手之運，貫徹萬物，而盡得乎人心之所欲出」〔註201〕的內在的道與外在的藝應相合，符合心中所欲抒發之感，以及勸陳用光應「勉力修心，文章猶是餘事耳」〔註202〕的充實自深的內涵有部分的相似。因此在詩之至善的理想層次上，姚鼐與錢謙益可說是相似而近於相通，其差別僅在手法而已。

三、時文批評

　　因作家的才性、喜好與擅長的不同，是以在致力創作時所選擇發揮的文體，也會因其格律、聲韻與傳統名家的作法而有所考慮。因此同一個題目或題材，發揮在不同的文體時，也會有各自的況味。所以選擇文體、理解文體的格式內涵與傳統作法，是為創作的重要考量之一。

　　在《尺牘》中，時文與古文之分的討論為一項重要命題。「時文」即指一個時代所風尚流行的文體。在明代至清末取消科舉之間，由於科舉以《四書》、《五經》為考試範圍，並以八股形式取士，因此時文在明清兩代專指八股文。

　　時文的特點在於「一是流行於一時；二是在流行的時期內，又有著基本固定的程式」〔註203〕。由於時文受世人一時的流行後，多出現浮濫誇張的使用。最常見的即是將中榜進士們的時文集結刊刻成冊，販售於民間，形成「時文之牘以億萬計」〔註204〕的景象。在「萬般皆下品，唯有讀書高」的傳統觀念下，

〔註199〕李向昇：〈性情與法度：論汪琬對錢謙益古文觀的批評〉，《政大中文學報》第二十二期（2014年12月），頁86。

〔註200〕〔明〕錢謙益著；〔清〕錢曾箋注；錢仲聯標校：〈尊拙齋詩集序〉，《錢牧齋全集》（第七冊）（上海：上海古籍出版社，2003年8月），頁412。

〔註201〕〔清〕姚鼐：〈荷塘詩集序〉，《惜抱軒詩文集》，頁51。

〔註202〕〔清〕姚鼐：〈與陳碩士〉第七十一篇，《惜抱軒尺牘》，頁108。

〔註203〕祝尚書：〈論宋代時文的「以古文為法」〉，《四川大學學報》（哲學社會科學報）第4期（2007年），頁18。

〔註204〕〔清〕吳肅公：《讀書論世》，詳見四庫禁燬書叢刊編纂委員會編：《四庫禁燬書叢刊・子部》（第二十一冊）（北京：北京出版社，2000年），卷三，頁292～293。

學子文人讀時文冊並模仿其中的作答方式，逐漸使學子忽略經書的內容，偏離了科舉的本意。

而以「固定的程式」來說，情況類如王國維所言的「蓋文體通行既久，染指遂多，自成習套」〔註205〕：一種文體經過太多文人的模仿與沿襲，其中本來情文並茂、述論得當的語句就成了凡夫俗子的陳腔濫調。又因參加科舉的文人往往求速成，只背誦冊子裡的文章字句，不解其中的意涵。同時考官不論是「有意的懈怠敷衍，將時間浪擲在談知主酬間，或是『精力偶憊，目懶格篇』也或是卷數告繁、時間逼促」〔註206〕，意在最短的時間內解決試卷而多忽略內涵較深遠，需要長時間理解的試卷，或是出於個人喜好，「前或以為是，後或以為非；今或出於此，後或出於彼，止隨一時之去取以為能否」〔註207〕的飄忽不定。這些上級與下層的交互影響，導致學子所作的文章或僵化如樣板，毫無特色與變化，或猜題而投考官的喜好，缺乏個人的思維邏輯。這個情況，因八股文的出現而在明清兩代最為盛行。

八股文，又稱八比文、制藝、四書文與經義文等等〔註208〕。八股文為明清兩代科考的體式，是常見且流行於文人學子之間的文體，因此又稱「時文」。八股的「股」，即強調文章中應有的格式──對偶，依序為破題、承題、起講、中股、後股、束股與大結。其中的字數有嚴格限定，中間四股需用對偶。內容必須論述與詮釋程朱理學所註釋的儒家經典。文句中的語氣要能「代聖人立

〔註205〕 王國維著；靳德峻箋證；蒲菁補箋：《人間詞話》（成都：四川人民出版社，1981年9月），頁70。

〔註206〕 侯美珍：〈明清科舉八股小題文研究〉，《臺大中文學報》第25期（2006年12月），頁169。

〔註207〕 〔南宋〕彭龜年撰：〈乞寢罷版行時文疏〉，《止堂集》（第一冊）（北京：中華書局，1985年），頁2。

〔註208〕 袁行霈《中國文學史（下冊）》：「八股文除了制義這一稱法之外，還稱作制藝、時藝、時文、八比文，而所謂的股，有對偶的意思。八股文有一套相對固定的寫作格式，其題取自四書五經，尤以四書命題占多數。題出四書，而文章論述的內容要根據宋儒朱熹的《四書章句集注》等書而展開，不能隨意發揮。每篇開始以兩句點破題意，稱為『破題』。然後承接破題而進行闡發，稱為『承題』。接著轉入『起講』，即開始議論。後再為『入手』，意為起講後的入手之處，以下再分起股（也稱起比、提比）、中股（也稱中比）、後股（也稱後比）、束股（也稱束比）四部分。末尾又有數十字或百餘字的總結性文字，稱作大結。自起股至束股，每股都有兩排排比對偶的文字，共為八股，所以稱為八股文。」詳見袁行霈：《中國文學史（下冊）》（臺北：五南圖書，2011年3月），第四卷第三章，頁361。

言」，揣摩題目所涉及的主角的口吻來作答。如姚鼐曾言：「讀書以明理，則非如做時文有口氣。」〔註209〕即是此理。因此在這般嚴謹且牢固的規範下，形成「主旨明確、層次清晰、邏輯嚴密、說理透徹」〔註210〕、「其明義理、切倫常，實可見諸行事，非若策論之功利、辭賦之浮理而已」〔註211〕的特點。

雖然八股文有考試標準化、選材方便與「蓋以諸經之精蘊匯湧於四子之書」〔註212〕的將經典詮釋的淋漓盡致等優勢，但除了上述的流行所造成的浮濫與考官的喜好偏差等的外在缺點，八股文本身的文體限制以及官方推動後即產生對文人的心態與試場文化的傷害。例如顧炎武曾於《日知錄》中指責八股文：

> 昔人所待一年而皆者，以一月畢之。成於剽襲，得於假借，卒而間其所未讀之經，有茫然不知為何書者，故愚以為八股之害等於焚書，而敗壞人材有甚於咸陽之郊所坑者……。〔註213〕

> 愚嘗謂自宋之末造以至有明之初年，經術人材於斯為盛。自八股行而古學棄，《大全》出而經說亡，十族誅而臣節變，洪武、永樂之間，亦世道升降之一會矣。〔註214〕

試人只將作八股文視為仕宦之途的進程，棄《四書》原文於不顧而一味地猜題、背誦選本。因此顧炎武將八股文對文人學子的殘害與秦始皇焚書坑儒的書厄掛上等號，此盛行猶如一場文化浩劫，是為明代的世道降格的原因之一。又如黃宗羲曾言：

> 余曰：「科舉盛而學術衰。昔之為時文者，莫不假道於《左》、《史》、《語》、《策》、《性理》、《通鑒》，既已搬涉運劑於比偶之間，其餘

〔註209〕〔清〕姚鼐：〈與師古兒〉，《惜抱軒尺牘》，頁192。
〔註210〕甘秉慧：〈八股文經世乎？——兼論劉熙載之經世觀〉，《國文學誌》第5期（2001年12月），頁362。
〔註211〕〔清〕梁章鉅：《制藝叢話·卷三》（上海：上海書局，2001年12月），頁48。
〔註212〕〔清〕方苞〈進四書文選表〉：「制義之興七百餘年，所以久而不廢者，蓋以諸經之精蘊，匯涵於四子之書，俾學童而習之，日以義理浸灌其心，庶幾學識可以漸開，而心術群歸於正也。」詳見〔清〕方苞著；劉季高校點：〈進四書文選表〉，《方苞集》（下冊）（上海：上海古籍出版社，1983年5月），頁579。
〔註213〕〔清〕顧炎武著；黃汝成集釋；欒保群，呂宗立校點：《日知錄集釋：全校本》（中冊）（上海：上海古籍出版社，2006年12月），頁946。
〔註214〕〔清〕顧炎武著；黃汝成集釋；欒保群，呂宗立校點：《日知錄集釋：全校本》（中冊）（上海：上海古籍出版社，2006年12月），頁1045。

> 力所沾溉，雖不足以希作者，而出言尚有根柢，其古文固時文之餘
> 也；今之為時文者，無不望其速成，其肯枉費時日於載籍乎……。」
〔註215〕

黃宗羲以為八股文造成時人只追求形式文字的速成，而荒廢聖人經典的本意。可見有危機意識的學者都對八股文的風氣存有反感與睥睨的態度。

　　而在《尺牘》中，也可見姚鼐對時文存有批評。如在〈與鮑雙五〉中稱的「今世時文之道，殆成絕學矣」〔註216〕，以及其它篇中皆有相似的論述：

> 近時文體，壞敝日甚，士習詭陂因之。（〈復賈良山〉，頁30）

> 王於一古文，鼐不甚喜；未可與侯魏並，不待言矣。而宋編修時文，乃佳甚。今文體極壞時，豈易有此邪？（〈與陳碩士〉第八十篇，頁111）

此處的文體與時文，雖然確實直指八股文，但實際上這些批評的態度正與上述的黃宗羲與顧炎武的內容相似，並非指責文體本身，而是專指仕人學子所作的八股時文以及其所衍生的流行。姚鼐在〈與陳鍾粲〉中對此說得非常明白：

> 閣下所云「文足以覘士行」者是也。夫士誦習先儒，謹守成說者，固必未盡賢也。乃至肆然棄先儒之正學，掇拾詖陋，雜取隱僻，以眩惑淺學之夫，此其心術，為何如人哉。衡文者不能鑒別，往往錄取，轉相傚效，日增其弊，此何怪士風之日壞也。閣下毅然欲率今日士習使之端，固當變今日文體使之正。且士最陋者，所謂時文而已，固不足道也。其略能讀書者，又相率不讀宋儒之書。故考索雖或廣博，而心胸嘗不免猥陋，行事嘗不免乖謬。願閣下訓士，雖博學彊識，固所貴焉，而要必以程、朱之學，為歸宿之地。以此覘於士習，庶或終有裨益也乎。（〈與陳鍾粲〉，頁74）

姚鼐與陳希曾討論八股時文的弊病，將問題分為仕人與考官兩個部分。而這其中尤以仕人的責任最大。姚鼐以為，仕人只背誦經書而不解其中的內容，輕視宋儒之書而專注在瑣碎的考證，又在作八股文上沿抄舊文，卻不知其中的佳惡，導致抄襲拙劣處：「掇拾詖陋」，又或是引用隱晦冷僻的典故來故作姿態，矯造文章的聲勢：「雜取隱僻」，來騙取考官的注目。而考官的學識淺薄，不能

〔註215〕〔清〕黃宗羲著；陳乃乾編：〈李杲堂文鈔序〉，《黃梨洲文集》（北京：中華書局，1959年1月），頁340。
〔註216〕〔清〕姚鼐：〈與鮑雙五〉，《惜抱軒尺牘》，頁64。

評鑑其中的優劣，往往錄取劣文，以至於使仕人爭相效仿，造成惡果循環。因此嘆息考場的風氣猶如邪教一樣，讓人望之卻步：

> 嘗歎近時闈墨，風氣之壞，殆與邪教相表裏乎？（〈題鹿源地圖〉第九篇，頁 122）

因此在這樣艱難的風氣下，若對方為姚鼐所認可的文士同時任考場相關之職，或有位高權重之力，往往勸其振興文風，希望能鑑別出猥陋乖謬的八股文而不錄：

> 近時文體，壞敝日甚，士習詭陂因之。如閣下讀宋賢之書，融洽貫穿，以施於文，殆孔子所云「辭達」者。以當衡士之任，必能釐正偽體，有俾於教化，惜尚未見任也。閣下亦自信所執待之，終有光於斯世而已。（〈復賈良山〉，頁 30）

> 今春望雙五總裁會闈，文體之壞甚矣，能反之以正，乃士流之所望也。（〈與鮑雙五〉，頁 64）

但事實上，姚鼐也深知作八股時文的重要。即便他曾在〈與陳碩士〉中說「老病厭看時文」〔註217〕，但作為千百年以來文人加官晉爵的最正統的方法，仍無法輕易放棄之。因此姚鼐曾言：

> 鼐尚如故態，欲定居金陵而未得成，欲歸桐城亦尚未得也。賢昆仲近作何功夫？學古之餘當亦不免少習時文以待試邪。（〈與姚春木〉，頁 165）

從贊同學八股時文應與學古文一樣重要來等待考試一事來看，可見姚鼐非常清楚八股時文的問題的癥結與脈絡。因此希望門生在涵養學問之餘，仍要顧及生活所需。

　　事實上，從〈與姚春木〉一篇可以看出姚鼐並不反對八股時文，反而對其表現出一種甚為通達開放的態度。姚鼐以為，若作者能盡性情與才能，不論發揮在何種文體上，都有可供觀賞與傳承的價值：

> 衰病欲盡之年，固樂聞海內之友賢俊耳。大抵所貴在有真踰人處，而不必其同途。詩佳則取詩，文佳則取文，經學、史學、天文、數算、地理、小學，即四六時文，皆可愛。但欲其精，不必其多。能兼者自佳，不能兼亦何害？（〈與陳碩士〉第六十篇，頁 104）

〔註217〕〔清〕姚鼐：〈與陳碩士〉第八篇，《惜抱軒尺牘》，頁 78。

因為最上一等的人才，是各種文體無所不擅，而一般人才即便只專擅一種體裁，只要能瞭解自己的擅長且專精其中，作八股時文也能「可愛」。因此姚鼐也不認為文體有上下尊卑之分：

> 楚中近有異才不？不知今天下人才，何以若是衰耗。想使者取賢不限一格，或學問，或文章，學問中非一門，文章亦非一門。假如其人能作時文，亦即可取，今世時文之道，殆成絕學矣，由諸君子視之太卑也。夫四六不害為文學之美。時文之體，豈不尊於四六乎？
> （〈與鮑雙五〉，頁64）

即便「今世時文之道，殆成絕學矣」，仍不否定八股時文的存在價值，是以「時文之體非陋，為之者自陋耳」〔註218〕，而將關注的焦點著重在詩文的品質能否有「真踐人處」，並非文體的種類。

因此既然文風問題並非在文體，而是士人學子的心態所致，就可不必排斥八股時文，或抗拒任何一種文體。誠如在與管同的尺牘中言：

> 賢既作古文，須知經藝一體；又應科訓徒，不得棄時文。然此兩處畫開，用功亦兩不相礙。（〈與管異之〉，頁68～69）

姚鼐以為，八股時文與古文的用途不同，作古文可以是追慕古人，充養經書的內涵或個人喜好而不為目的，又或是說不為當下的功利榮慕。而八股文則是用以考試與教書，加官晉爵以便日後服務社稷人民。但是姚鼐又提到「用功亦兩不相礙」，因此顯然在追求文章的某種理想的高度上，「夫文無所謂古今也，惟其當而已」〔註219〕，古文與八股時文是可以相通有無而無尊卑之分，僅於用途不同。姚鼐就曾為此補充道：

> 時文除石士所刻六十篇之外，又得百廿餘篇，其中佳者，似可與荊川、鹿門抗行。此事在今日，殆成絕學。以俗人但知作科舉之文，而讀書好古之君子，又以其體近而輕之不為。不知此與作古文亦何以異哉？（〈與陳碩士〉第三十五篇，頁92～93）

既然古文與八股時文的關係「體近」，理念可互通，而古文與經藝又為一體，且古文與八股時文在作法上「何以異哉」，若能從古文中汲取經藝的養份以充實時文，即便仕人作八股文之風氣仍為猥陋輕薄，還是可以「在結構、行文和

〔註218〕 〔清〕姚鼐：〈與吳殿麟〉，引自盧坡：〈姚鼐尺牘輯補〉，《古籍整理研究學刊》第2期，2019年3月，頁29。

〔註219〕 〔清〕姚鼐輯；王文濡評註：〈古文辭類纂序〉，《大字本評註古文辭類纂》（上冊）（臺北：華正書局，2000年8月），頁3。

表現諸多方面換湯換藥，舊瓶裝新酒，賦予時文體新的生命力」〔註220〕。而要能作八股時文以相通古文，改善抄襲、猥陋的風氣，姚鼐認為其關鍵仍在作者的才、學與識。

　　姚鼐在《尺牘》中舉韓愈與歸有光二人為例，雖然在他們生活的當時是創作時文，但其能賦予文章深厚的內涵，使文章的質地可置於傳統一脈中而成為古文，擴大時文之境，是為典範：

> 東漢、六朝之誌銘，唐人作贈序，乃時文也；昌黎為之，則古文矣。
>
> 明時經藝壽序，時文也；熙甫為之，則古文矣。作古文者，生熙甫
>
> 後，若不解經藝，便是缺陷。（〈與管異之〉，頁68）

同樣作贈序，唐人作則時文，但韓愈為之則古文；明人作八股文、壽序則時文，但同時代的歸有光為之則為古文。這段所稱的時文雖然並非專指八股文，但道理顯然是相通的：若明清人作八股文則為時文，若韓愈、歸有光等人作八股文則為古文。而正因韓愈「能自樹立，不隨流俗」〔註221〕、「即得漢人雄古之意」〔註222〕與「盡變古人之形貌」〔註223〕，歸有光「能於不要緊之題，說不要緊之語，卻自風韻疏淡」〔註224〕，而學得司馬遷的筆法與心境，同時二人皆學承古文的傳統，「要求言之有物，忌空話連篇、無病呻吟」，在識上要「無論寫景狀物還是議論抒情，或者以情動人，或者以理服人」，都能「給讀者情感的啟迪或理性的哲思」〔註225〕。在如此的作文能力與豐富的學識下，才能將時文「因變而生奇趣，文家之境，以是廣矣」〔註226〕變化為古文。而在姚鼐當時的作者，或許即便才力無法迫近韓愈、歸有光等人，但仍可以盡心努力在學與識上。又歸有光的時代接近，已將八股文的內涵充實為古文，是為以古文為時文的先驅者，因此言「作古文者，生熙甫後，若不解經藝，便是缺陷」，是提醒作者歸有光為一大捷徑，不可顧唐宋八家而失彼。

〔註220〕鄧心強，史修永著：《桐城派文體學研究》（合肥：安徽大學出版社，2012年9月），第三章，頁206。

〔註221〕〔清〕姚鼐：〈與張阮林〉，《惜抱軒尺牘》，頁50。

〔註222〕〔清〕姚鼐：〈與陳碩士〉第十四篇，《惜抱軒尺牘》，頁83。

〔註223〕〔清〕姚鼐輯；王文濡評註：〈古文辭類纂序〉，《大字本評註古文辭類纂》（上冊）（臺北：華正書局，2000年8月），頁31。

〔註224〕〔清〕姚鼐：〈與陳碩士〉第五十七篇，《惜抱軒尺牘》，頁103。

〔註225〕以上三句引自鄧心強，史修永著：《桐城派文體學研究》（合肥：安徽大學出版社，2012年9月），第三章，頁197。

〔註226〕〔清〕姚鼐：〈與陳碩士〉第六十篇，《惜抱軒尺牘》，頁104。

最後，姚鼐提醒，若作者要創作時文或八股文，除了盡力符合當時流行的文體規範之外，還是應先從學作古文開始，或以作古文的態度來作時文：

> 大抵從時文家逆追經藝古文之理甚難；若本解古文，直取以為經義之體，則為功甚易，不過數月內可成也。（〈與管異之〉，頁 68）

因為古文中蘊涵經典道理、聖人之言，能自由發揮，而時文往往苦於規範又必須要有聖人「口氣」〔註227〕，因是若要作時文來「守宋儒之學，以上達聖人之精」〔註228〕，從時文來上推古文較難，以古文下推時文較易。另一方面，作時文還要能使用古人之法，「通古人之意，期存人心之正，足以講倫理、厚風俗」〔註229〕而藉以達儒家之道。因此姚鼐建議從學作古文開始，來成就並擴大八股時文的境界，以此深入聖賢經典的道理。如同他自己所說的：「用科舉之體制，達經學之本原，士必有因是而興者，余竊樂而望焉。」〔註230〕

結語

本章綜合《尺牘》中的文學觀點，將其中重要的內容歸納，分為總論、創作論與批評論，並一一分析之。雖然這些內容分散在《尺牘》中每一篇，但經本章的整理可以發現，姚鼐有著一套嚴密而詳實的文學理論架構，不論從《尺牘》中的何處截取，都不致產生矛盾與齟齬。

另一方面，這些文學觀點多切中要點而用字精簡。雖然未能詳述內涵，但以《尺牘》之體裁而言，此最為適合用以教授及推廣。不僅表現姚鼐縝密的思維，亦是長期沉潛書院教學的研究成果。

〔註227〕 〔清〕姚鼐〈與師古兒〉：「汝身子不健，不必銳意作時文，卻不可不讀經書。蓋人元不必斷要舉人、進士，但聖賢道理不可不明。讀書以明理，則非如做時文有口氣。」詳見〔清〕姚鼐：〈與師古兒〉，《惜抱軒尺牘》，頁 193。
〔註228〕 〔清〕姚鼐：〈停雲堂遺文序〉，《惜抱軒詩文集》，頁 53。
〔註229〕 〔清〕姚鼐：〈禮箋集要序〉，《惜抱軒詩文集》，頁 252。
〔註230〕 〔清〕姚鼐：〈鄉黨文擇雅序〉，《惜抱軒詩文集》，頁 58。

第六章 《惜抱軒尺牘》的寫作藝術

　　姚鼐的寫作造詣及成就，深受後世學者肯定，如《清史稿》稱「所為文高簡深古，尤近歐陽修、曾鞏」〔註1〕、王芑孫在〈惜抱軒文集序〉云「其文簡澹而精深，脩然有得於性情之際」〔註2〕；或是將姚鼐譽為集桐城之大成、承繼唐宋古文一脈，如李鴻章言「今天下言古文者必宗桐城，蓋肇自望溪方氏，而集成於惜抱姚先生」〔註3〕、方宗誠云「自惜抱文出，桐城學者大抵奉以為宗師」〔註4〕等皆然。

　　不論是取徑於後人的評論，或是以文學角度來分析姚鼐的尺牘文章，除了是參與姚鼐的人生與意識的縮影，更可藉由對作品的認識，來考察其文學觀念的實踐情形。本章擬從篇章藝術、寫作風格與修辭技巧三方面，以探究《尺牘》中的寫作藝術。尺牘雖因其體小質輕，「謔浪笑傲，無所不可」〔註5〕的特性而時常為文學史所忽略，但仍能看出姚鼐對文章寫作的自我堅持與

〔註1〕 趙爾巽等撰：《清史稿》（第四冊）（北京：中華書局，1998年1月），卷四百八十五，列傳二百七十二，頁3430。

〔註2〕 〔清〕王芑孫：〈書惜抱軒文集〉，《淵雅堂全集》，詳見續修四庫全書編纂委員會編：《續修四庫全書・一四八一・集部・別集類》（上海：上海古籍出版社，2002年），頁245。

〔註3〕 〔清〕李鴻章：〈惜抱軒遺書三種序〉。詳見〔清〕姚鼐著，盧坡點校：《惜抱軒尺牘》（合肥：安徽大學出版社，2014年3月），頁146。為減少繁冗的註解，以下凡引自此書，皆會以簡註呈現。

〔註4〕 〔清〕方宗誠：《柏堂集》，次編卷一。轉引自周中明：《姚鼐研究》（合肥：安徽大學出版社，2013年5月），附錄，頁598。

〔註5〕 〔清〕洪錫豫著：〈小倉山房尺牘序〉，詳見〔清〕袁枚著；王英志主編：《袁枚全集》（第五冊）（南京：江蘇古籍出版社，1993年），頁1。

要求，才能「無過情誕漫之詞，有直諒溫惠之風」〔註6〕，並達致可觀的藝術性。

第一節 《惜抱軒尺牘》的篇章藝術

在姚鼐嚴謹而有法度的作文意識下，《尺牘》中的作品脫離尺牘本身揮灑自如的文體特徵，而形成一篇篇結構勻整，富有辭采的尺牘美文。本節將探討《尺牘》中的篇章結構。為便於分析，筆者將尺牘分為「敘事尺牘」與「論說尺牘」二大類，來探究姚鼐經營篇章的寫作藝術。

一、敘事尺牘的篇章藝術

敘事尺牘由於作為人際交流的使用，上至官場時事，下至家事或鄉里舊聞，內容可謂包羅萬象。姚鼐以作古文筆法來作尺牘，使得這一類作品有「詞雅氣暢，語簡事盡」之風。在篇章結構上，有「層次鮮明，井然有序」、「鋪陳情感，由近而遠」與「先記後敘，事先情後」等特點，敘述條理分明。以下分別說明：

（一）層次鮮明，井然有序

「層次鮮明，井然有序」是為姚鼐的敘事尺牘中最為鮮明的特色，也是許多篇尺牘最為常用的手法。由於尺牘隨興揮灑的關係，在結構上不比書信嚴整，可忽略稱謂、問候、敬詞與應酬語，有時與對方關係親近，或書寫急事時，亦可將正文作為開篇。但姚鼐不以上述的形式書寫，反而如作者蕭穆的性格，以作古文之法來作尺牘，因此有著一套完整的形式。

常見的範式順序為開頭應酬語、問候語、正文、結尾應酬語、結尾敬詞。例如〈與謝蘊山〉：

> 夏初一書，坿使者上呈，必已達矣。秋初餘暑未退，惟起居萬福。
> 大著《西魏書》敬讀一過，意有所見，妄以記之簡端，伏聽裁定。
> 承命作序已就，便冠良史之首，惶悚惶悚。至於書中誤字，不可勝
> 校，鼐隨以朱筆改定者，恐不過十之二三耳，尚須更命人一番細校
> 也。胡生雒君在楚中，甚為章貿齋所苦，餘人多去之，雒君勉雷以

〔註6〕劉聲木撰，徐天祥校點：《桐城文學淵源考撰述考》（合肥：黃山書社，2011年12月），頁150。

終其事。秋冬之間，或來鈴閣，未可知也。計此時其書亦嚮成矣。
若今冬不來，必於明春爾。公事勤勵之餘，伏惟慎護。率候不具。
（〈與謝蘊山〉，頁11）

此篇可見姚鼐在創作時排列出兩種鮮明的層次，一是應酬語、問候語與正文三者之間的分界明顯且不混雜，二是正文又因書寫的內容而可細分為兩件事，前為姚鼐為謝啟昆的著作《西魏書》作序，後為告知胡虔在章學誠做幕僚的窘況，而前後兩則涇渭分明。此外，若正文為敘述多件事情時，姚鼐亦能信手拈來。試以〈與胡雒君〉為例：

不得消息，又踰半年，想動定佳適。書局事已畢？目下何所為邪？
鼐二月至敬敷，攜觀、雉及外甥幹，朝夕亦頗適，但皖中可與言之
人，更難得於江寧也。今年會榜，惟石士館選，最為可喜。其餘名
人殊少。而邑中左君之事，尤可慨歎矣。近諸賢赴秋闈，而觀海、
叔固、青展皆裹足不行，亦其見之果邪。故鄉歲豐穀賤，斯第一可
喜事。孔城劉生名開，十九歲，吾呼來書院讀書。故鄉讀書種子，
異日或在方植之及此人也。衡兒場後雷京，當仍居何季甄家，然吾
亦久不得其信也。尊處舊所借五女一項，伊今嫁女須用，望以原本
寄至鼐處，清結可也。朝夕惟珍重。千萬不具。（〈與胡雒君〉，頁
43）

在開篇應酬與問候後的正文共敘述八件事，依序為二月至書院、陳用光進榜、邑中左君、友人不入秋闈、桐城豐收、培養劉開、姚景衡續留京城以及婚嫁借用品項。加之結尾應酬與敬詞，亦構成一篇雖然分享的內容較上篇多，但敘事仍為清晰的尺牘書寫形式。

從此二例來看，雖然這種篇章結構在作法上看似基本的平鋪直敘，但實為作者功力之深而產生的大巧若拙之感。第一，此有賴於作者的「布置取舍、繁簡廉肉」〔註7〕，對文章布局以及取材安排能否得當，是為「言有序」的作文能力。以作古文之法作尺牘，仍必須考慮尺牘的敘事當能「使人易入」〔註8〕，故「其言簡直」〔註9〕。

第二，保留應酬語和問候語，維持完整的尺牘書寫結構，既是姚鼐以作古

〔註7〕 〔清〕姚鼐：〈復魯絜非書〉，《惜抱軒詩文集》，頁93。
〔註8〕 〔清〕姚鼐：〈醫方捷訣序〉，《惜抱軒詩文集》，頁40。
〔註9〕 〔清〕姚鼐：〈醫方捷訣序〉，《惜抱軒詩文集》，頁40。

文之法來作尺牘的一種敬重態度之呈現。另一方面，當正文有著層次的意識時，應酬語和問候語除了可引起正文之外，亦可點綴正文，形成完整且層次并然的尺牘。

（二）情感鋪陳，由近而遠

當尺牘的應酬語、問候語結束後，正文陳述的第一件事多為姚鼐自身的近況，如身體健康、當下行程與偶發事件等等。例如〈與胡雒君〉正文的第一件事即自陳遠涉江寧：

> 自去里中，何日至鄂？甚念甚念。入夏來想佳勝，書局之事畢未？鼐於二月晦出門，三月望始至江寧，近平安耳。謝公有書來，翁覃谿令其更有事考稽於石刻，然魏人石刻既少，有又不足資考異，恐無益也。（〈與胡雒君〉，頁 38）

又如〈與吳惠連〉正文開始自述因衰老而難以下筆作詩：

> 前得書，具悉近況清貧，尚不至全無酒資乎？時入蘭亭邸不？鼐衰老畏作詩，故無以寄之耳。故鄉乃不免水患，而開北方乃旱，今已解邪？桐城故事，館選於同里，例不投帖。此猶為樸厚之風，不可使變。世兄乃未達此故，宜告之都中，近得時相對者局佳。珍重。千萬不具。（〈與吳惠連〉，頁 45）

從這二例可以發現，兩篇正文的開端皆是姚鼐自身的近況與見聞，並以此為出發點，接續述及親友、弟子、官場或家鄉事等。

這種敘事結構的安排實為姚鼐的用意。從文體功能來看，在傳訊困難的當時，尺牘是為橫越兩地溝通交流用的應用文體，而《尺牘》皆為姚鼐與對方往來的「回信」，因此對方關心的訊息順序必然首重姚鼐的近況是否安好健在。故姚鼐不論近況的好壞，將其置於正文的開頭，是為一種報平安的方式。

而這種方式，以及報平安之後的敘事結構，隱含著兩層藝術美感。首先，正文所陳述的第一件事，是為引起之後的內文的關鍵語句，有著帶領後續欲陳述的內容的作用。而姚鼐以近況為出發點，在近況之後的事件敘述，呈現出距離由近而遠，關係由密而疏，比重由小至大，向外擴散的結構鋪陳。形成內容與視野逐步綿延擴大的效果。

如上述所引的〈與吳惠連〉。在畏作詩一事後，依序為桐城水患、庶吉士館選，在事情的輕重上是為越來越重，而陳述的視角亦越來越廣。又如〈與伯

昂從姪孫〉：

> 鼐新歲惟動定佳好，昨得令尊吳中信，甚佳勝也。鼐固衰耄，然犆
> 平安。衡兒暫署江都，未謝事而已有身累矣。雜兒得血，幾危而安，
> 茲可喜耳。事寧兵息，天下大慶。江南雨雪應時，可喜。但河決復
> 為可憂耳。《疑年錄》一部頗足資考古之用，今奉寄。會闈近矣，若
> 得分校，佳事也。而不免迴避，不能兩全，其若之何。奉候不具。
> （〈與伯昂從姪孫〉，頁131）

在「鼐固衰耄，然犆平安」的近況報備後，事件的分享依序為姚景衡的工作、
姚執雜的病況、止戈散馬、江南雨雪、河堤復決之憂，同樣也為距離由近而遠，
事件的關係由密而疏，比重由小至大的分享。而這種放大、擴散產生的效果能
逐步將讀者帶入敘述的事件以及事件引起的情感之中。形成讀者身歷作者之
境的閱讀經驗。

第二，在這編排的規律裡，關鍵語句時常決定該篇尺牘的情感色彩。當姚
鼐陳述的自身情況為負面時，之後所書寫的事件亦多為傷感之事。例如〈與胡
雛君〉：

> 前作書付錫祉，錫祉輒行，故沈閣至今。雛君乃有悼亡之恨，實助
> 悽惻，此況亦鼐所身嘗也，命也奈何，正當歸趨大覺耳。鼐去月得
> 之孫，已隕於正月廿日，時吳五哥病甚，不令之知。鼐本擬攜衡兒
> 來江寧，因其岳病雷之。約於三月十二日抵江寧。今不知吳五哥之
> 存不矣。陳石士頃過此，甚可喜。設其行過杭，而君在彼一晤之，
> 亦快事也。〈與胡雛君〉，頁41）

在慰問胡虔的喪妻之痛時，姚鼐以「此況亦鼐所身嘗也」來拉近距離。其後敘
述的事件擴大到姚鼐自身之外，依序為姚鼐之孫夭折、友人吳五哥重病而生死
不明、姚景衡亦病甚，不如意的事件如同漣漪般形成一系列命運的捉弄。不過，
雖然此連環結構表面上延長姚鼐的哀思，但實際上能使胡虔生發同情的效果，
進而使其思考姚鼐所言的真實處境比起「此況亦鼐所身嘗也」應更為苦楚，進
而沖淡悼亡之恨，而接受「命也奈何」的身不由己。

若分享近況的語氣表現出平淡貌、簡而述之、處變不驚，是以其後分享的
事件則會也以平淡書之，或分享較為輕鬆，能令人感到寬慰的事。例如〈與陳
碩士〉：

> 正月奉寄一書，必已達。入夏想清佳也。鼐今年已至皖矣。而四月

> 為冶亭製軍遣人，固邀來金陵，今既至矣。卻便因此思買宅為金陵
> 人耳。衡兒亦隨來此，欲為謀一小館，未易得也。明束已入泮。方
> 植之今在六安教徒，俱平安。鼐現在刊刻未刻之時文。其餘所訂之
> 書，亦便思因居此，一切更刻一定本，當陸續辦之。今年榜眼徐頲
> 者，佳士也。石士曾與之談乎？馬彌甥與館選，想必時見。(〈與陳
> 碩士〉第三十九篇，頁 95)

在語意上表明已經安頓完畢、平安無虞的「鼐今年已至皖矣」一句後，敘事內
容依序為鐵保邀往南京、思考買屋、姚景衡也來南京尋覓教職、劉開與方東樹
皆平安、刻時文本、讚賞榜眼徐頲。雖然所分享事件一樣愈發愈大，但在語氣
上的平淡，分享的事件中沒有一件悲傷事，致使能和諧地串聯的每一件事，並
構成可使讀者感受到生活的歲月靜好，現世平和之感。

是以這種關鍵語句以及其後的安排所形成的藝術結構，除了是將對方帶
入姚鼐所處的生活之中，感受與作者相同的生活經驗，亦以巧妙的文學安排，
使對方依著自己刻意鋪陳的結構裡，循序漸進地嵌入作者的視野與情緒之中，
進而感作者之所思，形成作者與讀者之間無形的情感橋梁，達到更深一層的溝
通的作用。

二、論說尺牘的篇章藝術

論說尺牘意在論述觀點與分析想法，因此著重在「事出於沉思」的能析理
精微，但倘若手法純熟，仍可以做到「義歸乎翰藻」〔註10〕的藝術呈現。

是以對論說尺牘關注上不同於敘事尺牘，可分為宏觀的篇章與微觀的章
句二個部分。篇章是從全篇的結構來看。雖然論說尺牘的內容以論說文學與經
學為多，但在結構上還是尺牘文體的書寫，仍保有應酬語、慰問語與生活分享。
而為使論說與尺牘的關係拿捏得宜，不至於構成一篇「論說文」，姚鼐於其中
形成「敘論相銜，細針密縷」、「敘論輪遞，如鱗櫛比」的篇章結構，來淡化論
說部分的嚴肅感，使其成為一篇具有結構美的「論說尺牘」。

姚鼐為增強論述的說服力與增加語句的變化，遂有「正反相對」、「層層遞
進」與「舉綱提領」三種常見的手法。以下將從這二個方向，以及其中的書寫
手法，來探討姚鼐的論說尺牘中的篇章藝術。

〔註10〕〔南朝梁〕蕭統編；周啟成等注譯：〈昭明文選序〉，《新譯昭明文選》（臺北：
　　　　三民書局，1997 年 4 月），頁 7～8。

（一）篇章安排，長短有別

如同在本章第一節所提過的，這一類論說尺牘為「理得情當，審明守篤」的風格。雖有論說，但仍不脫尺牘的文體特性，是為在溝通交流的書信中談文論學，因此仍以應酬語、問候語開頭，偶有敘事在先，論說在後，終為問候語告結的一完整形式。是以論述的內容，往往深入淺出，率意言之，用詞強烈而簡潔，是為「理得情當」。

在姚鼐以古文作尺牘的手法上，論說尺牘的篇章結構亦如同敘事尺牘，呈現出層層分明，井然有序的篇章美感。但由於其中論說的內容與敘事的內容涇渭分明，因此在分層上，論說尺牘又相較於純粹的敘事尺牘更為鮮明。

首先，論說尺牘的篇章安排上有分為短篇與長篇。短篇的論說尺牘，由於結構小、篇幅短，因此多只論述一、二件事。但其論述卻不隨篇幅短小而因陋就簡，反而在內容上呈現出短小精悍之風。例如〈與陳碩士〉：

> 前月一書，坿緻標上奉寄，當已達也。南中冬乃甚暖，未知京中何如。想動定佳耳。鼐適作一同年墓誌，頗自喜，今以稿寄老弟閱之。大抵作金石文字，本有正體，以其無可說，乃為變體。始於昌黎作〈殿中少監馬君誌〉，因變而生奇趣。文家之境，以是廣矣。（〈與陳碩士〉第五十九篇，頁104）

姚鼐討論墓誌碑銘之正變，讚賞韓愈能盡變古今之體勢，開金石文字之新境，論述可謂把握要點，言簡意賅。值得注意的是，雖然此篇表面上敘事與論說壁壘分明，但姚鼐實以文學筆法將兩者之間作細密的縫合。其中「鼐適作一同年墓誌」三句，雖然為正文的開端以及結構上的以生活入手的敘事，但實際上發揮承接問候語，以及開啟「大抵作金石文字」以下論說篇章的作用，後以「文家之境，以是廣矣」的總結語句作結，形成一完整的論述。這關鍵語句的雙重作用，將敘事與論述作結構上的精細結合，使得論說語句的書寫顯得自然而不突兀，猶如一氣呵成。

又如另一篇的〈與陳碩士〉亦為此說的代表：

> 雨後乃大熱，想侍奉佳勝。讀書方勤厲也。文家之事，大似禪悟；觀人評論圈點，皆是借徑。一旦豁然有得，呵佛罵祖，無不可者。此中自有真實境地，必不疑於狂肆妄言，未證為證也。（〈與陳碩士〉第二篇，頁76）

在應酬語和慰問句結束後的正文第一件「讀書方勤厲也」為敘事語句，以鼓勵

陳用光用功讀書。但此敘事句的內容亦為引起其後論述「觀人評論，皆是借徑」的鼓勵陳用光能多瀏覽他人的圈點評論的關鍵句，形成敘事與論述緊密相銜的結構。因此「敘論相銜，細針密縷」是為短篇論述尺牘的篇章藝術。

　　而長篇的論說尺牘，雖然在結構上不比短篇密實，但由於敘論分明，仍可以於其中發掘姚鼐篇章編排的藝術手法。這種尺牘，由於論說的內容較長、觀點較多，尤其當前後觀點並不相同時，往往需要敘事語句的承接，來使論說的內容與觀點能夠轉折至作者所欲表達處。如〈與鮑雙五〉：

> 久別相念甚切，今年聞與館選，極欣慰，正為西清慶得人耳。遠承古道，修簡見問，謝謝。見譽拙集太過，豈所敢承，然鎔鑄唐、宋，則固是僕平生論詩宗旨耳。又有《今體詩鈔》十八卷，衡兒曾以呈覽未？今日詩家大為榛塞，雖通人不能具正見。吾斷謂樊榭、簡齋，皆詩家之惡派。此論出必大為世怨怒。然理不可易，非大才不足發明吾說，以服天下。（〈與鮑雙五〉，頁59）

此篇尺牘中，姚鼐共論述二件學識，分別為「論詩宗旨，鎔鑄唐宋」以及批判當時的詩人為袁枚、厲鶚等人的邪說風氣影響而大為榛塞。這二件雖然以「詩」為共通點，但在內涵上仍是不同的事，前者標舉姚鼐的詩學理想，後者則是評論他人詩作的風格。而要能溝通二件論說，其中的「又有《今體詩鈔》十八卷，衡兒曾以呈覽未」二句就至關重要。相較於前述所引的〈與陳碩士〉中的「讀書方勤厲也」，以及此篇尺牘中的「見譽拙集太過，豈所敢承」，為正文與啟下的關鍵「單向」語句，「又有《今體詩鈔》十八卷，衡兒曾以呈覽未」二句是為「雙向」的關鍵承接語句，填補前後論述之間縫隙。同時，此二敘事語句的內容又與詩相關，更形成緊密的結合。使得先後內容的轉折變化自然流轉。

　　而若論述的內容更為豐富，轉折與承接更多，則論述的語句則會形成「敘論輪遞，如鱗櫛比」般的篇章藝術。如〈復陳鍾谿〉可為代表：

> 想望清光久矣。南北暌阻，不獲一見。邇者閣下持節，視學江東，計按部必至江寧，固私欣可奉對矣。而閣下又先惠書來，辭意淳厚，推許過優，讀之媿悚。鄙陋耄昏，惡足以副閣下望哉。閣下所云「文足以覘士行」者是也。夫士誦習先儒，謹守成說者，固必未盡賢也。乃至肆然棄先儒之正學，掇拾詖陋，雜取隱僻，以眩惑淺學之夫，此其心術，為何如人哉。衡文者不能鑒別，往往錄取，轉相倣效，日增其弊，此何怪士風之日壞也。閣下毅然欲率今日士習

使之端，固當變今日文體使之正。且士最陋者，所謂時文而已，固
不足道也。其略能讀書者，又相率不讀宋儒之書。故考索雖或廣
博，而心胸嘗不免猥陋，行事嘗不免乖謬。願閣下訓士，雖博學彊
識，固所貴焉，而要必以程、朱之學，為歸宿之地。以此覬於士習，
庶或終有裨益也乎。承徵取鄙著刻本，今呈上《九經說》、詩文集
各一部，幸閱教之。冬寒惟珍重多福，率復不宣。（〈復陳鍾谿〉，
頁74）

此篇結構清晰，論述頗豐。在順序上，「想望清光久矣」至「不獲一見」為應
酬語，「邇者閣下持節」至「惡足以副閣下望哉」為慰問與應酬的混合，「閣下
所云『文足以覘士行』者是也」為正文的第一件敘事，「夫士誦習先儒」至「為
何如人哉」為第一件論述，「衡文者不能鑒別」至「此何怪士風之日壞也」為
第二件論述，「閣下毅然欲率今日士習使之端，固當變今日文體使之正」為第
二件敘事，「且士最陋者」至「行事嘗不免乖謬」為第三件論述，「願閣下訓士」
至「庶或終有裨益也乎」為第四件論述，「承徵取鄙著刻本」至「幸閱教之」
為第三件敘事，「冬寒惟珍重多福，率復不宣」為結尾應酬語。

從這個結構來看，自正文開始，內容的分層即呈現出一很自然的「敘—論
—論」的二次規律。在這規律上，第一、二件敘事有著關鍵作用。第一件敘事
作為正文的開始，在內容的關係上反而承接前面的慰問應酬，同時「文足以覘
士行」為全篇論說的主旨，因而與前後句形成強烈的黏著感，構成閱讀時轉折
自然的效果。

第一與第二件論述雖然是兩件不同的事，但皆為造成「此何怪士風之日壞
也」的原因，因此是「花開一朵，各表二枝」的表現。而陳希曾的「閣下毅然
欲率今日士習使之端」第二件敘事，成為導正逐漸日壞的士風，以及承接第一
次「敘—論—論」規律的宏願。使得此句在主要結構上是第二次規律的開端，
卻兼具第一次規律所傳達最希望的結果。

而正文的第二件敘事，與第三、四件論述形成第二次規律，其用意上與第
一次規律相同，故不再贅述。但可注意的是，第二次規律實與第一次規律互相
呼應，其中的敘事與論述皆是，而非彼此不涉。第二件敘事對映著第一件敘事，
第三、四論述在內容上為補充第一、二件論述的不足。本為各自獨立的層次，
卻又有對稱且互相映照的內容，呈現出一完整龐大又層層相扣的論述結構。因
此形成「敘議輪遞，如鱗櫛比」的篇章美感。

（二）章句結構，精密別緻

　　姚鼐為求論說的內容更能吸引目光與記憶點，或是欲凸顯某一項主題，而會使句式變化，富饒創意。常見的書寫手法有三種，分別為「正反相對」、「層層遞進」與「論例相契」。以下將深究姚鼐如何運用這三種手法，來增強論說的氣勢與說服力。

1. 正反相對，兩相比較

　　「正反相對」是姚鼐在論述時常見的方法，將論述對象拆分成一正一反的兩相比較。一方面是深知比較的內容的內涵才能從中分類，進而增進論述的說服力，另一方面能使讀者更清楚被拆分的事物的本質，以及正反兩方各自擁有的優勢，深入思考、對比而做出某項選擇。如〈答徐季雅〉：

> 夫文章之事，有可言喻者，有不可言喻者。不可言喻者，要必自可言喻者而入之。韓昌黎、柳子厚、歐、蘇所言論文之旨，彼固無欺人語。後之論文者，豈能更有以踰之哉。若夫其不可言喻者，則在乎久為之自得而已。（〈答徐季雅〉，頁 34～35）

姚鼐論述作文章有「可言喻者」以及「不可言喻者」，「不可言喻者」難以申明其意，因此在論述的順序上為先，給予讀者停留一個概念的空間，並以「不可言喻者，要必自可言喻者而入之」兩句承接，作為「可言喻者」的開場。而之後論述「可言喻者」的內涵，既是從讀前人文章來瞭解作文之法，又是進入「不可言喻者」的途徑，深久讀之即能自得。是以透過此段的補充，將先前的空白概念填滿，完成兩個相對概念的理解。讀者能明瞭「可言喻者」為韓愈、柳宗元、歐陽修與蘇軾的「無欺人語」之論文要旨，與研讀歸有光的《史記》圈點本等等名家著作，並從中深讀久為，才可進入「不可言喻者」。因此姚鼐透過兩者的對照，將「不可言喻者」的內涵與入門方法以借力使力的方式申明，明顯表現出兩者層次的高下之分，完成比較的同時，亦鼓勵對方能追求更高的境界。

　　不過，有時比較的作用不為希望對方識清比較的事項，反而意在凸顯所欲讚賞或褒揚的一方。如〈與管異之〉：

> 東漢、六朝之誌銘，唐人作贈序，乃時文也；昌黎為之，則古文矣。明時經藝、壽序，時文也；熙甫為之，則古文矣。作古文者，生熙甫後，若不解經藝，便是缺陷。本朝如李安溪，所見不出時文，其評論熙甫，可謂滿口亂道也。望溪則勝之矣。然於古文時文界限，猶有未清處。大抵從時文家逆追經藝古文之理甚難；若本解古文，

直取以為經義之體，則為功甚易，不過數月內可成也。賢既作古文，

須知經藝一體；又應科訓徒，不得棄時文。(〈與管異之〉，頁 68)

姚鼐於此篇比較時文與古文之別。他先將兩者進行分類，東漢、六朝的誌銘、唐代的贈序、明代八股文、壽序歸為時文，而韓愈所作的誌銘、贈序、歸有光作的八股文、壽序歸為古文。而這分類實則為比較。由於碑銘興於東漢與六朝，故東漢人與六朝人所作的碑銘為時文，贈序興於唐代，八股文起於明代，壽序盛於晚明〔註11〕，道理皆相同。而其時人所作之時文，在意境與內涵上均為時代所限，惟韓愈、歸有光卻能「盡變古人之形貌」〔註12〕，突破時文的規範而成為古文。因此此篇前半部的分類中，已經完成時文與古文的初步比較。

其後姚鼐又透過李光地與方苞的評論比較，辨別出為時文所限制眼光的影響，以及「大抵從時文家逆追經藝古文之理甚難；若本解古文，直取以為經義之體，則為功甚易」的作時文與古文的難易之比較，遂能從這些並排的相比得出，可跨越時代限制的古文的涵養與境界較時文高出許多，難以逆追。雖然作時文能「應科訓徒」而求取功名，但追求「根極於道德，而探原於經訓」〔註13〕的姚鼐是更嚮往古文。

除了內容上的比較，姚鼐亦追求比較時的章句整齊，在對稱結構的閱讀下，可快速掌握字句的內容。如〈與陳碩士〉，透過兩種讀書方法與兩種文體的互相比較，能得出各自的韻味：

所寄來詩文，皆有可觀。文韻致好，但說到中間，忽有滯鈍處，此乃是讀古人文不熟。急讀以求其體勢，緩讀以求其神味。得彼之長，悟吾之短，自有進也。詩以五言為佳，見寄三首，及為陶意雲題圖之作，皆極善，此是興會到故也。七言嫌落俗套，無新警處。蓋石

〔註11〕 吳惠雯《晚明傳教士的中國意象——以社會生活的觀察為中心》：「明代中業以後，『凡壽之禮，其餽贈燕必豐』，不論在官場或是私人，對於祝壽的場面都頗為講究。為了表示對長官或是長輩的敬意，身為晚輩或是下屬的在這方面更是不敢怠慢……雖說壽序之類的文字沒什麼用處，但是當時上至中央大僚，下至社會人士均以此為做壽的排場之一。」詳見吳惠雯：《晚明傳教士的中國意象——以社會生活的觀察為中心》(臺北：國立臺灣師範大學歷史系碩士學位論文，2004 年)，第一章，頁 72～74。

〔註12〕 〔清〕姚鼐輯；王文濡評註：〈古文辭類纂序〉，《大字本評註古文辭類纂》(上冊)(臺北：華正書局，2000 年 8 月)，頁 31。

〔註13〕 趙爾巽等撰：《清史稿》(第四冊)(北京：中華書局，1998 年 1 月)，卷四百八十五，列傳二百七十二，頁 3430。

> 士天才，與此體不近，不必彊之。大抵其才馳驟而炫耀者，宜七言；
> 深婉而澹遠者，宜五言。雖不可盡以此論拘，而大概似之矣。(〈與
> 陳碩士〉第四十二篇，頁96)

姚鼐於此篇比較兩事，一是讀書速度，二是才氣適合的詩體。以讀書速度來說，急讀與緩讀相對，急讀能讀出詩文的體勢，緩讀能讀出神味。而以才氣來說，其才「馳驟而炫耀者」應作七言詩，才「深婉而澹遠者」應作五言詩。而不論是比較讀書速度或是五七言，姚鼐均講求比較字句的工整而形成對仗，「急讀」對「緩讀」，「體勢」對「神味」，「馳驟而炫耀者」對「深婉而澹遠者」，「五言」對「七言」，不僅呈現並排駢行的美感，在判別比較的內容時，也能更快速掌握其中的差異。

2. 層層遞進，理緒分明

　　姚鼐作尺牘的層次之分明是為特色之一。將一件事或一個觀念分為多個層次，在各個層次當中，又能以關鍵句承接或轉折上下語句，形成如多節火車般的書寫。

　　在論說尺牘中，另有一種雖然同樣層層分明，但卻在內容的相連上，形成論述的「層層遞進」，如同階梯般，並在最後一層辯出所欲傳達的道理，進而展現愈辯愈明的效果。

　　第一種以〈與陳碩士〉可為其代表：

> 世有注《禮記》，義明了於陳，而文少於陳者，斯乃不刊之書，而陳
> 注乃可廢矣。覃谿先生勸人讀宋儒書，真有識之言。真漢儒之學，
> 非不佳也，而今之為漢學乃不佳：偏徇而不論理之是非，瑣碎而不
> 識事之大小，嘵嘵聒聒，道聽塗說，正使人厭惡耳。且讀書者，欲
> 有益於吾身心也，程子以記史書為玩物喪志。若今之為漢學者，以
> 搜殘舉碎，人所少見者為功，其為玩物不彌甚邪。(〈與陳碩士〉第
> 五十四篇，頁101)

姚鼐在此篇向陳用光論述《禮記》注本的選擇，並申論當時漢學的弊病，而尤以後者的氣勢與論點為重。首先，姚鼐以「覃谿先生勸人讀宋儒書」，提出具有同樣觀點的翁方綱之言來堅定自己的立場是正確的，並引為此論的開始。接著強調真正的漢學「非不佳也」，問題反而在當時的漢學家。這一層的論述，一方面明示學術的沉痾在於人而非學問本身，另一方面向對方傳達姚鼐自己對漢學是有一深刻且正確的瞭解，並與當時的漢學家相對，才能清楚辨識出其

中的問題所在。其後提出多個層次的批判：在道理層次上，認為「偏徇而不論理之是非」，在實際效果層次上，是「瑣碎而不識事之大小」，在讀來感受的層次上，是「嘵嘵呫呫，道聽塗說」，因而使整體感覺「正使人厭惡耳」。在揭露各種層次上的陋處的論述後，姚鼐最後返回學術的初衷：「有益於吾身心也」的層面來省思，以此檢視當時的漢學家真正的癥結：在心態上，以「人所少見者為功」，所以結果才為「搜殘舉碎」，猶如「玩物喪志」的陋態。是以這最後一層的論述，既為姚鼐以層層手法剝除漢學家乃不佳的真相的核心，又可呼應最初所引用的翁方綱的勸言，因此在全篇的論述上不僅是「層層遞進，理緒分明」，又構成一牢固的循環，以終而復始的書寫呈現出一完整的論點。

〈與伯昂從姪孫〉則為第二種樣態的代表：

> 承以對聯見寄，八分殊妙。吾見未能楷書學八分者，終不佳。伯昂惟本善凱殊，故進八分，極有筆力也。所作詩則不能佳。蓋緣初入手，即染邪氣，不能洗脫。雖天分好處，偶亦發露，然亦希矣。必欲學此事，非取古大家正矩潛心一番，不能有所成就。近體只用吾選本，其間各家，門逕不同。隨其天資所近，先取一家之詩，熟讀精思，必有所見。然後又及一家，知其所以異，又知其所以同。同者必歸於雅正，不著纖毫俗氣。起復轉摺，必有法度，不可苟且牽率，致不成章。至其神妙之境，又須於無意中忽然遇之，非可力探。然非功力之深，終身必不遇此境也。（〈與伯昂從姪孫〉，頁 128～129）

姚鼐於此篇評論姚元之的詩作，並申明正確模仿的重要。此論可分為八個層次：首先，初步是要能認清自身作品的優劣，並從劣處開始改正；其次，若要改正，則必須從古人大作入手；第三，選本與名家甚多，必須選擇與自身長處相近的來「熟讀精思」，就能見到其中的佳處；第四，學完一家後再換另一家，如此反覆比較，就能明瞭好作品的相同處與相異處；第五，當認識相同處到一定的數量時，就很自然能歸類其中的雅正之風，並以此為標竿來避免俗氣；第六，態度上要嚴肅學習其中的轉折與作詩法度，否則難以成功；第七，學深且久為就能得到作詩的神妙之境，而不可勉強；最後，提醒持之以恆與增進詩文創作功力的重要，否則終難成功。

言八個層次彼此連貫緊密，條理順暢，為一辯到底的論述方式，不同於前述所引的〈與陳碩士〉能形成一個終而復始的論述循環。但其所形成的論述效果是相同的。而此篇之別，在於層次缺一不可，每一個方法均為辯明如何解決

「所作詩則不能佳」的問題，而且為學習由淺入深的模仿，由簡至難的層層順序。因此在閱讀的過程中，若能依循姚鼐的步驟，就能逐漸明瞭如何解決最初標舉的問題。

3. 舉綱提領，標目別類

當論說尺牘的論述內容若為廣泛的觀念時，為便於對方能更瞭解其中的內涵，姚鼐會以標舉綱目的方式，將觀念劃分為描述實際的行為或更為具體的觀念來相互參照。例如〈與陳碩士〉一篇可為例：

> 寄來數詩改本，大勝於前，其〈述夢〉作亦佳甚，氣流轉而語圓美，此便是心地空明處所得，由是造古人不難。惟〈次東坡韻〉詩尚蹇滯，不為妙耳。簡齋豈世易得之才，來書所言是也。欲得筆勢痛快，一在力學古人，一在涵養胸趣。夫心靜則氣自生矣。高才用心專至如此，久當自知耳。（〈與陳碩士〉第四篇，頁76）

從內容來看，將達成「筆勢痛快」的方法分為「力學古人」與「涵養胸趣」兩項重點，前者為實在而可供具體想像的行為，而後者雖同樣為抽象的觀念，但多提出一個觀念，可與主要的觀念進行交集的討論，並從中層層析理，能更清楚理解主要觀念的內涵。是以此篇的標舉綱目，為將所理解的內容進行有架構的分析，再依性質與類型劃分，歸納為數個同等重要，以方便提供對方思考的路徑。

而此論述手法主要出現在姚鼐傳授一些觀念，如同書院教學的現場。因此將觀念綱舉目張的項目，多簡明扼要而淺顯易懂。如〈與董筱槎〉：

> 聞時取鼐所為《古文辭類纂》觀之，管子取老馬之識塗，僕庶幾可比於此乎？新正惟動定多福。齊庶常至，得示書，所論讀書「多義理明，充養其氣，慎擇其辭」，此數言本末兼該，足盡文章之理。雖古之為學善論文者，蔑以加此矣。鄙見亦何以更益之哉。願勉副其言，功之深而志不懈者，必能矯然獨立於千載矣。（〈與董筱槎〉，頁31）

此論雖為姚鼐引他人之言，但從對其認同與讚賞來看，可視為姚鼐的觀點與論述。將讀書的道理拆分成「多義理明，充養其氣，慎擇其辭」三項，可謂包舉其內涵。一方面用詞簡當卻又能把握要領，另一方面，這三項綱目的分類內容相當、具體簡要而比重均勻，且對構成「讀書」的內涵來說缺一不可。足可見姚鼐對讀書一事掌握的概念與劃分清晰得宜。

而另一篇〈與陳碩士〉，可堪為「舉綱提領，標目別類」的代表：

> 寄文一本，愚意頗不甚喜之。石士力所能至，當不止此，須大事畢後

更進功耳。夫文章一事，而其所以為美之道非一端，命意、立格、行氣、遣詞、理充於中、聲振於外。數者一有不足，則文病矣。作者每意專於所求，而遺於所忽，故雖有志於學，而卒無以大過乎。凡眾故必用功勤而用心精密，兼收古人之具美，融合於胸中，無所凝滯，則下筆時自無得此遺彼之病也。（〈與陳碩士〉第八十七篇，頁 115）

此篇為姚鼐傳授陳用光在作文需注意美感之外的要點，並將其標舉為六項：命意、立格、行氣、遣詞、義理與聲音。這六項要領，不僅分類明確，用詞精簡，比重勻稱的內容，既含盡作文章的基本概念，「數者一有不足，則文病矣」，亦使作文者無法忽略其中任何一項。

從這三篇尺牘為例來看，其中主要論述的觀念皆是曖昧虛渺的樣態或指涉的範圍廣袤：筆勢痛快、讀書與作文章。若無詳細論述，似頗難明瞭姚鼐對其內涵的看法。不過，姚鼐反而採取另一種書寫策略，不申論對這些觀念的想法，而是將其分項、歸類，舉綱提領，正可略窺姚鼐「務先大體，鑑必窮源」〔註14〕的識見。

第二節　《惜抱軒尺牘》的寫作風格

尺牘的文體特性誠如袁枚所觀察的「嘗謂尺牘者，古文之唾餘。今之人或以尺牘為古文，誤也」〔註15〕，或是「若尺牘，則信手任心，譴浪笑傲，無所不可」〔註16〕，其所形成即興揮灑且自由的風格，與書箋「隨事立體，貴乎精要」〔註17〕的文體表現相異，如柯慶明先生指出：

（劉勰）指出「書記」這類實用的文體，另有因現實需要而形成的美學規約：「意少一字則義闕，句長一言則辭妨」，反而趨於文辭表現的「精要」；並且能夠配合情境的需求，「隨事立體」。〔註18〕

〔註14〕〔南朝梁〕劉勰著；王更生注譯：《文心雕龍讀本·總術》（下冊）（臺北：文史哲出版社，2004 年 10 月），頁 285。

〔註15〕〔清〕洪錫豫著：〈小倉山房尺牘序〉，詳見〔清〕袁枚著；王英志主編：《袁枚全集》（第五冊）（南京：江蘇古籍出版社，1993 年），頁 1。

〔註16〕〔清〕洪錫豫著：〈小倉山房尺牘序〉，詳見〔清〕袁枚著；王英志主編：《袁枚全集》（第五冊）（南京：江蘇古籍出版社，1993 年），頁 1。

〔註17〕〔南朝梁〕劉勰著；王更生注譯：《文心雕龍讀本·書記》（上冊）（臺北：文史哲出版社，2004 年 10 月），頁 466。

〔註18〕柯慶明：〈「書」「箋」作為文學類型之美感特質〉，《古典中國實用文類美學》（臺北：臺大出版中心，2016 年 3 月），頁 95。

雖然尺牘與書箋均以「隨事立體」為旨，但在內容與用詞的「精要」上，「『尺牘』與一般『書體』之間的分野也逐漸清晰」〔註19〕，尤其宋代及其後的明清兩代更為明顯，故「如南宋呂祖謙《古文關鍵》、明朝中葉程敏政所編《明文衡》、歸有光《文章指南》、清代姚鼐《古文辭類纂》皆未將之（尺牘）入於文選」〔註20〕，也因此尺牘往往未被視為正式的文章。

不過，姚鼐作《尺牘》卻反其道而行，未依「無所不可」的率性，反而大多是以嚴整簡潔的散文體製來寫作尺牘。例如寄給友人秦瀛的〈與秦小峴〉一文中即以雅潔的鍊字、整齊的結構與流暢的文句形成典雅、簡當的風格：

> 閣下辭外藩而得京尹，既可奮雋張之閎績，不若外吏之憂牽製，又且都中故舊，時得過從，亦可喜也。鼐學卑文陋，加復衰罷，偶有撰述，亦何足云，見許過重，彌以媿赧。海內英傑，彫落殆盡，後生繼起，更苦稀少。鼐居此地，不能有益於諸生，良可歉媿。雒君無子，所論誠然，其所欲撰述，卒有志未成，將自是薶沒，豈非大恨哉。（〈與秦小峴〉，頁27）

在結構上，最為醒目的特徵要屬「鼐學卑文陋」以下的四言為句。這樣的安排，除了能在視覺上「造成一種整齊中近於透明的平順」〔註21〕，更能於聽覺上「有聲音節奏高下抗墜之度」〔註22〕的誦讀效果。而為使這結構整齊嚴謹，姚鼐於其中的用字謹慎可謂難以更易一字，也可謂增一字太繁，減一字太乏，維持一句只言一事的規則，使文氣既有緊湊規律，又能流利自在，避免了「敘事之文，為繁冗所累」〔註23〕、「至繁碎繳繞，而語不可了當」〔註24〕的文病。

而這四言為句的手法，在文集中亦多有所發揮，形成在一篇長短參差的文章中亦有獨樹一幟的整齊句式，例如：

> 夫詩之至善者，文與質備，道與藝合，心手之運，貫徹萬物，而盡

〔註19〕詳見沈從文著；上海圖書館編：〈古刻鴻音──古代尺牘的梨棗源流〉，《中國尺牘文獻》（下編）（上海：上海古籍出版社，2013年11月），頁378。

〔註20〕陳鴻麒：《晚明尺牘文學與尺牘小品》（南投：國立暨南國際大學中國語文學系碩士學位論文，2005年），第一章第二節，頁14。

〔註21〕柯慶明：〈「書」「箋」作為文學類型之美感特質〉，《古典中國實用文類美學》（臺北：臺大出版中心，2016年3月），頁138。

〔註22〕〔清〕姚鼐：〈答翁學士書〉，《惜抱軒詩文集》，頁104。

〔註23〕〔清〕姚鼐：〈與陳碩士〉第六十八篇，《惜抱軒尺牘》，頁107。

〔註24〕〔清〕姚鼐：〈述庵文鈔序〉，《惜抱軒詩文集》，頁61。

得乎人心之所欲出。〔註25〕

孔子沒而大道微。漢儒承秦滅學之後，始立專門，各抱一經，師弟
傳受，儕偶怨怒嫉妒，不相通曉，其於聖人之道，猶築牆垣而塞門
巷也。久之，通儒漸出，貫穿群經，左右證明，擇其長說；及其敝
也，雜之以讖緯，亂之以怪僻猥碎，世又譏之。〔註26〕

尤其〈贈錢獻之序〉中的「雜之以讖緯，亂之以怪僻猥碎」，在相似的句型中
又伸縮語句，使餘韻延長，同時用字精確，難以異動，均能見得作者的匠心。
從文集亦可見，姚鼐作尺牘，並未依循尺牘自由揮灑的文體意識，反倒將尺牘
視為散文的延伸，以散文之心作尺牘之體。

　　《尺牘》的寫作風格，大抵可分為三類：一是《尺牘》中日常書寫的抒
情與敘事，為姚鼐自身的散文風格，可藉《尺牘》中觀念相近的兩句「詞雅
氣暢，語簡事盡」來統稱之，屬於作家的一面；二為抒情與敘事之外的說理尺
牘，不論是討論經學或文學，皆有「理得情當」〔註27〕，「審明守篤」〔註28〕
之風，沿襲姚鼐的「發揮義理，輔以考證，而一行以古文法」〔註29〕的嚴整
態度，屬於學者的一面；三是因尺牘的私密特性所產生「信手任心，謔浪笑
傲，無所不可」〔註30〕的風格，有別於抒情敘事的雅潔簡當與說理的嚴明審
慎，屬於輕鬆寫意的生活一面。以下將從這三個面向來分析姚鼐尺牘寫作的
風格。

一、詞雅氣暢，語簡事盡

　　在本文的第五章曾提過，姚鼐認為歐陽修、曾鞏與王安石的官文書雖在雄

〔註25〕〔清〕姚鼐：〈荷塘詩集序〉，《惜抱軒詩文集》，頁51。
〔註26〕〔清〕姚鼐：〈贈錢獻之序〉，《惜抱軒詩文集》，頁110。
〔註27〕〔清〕姚鼐〈答魯賓之書〉：「《易》曰：『吉人之詞寡。』夫內充而後發者，其
　　　　言理得而情當，理得而情當，千萬言不可厭，猶之其寡矣。」詳見〔清〕姚鼐：
　　　　〈答魯賓之書〉，《惜抱軒詩文集》，頁104。
〔註28〕〔清〕陳用光〈姚先生行狀〉：「以先生之論，合觀於先生之行，其於義理之辨，
　　　　可謂審之明而守之篤矣。」詳見〔清〕陳用光原作；許雋超、王曉暉點校；蔡
　　　　長林校訂：〈姚先生行狀〉，《陳用光詩文集》（上）（臺北：中央研究院中國文
　　　　哲研究所，2019年5月），頁47。
〔註29〕〔清〕陳用光原作；許雋超、王曉暉點校；蔡長林校訂：〈姚先生行狀〉《陳用
　　　　光詩文集》（上）（臺北：中央研究院中國文哲研究所，2019年5月），頁48。
〔註30〕〔清〕洪錫豫著：〈小倉山房尺牘序〉，詳見〔清〕袁枚著；王英志主編：《袁
　　　　枚全集》（第五冊）（南京：江蘇古籍出版社，1993年），頁1。

古文風上不比韓愈，卻能有「詞雅而氣暢，語簡而事盡」〔註31〕的綜合優點。
此句雖為姚鼐在《尺牘》中討論他人的文章，但實際上亦是自己作散文的風格。

　　例如〈與慶蕉園〉一篇，為姚鼐寄給友人尹繼善之子慶保的尺牘。雖然在
年紀與輩分上皆大於慶保，但仍能看出用詞文雅且謹慎，而不故作長輩姿態的
謙禮：

> 閣下道繼先型，才為眾望，履甘棠之舊壤，播膏黍之新猷。士民喜
> 昔之郎君作今時之方伯，文章政事並著家風，而鼐亦快賢哲之挺生，
> 揚師門之世美，既深忭躍，尤願趨瞻。前命題照，鄙陋之辭有汙卷
> 軸，惠書獎譽，想以垂愛情深，忘其醜拙故也。旌旆撫越歸吳，嘉
> 猷彌茂，知晉擢期近，而鼐耄耋之年，或有斂衽奉教之期，則未可
> 必耳。（〈與慶蕉園〉，頁 154）

其中如「道繼先型，才為眾望」、「履甘棠之舊壤，播膏黍之新猷」、「快賢哲之
挺生，揚師門之世美」等的對句，結構整齊而富有韻律，無轉折緊澀之感。尤
其「履甘棠之舊壤，播膏黍之新猷」化用《詩經》的〈甘棠〉與〈黍苗〉，藉
讚美之詩來稱頌對方任官的教化惠澤之功，在引經據典外還能創造視覺之美，
可見其用意與文字功力之深。另一方面，全篇少有尺牘率意且自由的特徵，反
倒多有語句的刻意嚴謹表現來創造美感。這種以古文作尺牘的態度，實為姚鼐
作文的堅持與苦心，才有「詞雅氣暢，語簡事盡」的風格。

　　若進一步細究「詞雅氣暢，語簡事盡」這二句，會發現前句的層次明顯高
於後句，而並非單一層次的感受。因此或許可以將後句作為理解前句的基礎。

　　「語簡事盡」可分為「語簡」和「事盡」。語簡為用語簡潔，而用語若在
形容時則為適中貼切，若在敘事時則為恰當如實，並不以華麗、怪誕的樣式取
巧。姚鼐行文力主簡潔，張春榮先生就曾舉姚鼐刪簡文句之例：

> 就刪改而言：惜抱多求精簡。如〈梅湖詩集序〉：「當時吾郡名工詩
> 者，錢田間與先生」，惜抱先生文稿原作「當時吾郡以遺老名工詩者，
> 錢田間與先生」，後「以遺老」三字圈刪；又〈劉海峰先生傳〉：「劉
> 氏數百戶居之，為農業」，文稿原作「劉氏數百戶皆居之，為農業」，
> 後「皆」字圈去；是知惜抱行文不憚刪改，以求簡潔。〔註32〕

〔註31〕〔清〕姚鼐：〈與陳碩士〉第十四篇，《惜抱軒尺牘》，頁 83。
〔註32〕張春榮：《姚惜抱及其文學研究》（臺北：國立臺灣師範大學國文學系博士學位
　　　　論文，1988 年），第八章第一節，頁 144。

可見其對文章字句的嚴謹與要求。而「事盡」則是在語簡的基礎上，用精簡的字句完整傳達事情或事項，而不拖泥帶水，東折西繞。因此「語簡事盡」可謂《尺牘》中最基本的風格。

在姚鼐的文學功力與對文章的要求下，《尺牘》中大多的作品都呈現「語簡事盡」的風格。例如〈與陳碩士〉一篇中：

> 去臘之朔得一孫。而衡兒大病一場，幾死。今乃痊癒矣。擬於二月廿四五赴江寧。石士能於此前至，乃佳也。署中想一切安善？聞教匪又漸入豫，此殊令人愁，恐辦軍需，不能輟也。奈何奈何。簡齋先生於十一月十六日捐館，使人有風流頓盡之歎矣。(〈與陳碩士〉第十六篇，頁84)

以「語簡」來說，通篇可見姚鼐的用詞精確而少，往往難以於其中更易或刪減一字。雖然其中有「奈何奈何」看似多餘句，但實為全篇冷靜的文句中少有包孕對世間紛擾卻不能盡一份心力的感歎，其後對袁枚的逝世而興發的「風流頓盡之歎」在情感上亦是。因此即便姚鼐追求語簡而不作險奧句，仍是遵循「情動於中而形於言」的文學規範，使尺牘在乾淨簡當之餘，仍不失人文情懷。

而以「事盡」來說，姚鼐敘事樸素直入，如上述的家事、教匪、袁枚過世一事，常以一句只提一小事，大事往往在四、五句之內結束，不會曲裡拐彎，長篇大論。可再舉一例試比較之：

> 新年想動定增福。去冬便公車北上邪？抑遲至今春邪？鼐作尊大人壽序，俟使者來取，而竟無人至。尊大人歸途不經此乎？鼐入春來，亦尚如故狀。二月往皖，石士想不免作舉業，固當不為一世所不好也。此間一切，衡兒來京，可以面述，故不詳具。(〈與陳碩士〉第二十六篇，頁90)

此篇開頭的關心、作序、報平安與慰問皆為直陳，而無過多的描摹。且若事情已經交代完成，就不會在篇末與其它語句中重複提起，層次清晰。再加之以語簡，就形成事為骨，詞為皮，一篇骨勁肌豐的尺牘。

姚鼐的語簡事盡可與同時期的袁枚的尺牘相較，即可見得其中的差異：

> 弟年逾六十，即戒詩，不料年逾七十，猶時時為之而不能已，豈春蠶吐絲，真個到死方盡耶？抑戒詩如酒，生而麴藥性成者，忍俊不禁，屢戒屢開耶？近自號「詩中馮婦」，自解嘲也。世兄寄我詩箋小

印，有「詩名心未忘」五字，我貼壁間。有某官素好談理學者見之，栩栩然曰：「人皆好名，我獨不好名。」我應聲曰：「人之所以異于禽獸者，以其好名也。」其人慚沮而去。附告世兄一笑。〔註33〕

袁枚「才華既盛，信手拈來，矜新斗捷，不必盡遵軌範。且清靈雋秀，筆舌互用」〔註34〕的風格於其中表露無遺。相較於前引姚鼐的語簡事盡，用詞謹慎且情緒節制，袁枚則是毫不保留的向友人尹慶蘭傾訴，像是遇到長久不見的老友而急於分享，滔滔不絕。一件生活瑣事可以長篇言說，將戒詩的失敗形容得饒富趣味與生活情調。

就以這二人的差別來看，袁枚以為「尺牘者，古文之唾餘」〔註35〕，因此選擇依循尺牘的文體特徵，以尺牘作尺牘；姚鼐雖然同樣認為「作文不可有尺牘氣」〔註36〕，但是基於對文章的自覺與使命感：「夫文者，藝也。道與藝合，天與人一，則為文之至」〔註37〕、「夫文學者，所以興德義、明勸戒、柔馴風氣、登長才傑」〔註38〕，反而以古文作尺牘。雖然其中並無高下之分，但「語簡事盡」更加考驗作者的文字掌握能力，姚鼐的風格選擇顯然較為費難。

《尺牘》中有一部分作品，在簡潔端正的文字以及脈絡清晰的敘事的基礎上，以才力發揮出詞華典贍的「詞雅」之風，例如〈與楊春圃〉：

鼐近體弊目昏，大不及去年相見時，正如就夕之日，其行乃彌速也。下年便棄去，庶歸骨於故山耳，與三兄恐無見日。太虛為室，明月為燭。與四海賢豪相遇於空寂光中，亦不必以長別離為憾矣，吾兄以謂然乎？昏眊作書，草草勿罪。（〈與楊春圃〉，頁24）

其中「太虛為室，明月為燭」兩句語出自唐代詩人張志和與陸羽的對話：

陸羽常問：「孰為往來者？」對曰：「太虛為室，明月為燭，與四海

〔註33〕〔清〕袁枚著；王英志主編：〈與似村〉，《小倉山房尺牘》，《袁枚全集》（第五冊）（南京：江蘇古籍出版社，1993年），頁130。

〔註34〕〔清〕王昶著，周維德校輯：《蒲褐山房詩話新編》（濟南：齊魯書社，1988年1月），頁33。

〔註35〕〔清〕洪錫豫著：〈小倉山房尺牘序〉，詳見〔清〕袁枚著；王英志主編：《袁枚全集》（第五冊）（南京：江蘇古籍出版社，1993年），頁1。

〔註36〕〔清〕梅曾亮〈姚姬傳先生尺牘序〉：「姬傳先生嘗語學者：『為文不可有注疏、語錄及尺牘氣。』」詳見〔清〕梅曾亮著；彭國忠、胡曉明校點：《姚姬傳先生尺牘序》，《柏梘山房詩文集》（上海：上海古籍出版社，2005年12月），頁379。

〔註37〕〔清〕姚鼐：〈郭拙堂詩集序〉，《惜抱軒詩文集》，頁49。

〔註38〕〔清〕姚鼐：〈廬州府志序〉，《惜抱軒詩文集》，頁256。

諸公共處，未嘗少別也，何有往來？」〔註39〕

在此兩句之前，姚鼐正因體衰多病、道阻且長而生發「相見時難」的感嘆，甚至有來無相見之日的悲憤。但其後卻以「太虛為室，明月為燭」的典故為引句，作為心境的轉折，反而營造豁達、成熟又能安慰對方的情緒，是為含蓄的節制。既巧妙為另一種形式的「鎔式經誥」，又為「方軌儒門」〔註40〕的表現：哀而不傷。

又如〈復趙篴樓〉也可為「詞雅」的代表。趙慎畛（1762～1826），字篴樓、遵路，為錢灃的弟子，錢灃為湖南學政時曾盛讚其「人英也」〔註41〕，又錢灃為姚鼐充任會試同考官時所拔擢，因此姚鼐於此篇藉與趙慎畛的交流，感慨錢灃的早逝與過往情感：

> 顧於前月惠承賜書遠問，又以錢南園銀台之舊誼，執禮謙甚，愚鄙當之，彌以為媿也。世之以科名仕宦者，每視隆替生死，為情之厚薄。獨閣下篤念師友終始之誼如此。夫尹公之他，端人也，取友必端。鼐以追思南園，能無慨歎乎？鼐頻年久處金陵，衰耄極甚，才本非工為文，加以精氣耗竭，四方君子以文字見命者，率辭謝弗能顧，感閣下之高誼遠懷，勉期蕆罷，為尊贈大夫撰墓表一篇。譾陋自慚，錄本奉寄，閱之不審遂堪以鐫石不？（〈復趙篴樓〉，頁20～21）

全篇用詞簡當乾淨，語句排列整齊而富有層次。其中「夫尹公之他，端人也，取友必端」〔註42〕三句語出《孟子‧離婁》。姚鼐稱讚錢灃清廉的同時，亦鼓勵趙慎畛以錢灃為榜樣，努力實現「端人正士之望」。於簡潔的文中化用經典，既無斧鑿之痕，又在情感上符合以德性行天下的「明道義、維風俗以詔世者」〔註43〕，以及勸人追求先師之德的儒家傳統。

〔註39〕〔北宋〕歐陽修、宋祁等合著：〈張志和列傳〉，《新唐書》（第十八冊）（北京：中華書局，1975年2月），列傳一百二十一，頁5609。

〔註40〕《文心雕龍‧體性》：「若總其歸途，則數窮八體：一曰典雅，二曰遠奧，三曰精約，四曰顯附，五曰繁縟，六曰壯麗，七曰新奇，八曰輕靡。典雅者，鎔式經誥，方軌儒門者也。」詳見〔南朝梁〕劉勰著；王更生注譯：《文心雕龍讀本‧體性》（下冊）（臺北：文史哲出版社，2004年10月），頁21。

〔註41〕趙爾巽等撰：《清史稿》（第四冊）（北京：中華書局，1998年1月），卷三百七十九，列傳一百六十六，頁2978。

〔註42〕〔南宋〕朱熹著；曹美秀校對：《孟子集注》，《四書章句集注》（臺北：大安出版社，2014年12月第十六刷），頁415。

〔註43〕〔清〕姚鼐：〈復汪進士輝祖書〉，《惜抱軒詩文集》，頁89。

　　而另一種「氣暢」，也是在「語簡事盡」的基礎上，排列出細密精巧的整齊疊句。除了有視覺上的美感外，更能於朗誦的過程中產生音律的氣勢與節奏。此風格時常置於在尺牘的前段，有能引人入勝，反覆誦讀的效果。例如〈與松湘浦〉一書：

> 恭惟閣下，以海內之偉人，任聖朝之重寄，居內則皋夔，屏外則方召，天下同心，望登槐輔久矣。今天子用賢，以副天下之人心，培國家之元氣，其可忭躍，豈尋常冠蓋稱慶之情哉。（〈與松湘浦〉，頁149～150）

松筠（1752～1835），字湘浦，曾在朝歷任多職，並與姚鼐友好。尺牘初始的四句「以海內之偉人，任聖朝之重寄」、「居內則皋夔，屏外則方召」雖非嚴格，但仍可謂字數工整，詞性相襯的對仗。又如〈與朱白泉〉：

> 前一書知已達，昨接惠函，具審近祉。嘉謨之經畫，宣力之勤勞，賢臣報國之心，必有以大為民生之福者矣。所望竣工之速，可以快相見耳。兩大人照已題，但媿陋辭發揚盛美不能寫盡，聊盡傾仰之心而已。（〈與朱白泉〉，頁163）

朱爾賡額（1760～1824），號白泉，為朱孝純之子。而朱孝純又為姚鼐的好友，姚鼐著名的〈登泰山記〉即是應朱孝純之邀而一同攀爬的：「是月丁未，與知府朱孝純子穎由南麓登。」〔註44〕可見父子與姚鼐的友好關係。尺牘的前半部，「昨接惠函，具審近祉」，亦是使用上述的手法。尤其「嘉謨之經畫，宣力之勤勞，賢臣報國之心，必有以大為民生之福者矣」四句，連續的堆疊、排比與最後的伸長語句，加之以「之」虛字的使用，形成初閱為直瀉而下，終末開闊，既連貫又磅礡的語氣。可謂「氣暢」的典範。

　　最後，「詞雅氣暢，語簡事盡」的風格多為寄予在朝任職的友人的尺牘中，如上述的慶保、趙慎畛、松筠和朱爾賡額等人，或位居地方要職如秦瀛等德望兼備、砥節奉公，為姚鼐所認同的好友或後輩。由於這類的尺牘往往並非是姚鼐主動的魚雁往返，而是為了回覆對方的請託作序或慰問。姚鼐「詞雅氣暢，語簡事盡」之風格，除了是對文章字句的重視外，亦是以嚴肅、莊重與藝術的作文態度，來回應與對方多年的交情、一清如水的德政與高潔的品行。是以姚鼐與他們的關係雖然不至非常密切，但卻能從這類尺牘中感受到姚鼐的「色夷

〔註44〕〔清〕姚鼐：〈登泰山記〉，《惜抱軒詩文集》，頁220。

而氣清，接人極和藹」〔註45〕正經且親切的性格，正所謂文如其人。

二、理得情當，審明守篤

《尺牘》中除了日常生活的瑣事分享外，另一類內容為回答門生或友人對經學、文學與考證的疑問。而這類內容在姚鼐的「顧學不博不可以述古，言無文不足以行遠」〔註46〕、「其於義利之辨，可謂審之明而守之篤矣」〔註47〕的論學態度形成論說式尺牘，並以「理得情當，審明守篤」為主要風格。

「理得情當，審明守篤」為筆者據姚鼐的相關文獻與作品相互參照所歸結出的觀念，能符合《尺牘》中論說式尺牘的風格。「理得情當」為姚鼐在〈答魯賓之書〉中討論文章應以簡潔為主的其中一句：

> 《易》曰：「吉人之詞寡。」夫內充而後發者，其言理得而情當，理得而情當，千萬言不可厭，猶之其寡矣。氣充而靜者，其聲閎而不蕩。志章以檢者，其色耀而不浮。邃以通者，義理也。〔註48〕

雖然此篇並非專論論說體裁，但其中為作文而應培養的一系列的先後觀念，實同為作尺牘與作論說文不可忽略的要素。而「理得而情當」一句，恰好符合一篇成功的論說文應具備的「論之為體，所以辨正然否」的「理得」，以及「順情入機，動言中務」〔註49〕，能使對方信服說理內容的「情當」。而「審明守篤」則為陳用光在〈姚先生行狀〉中讚譽姚鼐的知行合一之語：

> 先生論學，既兼治漢、宋，而一以程、朱為宗。其誨示學者，懇切周至，不憚繁舉……嗚呼！以先生之論，合觀於先生之制行，其於義利之辨，可謂審之明而守之篤矣。先生論文，舉海峰之說而更詳著之。〔註50〕

〔註45〕　〔清〕陳用光原作；許雋超、王曉暉點校；蔡長林校訂：〈姚先生行狀〉，《陳用光詩文集》（上）（臺北：中央研究院中國文哲研究所，2019年5月），頁48。

〔註46〕　〔清〕姚瑩著，沈雲龍主編：〈朝議大夫刑部郎中加四品銜從祖惜抱先生行狀〉，《中復堂全集・東溟文外集》（新北：文海出版社，1974年），頁261。

〔註47〕　〔清〕陳用光原作；許雋超、王曉暉點校；蔡長林校訂：〈姚先生行狀〉，《陳用光詩文集》（上）（臺北：中央研究院中國文哲研究所，2019年5月），頁47。

〔註48〕　〔清〕姚鼐：〈答魯賓之書〉，《惜抱軒詩文集》，頁104。

〔註49〕　〔南朝梁〕劉勰著；王更生注譯：《文心雕龍讀本・論說》（上冊）（臺北：文史哲出版社，2004年10月），頁334。

〔註50〕　〔清〕陳用光原作；許雋超、王曉暉點校；蔡長林校訂：〈姚先生行狀〉，《陳用光詩文集》（上）（臺北：中央研究院中國文哲研究所，2019年5月），頁47。

陳用光以為：姚鼐將作文與學問的理想訂為「義理、考證、文章」三者的相濟兼融，「異趨而同為不可廢」〔註51〕，並以此理念嚴謹地完成《九經說》與《三傳補注》的實際作為，加之以「清約寡欲」、「學品兼備」〔註52〕的德行，因此以做學問來說可謂「審明」嚴謹，而個人操行與對程朱的崇仰實踐可謂「守篤」。而此句亦正可用來指稱《尺牘》中的論學尺牘的風格，「守篤」可稱堅守程朱，以古文之法作考辨，但「審明」則非審辨明確，而是「有古人所未嘗言，鼐獨抉其微，發其蘊」〔註53〕，能彰明微小卻未被發現的細膩。

　　《尺牘》中可分為兩種論說式尺牘，一種類同《文集》中的序跋與書信，雖然主要談文論學，但對於書本與作者的來歷，以及生活上的瑣事分享仍占有部分書寫的比例，因此形成記敘與論說並行，屬於「理得情當」風格。另一種則近似於《九經說》和《三傳補注》中專題式的考據文章，針對對方提出的考據題目提出想法、證據來討論或反駁之，專注在論說而少有應酬，而其中的論說部分則屬於「審明守篤」的風格。

　　以第一類的論學尺牘來說，首先，由於並非是專論，因此仍在尺牘中多有開頭的敬語、分享瑣事以及慰問對方的成分，而中段為論文說理之語，最後又以敘事或告慰作結，形成此類型的普遍架構。例如〈與魯賓之〉可見此徵：

> 奉別遂十餘年，得惠書，欣喜之至。閉門奉侍，高尚不應公車，想見超駿之氣，然亦可恨也。今年行止復何如？承示古文佳甚，其氣陵厲無前，雖極能文之士，當避其鋒也。翅衰憊如鼐者乎？近年鼐以目昏，畏對小字，都不能讀書。所示文略讀，間識數字於側，不能詳悉，所言亦未必當也。夫學文者利病短長，下筆時必自知之；更取以與所讀古人文較量，得失使無不明了。充其得而救其失，可入古人之室矣。豈必同時人言其優劣哉？言之者未必當，不若精心自知之明也。鼐今歲必歸桐城，足下決不出山，而鼐眊昏若此，豈得有相逢之日？念之愴恨。（〈與魯賓之〉，頁36）

以及〈與吳子方〉亦然：

> 承惠書千餘言，意甚深美，而辭蔚然。此天下之才，豈僅吾鄉之彥

〔註51〕〔清〕姚鼐：〈復秦小峴書〉，《惜抱軒詩文集》，頁104。

〔註52〕趙爾巽等撰：《清史稿》（第四冊）（北京：中華書局，1998年1月），卷四百八十五，列傳二百七十二，頁3430。

〔註53〕趙爾巽等撰：《清史稿》（第四冊）（北京：中華書局，1998年1月），卷四百八十五，列傳二百七十二，頁3430。

哉。顧衰敝鄙陋，無以稱後來才俊之求，茲為媿耳。書內言鼐闢漢，
此差失鼐意。鄙見惡近世言漢學者多淺狹，以道聽塗說為學，非學
之正，故非之耳，而非有關於漢也。夫言學何時之別，多聞，擇善
而從，此孔子善法也，豈以時代定乎？博聞彊識，而用心寬平，不
自矜尚，斯為善學。守一家之言則狹，專執己見則陋，鄙意弟若此
而已。子方以謂當乎不邪？心氣耗竭，目復昏眊，奉答不能詳備。
（〈與吳子方〉，頁48）

從這二例可以發現，此類尺牘有著涇渭分明的論說與敘事。例如〈與魯賓之〉
一篇：從「奉別遂十餘年，得惠書」開始到「今年行止復何如」為開篇慰問的
敘事，從「承示古文佳甚」到「所言亦未必當也」為討論對方的文章風格的論
說，從「夫學文者利病短長」到「不若精心自知之明也」為論文說理，最後為
結尾告慰的敘事。而〈與吳子方〉一篇亦同，開篇的「承惠書千餘言，意甚深
美」到「茲為媿耳」為開頭，「書內言鼐闢漢，此差失鼐意」開始到「子方以
謂當乎不邪」為論說段。這樣的說理與敘事的組合層層分明，顯而易見，說理
時不涉及生活瑣事，敘事時不論及文章學術。這除了能使讀者易於領略，一目
了然外，更能在論述時條理井然，而不陷入說理與敘事紛然雜遝的境況。

第二，在這樣井然有序的論說與記敘的基礎上，尺牘開頭的告語或結尾的
慰問，皆保留尺牘作為溝通交流的情感的文體功能，如同與對方面對面談說、
閒話家常，將莊重的理論以「率意言之」〔註54〕來包裝，開啟對方閱讀論學論
文的過程時，不至於有過分嚴肅的感受，而使對方能初步接受尺牘中的說理而
不排斥，是為「情當」之一。

第三，這類尺牘的論文論學語雖然為闡述姚鼐的理想，但另一方面也必須
要能使對方認同。因此姚鼐不依「不專緩頰，亦在刀筆」〔註55〕的文字之工來
博取眼光，而是使論說的語氣趨向「說者，悅也」、「言資悅懌」〔註56〕，將說
理如私下宴飲聚會時說話般自然，因此表露出許多個人情緒與喜好。如前引
〈與吳子方〉的一段：「鄙見惡近世言漢學者多淺狹，以道聽塗說為學，非學

〔註54〕〔清〕梅曾亮著；彭國忠、胡曉明校點：〈姚姬傳先生尺牘序〉，《柏梘山房詩
文集》（上海：上海古籍出版社，2005年12月），頁379。

〔註55〕〔南朝梁〕劉勰著；王更生注譯：《文心雕龍讀本·論說》（上冊）（臺北：文
史哲出版社，2004年10月），頁335。

〔註56〕〔南朝梁〕劉勰著；王更生注譯：《文心雕龍讀本·論說》（上冊）（臺北：文
史哲出版社，2004年10月），頁335。

之正，故非之耳，而非有關於漢也。」又如〈與鮑雙五〉一篇：

> 久別相念甚切，今年聞與館選，極欣慰，正為西清慶得人耳。遠承
> 古道，修簡見問，謝謝。見譽拙集太過，豈所敢承，然鎔鑄唐、宋，
> 則固是僕平生論詩宗旨耳。又有《今體詩鈔》十八卷，衡兒曾以呈
> 覽未？今日詩家大為榛塞，雖通人不能具正見。吾斷謂樊榭、簡齋，
> 皆詩家之惡派。此論出必大為世恕怒。然理不可易，非大才不足發
> 明吾說，以服天下。意在足下乎？（〈與鮑雙五〉，頁 59）

這些論文論學語皆用辭明確且強烈，「直指他人之得失」，表明自己對當時漢學
家與詩人的不滿，「顯示出愛憎分明的立場與態度」〔註57〕。是為「情當」之
二。

第四，說理內容要能獲得對方的認同，除了用辭率意親切如真心傾吐外，
最終還是要歸於其中能否「有理」，才能讓讀者肯定其「理得」。誠如姚鼐自己
所說的：「言何既有美惡，當乎理，切乎事者，言之美也。」〔註58〕而《尺牘》
中常用三種說理方法：直白揭露、比較異同、立標衡定，來強化姚鼐自身的論
點與說服力。

第一種為「直白揭露」。這個方法在於明白揭示批評對象的缺點以及所造
成的影響，來強化維持自身立場。例如〈與汪稼門〉：

> 近士大夫侈言漢學，只是考證一事耳。考證固不可廢，然安得與宋
> 大儒所得者並論？世之君子，欲以該博取名，遂敢於輕蔑閩洛，此
> 當今大患，是亦衣冠中之邪教也。閣下任世道人心之責，故亦不敢
> 不以奉聞。（〈與汪稼門〉，頁 18～19）

此篇直指當時的學者學術偏廢的情況，形成一系列環環相扣的弊病：喜好上只
「侈言漢學」，心態上「以該博取名」而為求功名，進而導致「輕蔑閩洛」，成
為學術邪教。因此為避免陷入惡性循環，應強調正確的學術觀念：「考證固不
可廢」，而必須調和漢宋，藉此來撥亂反正，導向健康、正確的學術觀。

第二種為「比較異同」。舉出討論內容的正反兩面或兩種態勢，透過相互
比較、列出優劣，能更清楚認識兩邊內容的基礎。而分析者必須有深厚的功力，
才能分辨得當，於比較中取最大與關鍵的差異，來獲得對方的認同。例如〈與

〔註57〕盧坡：《桐城派尺牘研究——以姚鼐與弟子交往為中心》（蕪湖：安徽師範大學
中文系博士學位論文，2015 年 4 月），第三章第二節，頁 77。
〔註58〕〔清〕姚鼐：〈稼門集序〉，《惜抱軒詩文集》，頁 273。

陳碩士〉：

> 所寄來詩文，皆有可觀。文韻致好，但說到中間，忽有滯鈍處，此
> 乃是讀古人文不熟。急讀以求其體勢，緩讀以求其神味。得彼之長，
> 悟吾之短，自有進也。詩以五言為佳，見寄三首，及為陶意雲題圖
> 之作，皆極善，此是興會到故也。七言嫌落俗套，無新警處。蓋石
> 士天才，與此體不近，不必彊之。大抵其才馳驟而炫耀者，宜七言；
> 深婉而澹遠者，宜五言。雖不可盡以此論拘，而大概似之矣。（〈與
> 陳碩士〉第四十二篇，頁96）

此篇比較急讀、緩讀以及五言、七言的不同。姚鼐以為陳用光之作中的滯鈍處，
可透過朗讀來判斷，而急讀能讀出體勢，緩讀能讀出韻味，並從兩種讀法的交
互運用下，能判別作品中的滯鈍，進而改善之。另外，姚鼐以為五言與七言各
有優勢，五言為深婉澹遠，七言為馳驟炫耀，以此來讓陳用光瞭解自己所作的
詩文風格應趨向何種文體。是以透過比較，識清其中的異同，能更深刻瞭解兩
者各自的風格。

第三種為「立標衡定」。標舉出文學史、學術史公認的人物、作品、方法
與風格，或自己認同的前輩學者，來衡量作品或對象。由於這些標準往往為一
代文宗，千古流芳或金科玉律，除了方便判別外，亦能將自己立於所標舉傳統
的一脈之下。例如〈與陳碩士〉：

> 入夏，頻得書，具知安好。頃令妻舅魯君來，近狀得聞益詳，所苦
> 政在清貧耳。然實無術，節嗇而已，安能量出而為入邪。諸文時有
> 佳處，時患語繁拖沓。大抵簡峻之氣，昌黎為最，更當於此著力。
>
> （〈與陳碩士〉第五十篇，頁99～100）

此篇評論陳用光之文，姚鼐建議以韓愈的簡峻之氣為作文行氣的標準，既可以
此模仿學習，增進作文功力，又可以作為衡文的準繩，來鑑定所觀察的其它文
章的高下優劣。同時亦將姚鼐自己置於韓愈以來的古文傳統之下。又如〈與伯
昂從姪孫〉將模仿視為一種作詩標準：

> 來書云，欲於古人詩中尋究有得，然後作詩。此意極是。近人每云，
> 作詩不可摹擬，此似高而實欺人之言也。學詩文不摹擬，何由得入？
> 須專摹擬一家，已得似後，再易一家。如是數番之後，自能鎔鑄古
> 人，自成一體。若初學未能逼似，先求脫化，必全無成就。譬如學
> 字而不臨帖，可乎？（〈與伯昂從姪孫〉，頁129）

姚鼐認為學詩不從模仿開始，便不得其門而入。而若能從模仿入手，則能鎔鑄古人的佳句，進而從中漸變，而「自成一體」。因此將模仿作為學作詩的理論，並將理論中有無模仿為好壞的標準，若有詩人、詩論倡導不從模仿起步，其必然無法正確導引後進，循循善誘，即可判斷為「欺人之言」。因此「立標衡定」，不論是提出人物、理論、風格或作品，皆在檢視其中是否有益於助人之論。

　　另一類型的論說式尺牘，則是專注談論考證題目與證據。由於其類同姚鼐的《九經說》與《三傳補注》，為在一篇尺牘中分析某項考證的內容、證據以及缺失，因此不同於前述的尺牘，多著重在梳理證據與論述的過程，又因姚鼐以為「夫以考證斷者，利以應敵，使護之者不能出一辭」〔註59〕，因此以能「抉其微，發其蘊」〔註60〕，是為「審明」風格；而其以考察到的證據為立場，以程朱的義理為範式，並以作古文之法來申明己意，因此是為「守篤」風格。兩者的相濟，是為此一類型的尺牘的主要樣態。

　　例如能從可堪為代表的〈與張阮林〉，來窺探一二：

　　鼐近得程魚門《左傳翼疏》三十卷，其書亦甚詳密，其用意亦與足下相似。凡異於杜注者，皆采錄之。然吾意此是近時學者習氣，苟以謂世所推之書，吾必欲攻其短而已，卻未嘗衡度是非，必求允當也。杜注誠有未當處，然其是處甚多，若見一異說，則急采之，祇是好異非為學矣。如「鞶厲」，杜說自當，若如康成以為佩囊則是左右佩用之事，非禮服之重，安得云昭其數乎？古人身有素帶，練帶之屬謂之帶，革帶之屬謂之鞶，對文則別，散文則通，故此處上云帶裳，又云鞶厲耳。又杜云紘是纓自下而上者，纓本自上而下，今自下而上則非纓矣。然不用「纓」字則語意何由得明。此本無病而足下皆駁之，反自為意之滯也。至於「大別」一條，雖本地志，然地志此處說最不可通，必不可從。鼐《九經說》已論之矣。楚北境連山障蔽，其通行道路，西則義陽三關，即《左傳》之城口，大隧、直轅、冥阨也；東則必至吾鄉之北峽關乃可通行，若三關之東，北峽之西，山高嶂疊，鳥路艱險，南北用兵不能取徑，惟元之伐宋一出於麻城木陵關耳。若決水所出，則又在麻城之東。若吳從此路，

〔註59〕〔清〕姚鼐：〈尚書辨偽序〉，《惜抱軒詩文集》，頁251。
〔註60〕趙爾巽等撰：《清史稿》（第四冊）（北京：中華書局，1998年1月），卷四百八十五，列傳二百七十二，頁3430。

必須行今羅田、黃州界內，山高路迂，是自敝也。且濟漢而陳，自
小別至於大別，如足下說則其陳牽連一千餘里，此其說尚可通乎？
其餘諸說，鼎精神衰憊，不能盡為尋考，但更自究心耳。（〈與張阮
林〉，頁 185～186）

姚鼐於此篇與張聰咸討論兩件事，一為「鞶厲」，二為「大別」。第一件事的討
論範圍在解釋《左傳‧桓公二年》的服飾品名：

是以清廟茅屋，大路越席，大羹不致，粢食不鑿，昭其儉也。袞、
冕、黻、珽，帶、裳、幅、舄，衡、紞、紘、綖，昭其度也。藻、
率、鞞、鞛，鞶、厲、游、纓，昭其數也。火、龍、黼、黻，昭其
文也。〔註61〕

杜預對「衡、紞、紘、綖」、「帶、裳、幅、舄」以及「鞶、厲、游、纓」有注
曰：

衡，維持冠者。紞，冠之垂者。紘，纓從下而上者。綖，冠上覆者
〔註62〕

帶，革帶也。衣下曰裳。幅，若今行縢者。舄，複履。〔註63〕

鞶，紳帶也，一名大帶。厲，大帶之垂者。游，旌旗之游。纓，在馬
膺前，如索裙者是也。〔註64〕

但張聰咸卻不同意其中的「纓從下而上者」以及「鞶厲」之說，因此在其作《左
傳杜注辨證》中分別提出反駁：

《周禮‧弁師》「朱紘」鄭司農云：「紘，一條屬兩端於武。」《士冠
禮》：「緇布冠，組纓，屬於缺，皮弁，爵弁，緇組紘，纁邊。」《鄭》
註：「屈組為紘，垂為飾，無笄者纓而結其條。」註雜記云：「冠有
笄者為紘，紘在纓處兩端上屬下不結。」此最明晰。杜以纓釋紘，
則相紊矣。韋昭註《國語》云：「紘纓之無綾者也，從下而上不結亦

〔註61〕〔春秋〕左丘明著；郁賢皓，周福昌，姚曼波注譯；傅武光校閱：《新譯左傳
讀本（上）》（臺北：三民書局，二版三刷，2017 年 1 月），頁 87。

〔註62〕〔西晉〕杜預集解：《春秋經傳集解》（第一冊）（上海：上海古籍出版社，1988
年 3 月），頁 71。

〔註63〕〔西晉〕杜預集解：《春秋經傳集解》（第一冊）（上海：上海古籍出版社，1988
年 3 月），頁 71。

〔註64〕〔西晉〕杜預集解：《春秋經傳集解》（第一冊）（上海：上海古籍出版社，1988
年 3 月），頁 72。

未善。」〔註65〕

此本《服氏》註，《服》又用《詩毛傳》也。案：上文已舉「帶、裳、幅、舃」，此句自不應以鞶厲為帶，景伯（賈逵）、子慎（服虔）皆誤，杜不能正其失，而強分上帶為革帶，則更無據。《詩》〈都人士〉《鄭箋》云：「而厲，如鞶厲也。鞶必垂，厲以為飾。厲字當作裂。」以鞶為鞶囊，厲為裂帛之飾，得之孔沖遠徑以內，則鞶革、鞶絲與槃衾皆為帶，駁鄭之說則誣甚矣，可置之不議。〔註66〕

以纓與紘來說，杜預以為紘是將纓由下往上繫於冠，張聰咸引鄭玄之說認為是兩種不同指稱。但姚鼐依循杜預之說，認為兩者在本質上相同，不過基於用法上的分別，而以字別義。而鞶厲之說，張聰咸以為杜預錯分鞶厲為帶，遂贊成鄭玄考證的鞶為囊袋、厲為裂帛之飾。但姚鼐認為，《左傳》的原意指朝廷士大夫以穿著「昭其數也」，不會因提過帶而不再重複帶之稱。同時姚鼐指出張聰咸忽視了帶有高低位階之分，《禮記·玉藻》有云：「天子素帶朱里終辟，而素帶終辟，大夫素帶辟垂，士練帶率下辟，居士錦帶，弟子縞帶。」〔註67〕又姚鼐以《左傳》的對句來看，「帶、裳、幅、舃」以及「鞶、厲、游、纓」相對，「帶、裳」為帶與衣服的下半、下擺，而「鞶、厲」也是帶與帶之垂者，正好指稱相對，並無疑義。因此服膺杜預之說，而以為張聰咸的考據是為反杜而反杜。

　　而第二件「大別」則是討論《左傳·定公四年》的「自小別至於大別」一句：

冬，蔡侯、吳子、唐侯，伐楚。舍舟於淮汭，自豫章與楚夾漢。左司馬戌謂子常曰：「子沿漢而與之上下，我悉方城外以毀其舟，還塞大隧、直轅、冥阨，子濟漢而伐之，我自後擊之，必大敗之。」既謀而行，武城黑謂子常曰：「吳用木也，我用革也，不可久也，不如速戰。」史皇謂子常：「楚人惡子而好司馬，若司馬毀吳舟於淮，塞城口而入，是獨克吳也。子必速戰！不然，不免。」乃濟漢而陳，自小別至於

〔註65〕〔清〕張聰咸：《左傳杜注辯證》。網路資源：https://archive.org/details/02074692.cn/page/n36/mode/2up。（檢索時間：2021/06/01）

〔註66〕〔清〕張聰咸：《左傳杜注辯證》。網路資源：https://archive.org/details/02074692.cn/page/n36/mode/2up。（檢索時間：2021/06/01）

〔註67〕〔西漢〕戴聖撰；陳澔注：《禮記集說》（上海：上海古籍出版社，1987 年 3 月），卷十三，頁 170～171。

　　　　大別。三戰，子常知不可，欲奔。〔註68〕

此為春秋後期，吳國與楚國發生的柏舉之戰，其中的大別與小別為山名。杜預
在「自小別至於大別」有註曰：

　　　〈禹貢〉：「漢水至大別南入江。」然則此二別在江夏界。〔註69〕

漢水即漢江，古稱沔水。〈禹貢〉以為將漢水引入長江的山為大別山，而杜預
補充〈禹貢〉所言的大別與小別皆在江夏（今湖北武漢江夏區）。但語焉不詳
的註解引起張聰咸的不滿，遂在書中長篇引證來反駁：

　　　案：〈禹貢〉兩言大別皆在荊揚分界處。蓋大別居漢之下流，而又夾
　　　漢淮之間。巴、決二水發源於此，決水則西注於淮。《水經注》：「決
　　　水出廬江雩婁縣南大別山，俗名之為檀山峴，蓋大別之異名。」淮
　　　水又東逕廬江安豐縣東北決水注之是也。巴水則東流注於江。《水經
　　　注》：「江水左則巴水注之，水出雩婁縣之下靈山，即大別山。與決
　　　水同出一山。與決水同出一山，故世謂之分水山，亦或曰巴山。南
　　　歷蠻中，吳時舊立屯於水側，引巴水以漑野。又南逕巴水戍，東流
　　　注於江，謂之巴口是也。」……《傳》載吳楚合軍之路，不出漢淮
　　　之間，始云「舍舟於淮汭」，復云「司馬毀吳舟於淮塞城口而入」，
　　　則史皇謂子常速戰，恐尹戌獨成其功，故濟漢而陳，自小別至大別，
　　　謂由江夏以舟師列陳乃濟漢，而沿巴水以至於大別之下，兼欲乘間
　　　以毀吳淮汭之舟耳，豈在夏口哉？顧棟高知淮汭至夏口九百餘里，
　　　而不能正杜之譌，復為意必之說，以佐成其誤，何也？今依班、鄭、
　　　桑、京定大別在安豐，復證江漢通名。〔註70〕

從張聰咸所引的前說可知，大別有兩派說法，而各有依歸：一為不相信杜預
的「江夏說」，而將大別山訂為「安豐西南說」（大別山脈，位於湖北、河南
與安徽的三省交會處）。這派以班固的注為主，其後的范曄、鄭玄、桑欽、
京相璠，以及張聰咸自己皆因襲班說。而另一派為相信杜預，將大別山訂在
長江中游的江夏，後《水經注》雖然在〈沔水〉一篇以為杜預與〈禹貢〉的

〔註68〕〔春秋〕左丘明著；郁賢皓，周福昌，姚曼波注譯；傅武光校閱：《新譯左傳
　　　　讀本（下）》（臺北：三民書局，二版三刷，2017年1月），頁1642。

〔註69〕〔西晉〕杜預集解：《春秋經傳集解》（第二冊）（上海：上海古籍出版社，1988
　　　　年3月），頁632。

〔註70〕〔清〕張聰咸：《左傳杜注辯證》。網路資源：https://archive.org/details/02074
　　　　695.cn/page/n102/mode/2up。（檢索時間：2021/06/01）

內容相符，但卻也直陳「但今不知所在矣」〔註71〕。而唐代的李吉甫依循杜預，在《元和郡縣圖志》將大別山訂為漢陽魯山〔註72〕（今武漢市漢陽區龜山）。

但姚鼐顯然在尺牘中並不贊同張聰咸以兩漢諸儒之說。因為他認為自己所作的《九經說》中的〈陪尾說〉一篇，實已清楚發現其中的問題：

> 陪尾者，淮水所經山也。導熊耳、外方以紀洛之原委焉。導桐柏、陪尾以紀淮之原委焉。《漢‧地里志》：「蓋於六安國安豐縣。」《書》曰：「橫尾山在東北。」古文以為陪尾山於江夏郡安陸縣。《書》曰：「〈禹貢〉：『大別在西南。』」凡史、表、志無文義屬貫上下，讀之易忽，又其字大小相雜，寫之易舛。是以世傳《漢志》移歷陽之夢陽山於歷陵，而安豐之橫尾與安陸之大別兩縣互易，皆寫者之失。其後鄭君北人不習知漢淮之間，因誤本《漢書》注〈禹貢〉曰「陪尾在安陸」，於是世歸其舛。謬之失於《漢志》，而不知非其本也。漢，安陸西南，隋為漢陽，故大別今在漢陽。漢安豐今為。固始及霍邱。其地之山，必有陪尾存焉。自《漢志》誤本既傳世，反妄指安陸一山以陪尾名之，而陪尾之真隱矣……。〔註73〕

姚鼐以為問題單純為古書流傳的傳抄中，多因書本的品質與抄手的素質而有的筆誤錯鈔。另後人的不察，導致錯誤一直延續。而且鄭玄為北方人，對南方的江淮風景多循書本而非實地考察。因此《漢書》沿襲的「大別山在安豐」，就誤字與名稱相近來說，實應為「大別山在安陸」〔註74〕。

〔註71〕〔北魏〕酈道元原注；陳橋驛注譯：《水經注：注譯本》（杭州：浙江古籍出版社，2000年8月），卷二十八，頁455。

〔註72〕〔唐〕李吉甫《元和郡縣圖志》卷二十七：「魯山，一名大別山，在縣東北一百步。其山前枕蜀江，北帶漢水，山上有吳將魯肅神祠……小別山，在縣東南五十里。《春秋》「吳伐楚，令尹子常濟漢而陳，自小別至於大別」，即此也。」詳見〔唐〕李吉甫撰：《元和郡縣圖志》（下冊）（北京：中華書局，1983年），卷二十七，頁648。

〔註73〕〔清〕姚鼐：〈陪尾說〉，《惜抱軒九經說》。網路資料：https://archive.org/details/02075629.cn/page/n76/mode/2up。（檢索時間：2021/06/01）

〔註74〕實際上不論是「安豐西南說」或「江夏說」，都存有矛盾未解之處。如安豐西南說，若其大別指今天的大別山脈，反而與漢水相距太遠。而江夏說，古書記載漢水為東流，遇山而南入江，但今日的龜山卻在漢水的南邊。詳見石泉：〈古夏口城地望考辨〉，《武漢大學學報（人文社會科學版）》第53卷第4期（2000年7月），頁437～439。另一方面，姚鼐的豐與陽、陽與陵的說法也缺乏證

就這部分而言，姚鼐的論述可謂別出一格。「罄厲」與「大別」二題，不論是發現《左傳》的對文結構與帶之位階有別，或是大別山於何處，皆有別於考據學家（如張聰咸）旁徵博引卻搜求瑣碎的舊習，以自身的閱讀經驗來彰明前人所未發，顯示出與考據學家不同的思考脈絡，進而提供一條新穎的路徑。因此可謂「審明」。

另外，由於姚鼐十分熟稔這些近「吾鄉」的吳、楚的地理與環境，因此尺牘後段的考辨源流甚為精詳。在用詞與行文上，例如「若三關之東，北峽之西，山高嶂疊，鳥路艱險，南北用兵不能取徑，惟元之伐宋一出於麻城木陵關耳」一段，將行走路徑的險峻與壯闊描摹得身歷其境，甚為精簡。除了可以解釋《左傳》提到的「舍舟於淮汭，自豫章與楚夾漢」、「還塞大隧、直轅、冥阨」吳、楚兩國用兵運輸的背景知識，亦能提醒張聰咸對考證一事應抱持「非數十年之功不能成」的想法，才能將這些地理知識與經書中的歷史事件相互結合。更能以此證明，考據與辭章若善用自如，可相濟而不相悖。是以此篇的後段雖為考據，但卻以作古文之法來考名責實，是為姚鼐堅守的學術態度。因此此風格可謂「守篤」。

而最後，這場論辯以「其餘諸說，鼐精神衰憊，不能盡為尋考，但更自究心耳」作結，而不將全部的內容辯證到底，為彼此留一點說理的底線。若就姚鼐的論述來看，實則能更為用力地「傳授」所知。但從這裡能看出，對學生「據理力爭」顯然非姚鼐所願，他更想做的反而是「循循善誘」，因而保留情面。在嚴肅的說理尺牘中，存有些微的「長者」的慈愛。

<hr/>

據，為個人臆測，實難說服人。但這種明顯謬論卻又發生在認同考證為一項重要的學術工作的嚴謹的姚鼐身上，似有另一層涵義。姚鼐曾言：「謂此等是非（與考據學家辯論郡縣設置、地名等等），於身心家國，初無關涉；嘵嘵致辨，夫亦何為。」（〈與劉明東〉，頁65～66）、「鼐嘗謂辯論是非，當舉其於世甚有關繫不容不辯者。」（〈與陳碩士〉第十一篇，頁81）是以如同蔡長林先生所言的：「在這幾則文字裏，姚鼐提出治經的一個大原則，即有所辨證，當舉其於世甚有關繫不容不辯者。他關心的是世事之治亂，倫類之當從違，至於荊、揚分域，廬江究在江南抑或江北，此等事與身心家國無涉，實毋庸嘵嘵致辯。」若從此來理解，或許就能瞭解姚鼐作〈陪尾說〉的無奈而導致的「戲謔心態」，以及所造成的荒謬結論。不過，從〈與張阮林〉一篇的後半段來看，對於某些應論述的部分，姚鼐亦盡心盡力的完成論述。因此可以認同的是，對姚鼐來說，仍想在學生面前維持一個說到鎔鑄學術三者並且做到的師長。詳見蔡長林：〈理論的實踐場域——《春秋三傳補注》所見姚鼐的經學理念〉，《文章自可觀風色：文人說經與清代學術》（臺北：國立臺灣大學出版中心，2019年12月），頁117～118。

整合來看，《尺牘》中的說理尺牘，雖然為簡薄的尺牘體裁，但姚鼐並不以體裁為限，反而於其中論述深刻、嚴肅的文學、經學與考據，並以作文章之法為之，形成謹嚴卻又蘊藏情感的風格，並能獨樹一幟。

三、信手任心，謔浪笑傲

《尺牘》中有一類作品，風格既非雅詞抒情，亦非論事說理，而是依循尺牘本身最為基本、傳統的文體功能來創作。這類尺牘，由於回到在功能上以溝通交流、分享內容為主，心態上為輕鬆隨興，姿態上為拉近關係、毫無隔閡或不必掩飾，不以說教、論學或表現出強烈的藝術意識之特質，是以內容往往多為對人事的嘻笑怒罵，以及家人或自己的瑣碎事，既而形成「信手任心，謔浪笑傲」的風格。

例如〈與陳碩士〉與〈與胡雒君〉二篇的自嘲學佛和茹素為相當適切之例：

> 去臘聞雒君就紹興書院，不得歸里，甚以不晤為悵。想館況稍覺適意，亦自佳也。在里略如故態，惟全戒肉食，真成一老頭陀矣。臘月朔日未時，令甥又舉一子，以正擬齋僧而生，名曰「齋郎」。今大小俱健，想聞之為增喜。（〈與胡雒君〉，頁40）

> 鼐於十月自江寧行歸，其月杪到家，今皆平安。老年惟耽愛釋氏之學，今悉全戒肉食矣。石士聞之，毋乃笑其過邪。然其聞頗有見處，俟相見詳告耳。（〈與陳碩士〉第十五篇，頁83）

受惠於尺牘文體的私密，以「在里略如故態，惟全戒肉食，真成一老頭陀矣」、「老年惟耽愛釋氏之學，今悉全戒肉食矣。石士聞之，毋乃笑其過邪」這樣近於輕佻的語氣與句式，既難能於文集中見得，又非姚鼐之文學理想，但卻真實表露在《尺牘》中，成為一類風格

不過，袁枚所言的「信手任心，謔浪笑傲」雖然確實真切抓住尺牘的特性，但終究只是一統整概念，而只能作為細緻探討《尺牘》中自由揮灑的一個開始的關鍵。因此必須追問的是，當姚鼐能「信手任心，謔浪笑傲」並以此基礎來創作時，其「心」所生發的「笑」可細分為何種風格之呈現？筆者以為，其中就有兩種，分別為「平生不遇寧無感」〔註75〕，卻仍因身歷其境而經過無數領悟後的「世事洞明，人情練達」，其深刻反以平淡的言語表現之；可不顧情面的交流所產生的最真實感受的「嘲諷譏罵，自我消遣」之風格。

〔註75〕〔清〕姚鼐：〈題孫節愍武公先生鄉試被放後詩冊〉，《惜抱軒詩文集》，頁625。

以第一種而言，姚鼐的身世經歷雖然不到顛沛流離、四海為家，但由於敏銳而能發「古人所未嘗言者，先生獨抉其微而發其蘊言之」〔註76〕的觀察力，使其在宦海沉浮，面對各種人事的衝突時，從中積累許多人世道理，並進而在辭官後的生涯，在《尺牘》中來向對方分享。

例如〈與馬雨耕〉，姚鼐即表現出以豐富的生命經驗來鼓勵他人之語：

> 天下之不可治者，心病也。若吾兄之心病，乃與鼐同，此豈藥餌所
> 能為力哉？魯子山來此，言吾兄病，若閒時不妨仍住伊處，然鼐意
> 苟可安居，則勿出門矣。鼐今年大約仍在此度歲，明歲乃縣車耳。
> 近有脾泄病，喫重油則發矣。常飯亦較舊少減，由老至死固當漸至，
> 亦胡足怪哉？（〈與馬雨耕〉，頁 180）

其中「天下之不可治者，心病也」一句，換言之，姚鼐以為天下的事物，小至個人疾病，大到人民、政治、社會與國家等等，皆有方法可解，卻唯獨心病無藥可治，只能依靠自我的調解與轉念。姚鼐以為馬春田的病為心病，過度思考那些難以解的事情，以至於疢如疾首。但其後姚鼐所言的「乃與鼐同」，表面為溫柔的安慰，實則自揭悲哀的同病相憐。此句之特殊，在於一方面簡短表明馬春田並非孤單一人，而有力的提醒對方能與自己惺惺相惜。另一方面向對方暗示自己也曾經歷過「豈藥餌所能為力哉」，對環境無能為力所產生的心病，又無藥可醫的絕望之中。因此，雖然看似「信手任心」，隨意揭露自己的傷口，但亦代表不論是轉念或解決，姚鼐已經度過「病久不癒」之境。而惟有曾洞察世事，瞭解人情，深諳其中痛楚的姚鼐，才能平淡地說出「乃與鼐同」這樣反差卻深具同理心的安慰之語。

又如〈與陳碩士〉，表現出姚鼐堅持做正確的事，來回應與袁枚的情誼。此篇為姚鼐對作袁枚的墓誌銘所遭受的質疑而提出的辯駁：

> 鼐又為隨園作誌。此老身後，大為杭州人所詆，至有規鼐不當與作
> 誌者。鼐謂設余生康熙間，為朱錫鬯、毛大可作誌，君許之乎？其
> 人曰「是，固宜也」。余謂隨園雖不免有遺行，然正是朱、毛一例耳。
> 其文采風流有可取，亦何害於作誌。第不得述其惡，轉以為美耳。
> 其文頃未及鈔寄，石士評吾此論，非謬邪？（〈與陳碩士〉第二十篇，

〔註76〕〔清〕魯九皋：〈上姚姬傳先生書〉，《魯山木先生文集》，詳見清代詩文集彙編編纂委員會編：《清代詩文集彙編》（第三百七十八冊）（上海：上海古籍出版社，2010 年），頁 72。

頁 85～86）

袁枚與姚鼐雖然互為好友，但其性格與行為相互迥異。姚鼐為人「清約寡欲，接人極和藹」〔註77〕、「平生行誼，尤介特有風骨」〔註78〕，頗受好評，是典型的傳統仕人君子。但袁枚可謂毀譽參半，崇尚性靈而鄙薄禮教，雖然在詩文方面「天才橫逸，不可方物」〔註79〕、「天才穎異」，但為人「喜聲色」〔註80〕，因招收女性弟子、流連風月場所而多受保守文人的批評。章學誠就曾指責袁枚：「近有無恥妄人，以風流自命，蠱惑士女。」〔註81〕遂被外人貼上「好色」的標籤。

雖然姚鼐曾批評袁枚的詩作為「詩家之惡派」〔註82〕，但從此篇尺牘來看，他仍基於對朋友的道義與責任，以自身擅長的方式作一紀念。因此當袁枚過世後，「大為杭州人所詆」，甚至姚鼐被旁人要求不許為其作誌時，他並沒有屈就於指點，反而以朱彝尊、毛奇齡為例，認為此二人「其學問有根柢，其立身處世亦未肯隨逐波流」〔註83〕而遭受清人謗議，卻仍有誌文可觀，而何以能無一文懷想其友袁枚？是以此理清晰明辨，又抓住世人的謬論，可謂「世事洞明」而能自清。

另一方面，姚鼐以為，袁枚風流好色但不掩其才氣，「於為詩，尤縱才力所至，世人心所欲出不能達者，悉為達之」〔註84〕的價值應當「旌之不朽也」〔註85〕，故其遺行只要敘述時「轉以為美耳」即可。此舉可謂瞭解當時世人與

〔註77〕趙爾巽等撰：《清史稿》（第四冊）（北京：中華書局，1998 年 1 月），卷四百八十五，列傳二百七十二，頁 3430。

〔註78〕金天翮：《皖志列傳稿》（第一冊）（臺北：成文出版社，1974 年 12 月），卷三，頁 231。

〔註79〕〔清〕孫星衍：〈故江寧知縣前翰林院庶吉士袁君枚傳〉，詳見〔清〕袁枚撰；王英志編纂：《袁枚全集新編》（第二十冊）（杭州：浙江古籍出版社，2015 年），附錄：袁枚傳記資料，頁 6。

〔註80〕此兩句出自趙爾巽等撰：《清史稿》（第四冊）（北京：中華書局，1998 年 1 月），卷四百八十五，列傳二百七十二，頁 3427。

〔註81〕〔清〕章學誠撰：嚴一萍選輯：《丙辰箚記》（臺北：藝文出版社，1970 年），頁 158。

〔註82〕〔清〕姚鼐：〈與鮑雙五〉，《惜抱軒尺牘》，頁 59。

〔註83〕葛虛存原編；琴石山人校訂；馬蓉點校：《清代名人軼事》（北京：書目文獻出版社，1994 年 9 月），頁 22。

〔註84〕〔清〕姚鼐：〈袁隨園君墓誌銘並序〉，《惜抱軒詩文集》，頁 202。

〔註85〕〔南朝梁〕劉勰著；王更生注譯：《文心雕龍讀本‧誄碑》（上冊）（臺北：文史哲出版社，2004 年 10 月），頁 205。

保守人士的批評，而選擇以折衷方式，既能保留袁枚的詩文美才之名，其內容又能不為世人所置喙，兩者兼美，因此是為「人情練達」。

最後，姚鼐揭露「大為杭州人所詆，至有規鼐不當與作誌者」一事，雖為杭州人以保護禮教名義所提出，但實質上卻是脅迫他人之自由意志，以及考驗姚鼐的友誼情感。雖然姚鼐選擇回應與袁枚的情誼，而以「第不得述其惡，轉以為美耳」作為調解兩方的方式，但這種直陳作誌時將對方隱惡揚善的「公開秘密」，雖有「謔浪笑傲」的諛墓之嫌，違反「夫屬碑之體，資乎史才」〔註86〕的文體精神，卻大抵只能藉由尺牘這樣的私密文體的「信手任心」，才能由得姚鼐抒發鄉里的暗昧之事以及其中的不得已之志。

而第二種的「嘲諷譏罵，自我消遣」，其特別之處，在於一反姚鼐「清約寡欲，接人極和藹」〔註87〕之正襟危坐性格，出現許多直言不諱，恣睢無忌的解嘲或諷刺直罵之語，而自成一風格。而此風格亦正可分為兩類，一類是自我消遣，使尺牘內容增添樂趣而削減嚴肅之氣，另一類則是嘲諷譏罵，而不論是拐彎抹角或直指缺陷，均為姚鼐最真實的感受。

以第一類來說，姚鼐的自我消遣多是對身體狀況不如年輕時健步如飛而來的。例如〈與鮑雙五〉：

> 前月一書，由舍弟商城令處轉呈，必已達矣。頃於商城處，又得光
> 州使院惠書，並白金三十兩，過承遠惠，銘謝銘謝。晚春和煦，惟
> 倍增福。公事誠不得避勞，所望稍自愛嗇而已。賤體率如故狀，惟
> 不能復讀書。真飽食終日，無所用心也。（〈與鮑雙五〉，頁 61）

「飽食終日，無所用心」語出《論語·陽貨》〔註88〕。雖然姚鼐的真實生活並非如其所言的虛度，但化用經典來自我調侃的同時，亦削減體衰年老的哀傷感，使整體的情感不過度悲觀。又如〈與鮑雙五〉：

> 正月有書奉寄，當已達。頃見試錄，知令弟獲雋，良深欣慰。公山
> 正禮，二龍並轡。世之佳事，孰踰此哉。即日想增佳適。鼐於二月

〔註86〕〔南朝梁〕劉勰著；王更生注譯：《文心雕龍讀本·誄碑》（上冊）（臺北：文
史哲出版社，2004 年 10 月），頁 207。

〔註87〕趙爾巽等撰：《清史稿》（第四冊）（北京：中華書局，1998 年 1 月），卷四百
八十五，列傳二百七十二，頁 3430。

〔註88〕〔春秋〕《論語·陽貨》：「子曰：『飽食終日，無所用心，難矣哉！不有博弈者
乎，為之猶賢乎已。』」詳見〔南宋〕朱熹著；曹美秀校對：《論語集注》，《四
書章句集注》（臺北：大安出版社，2014 年 12 月第十六刷），頁 254。

> 來江寧，今犒適，未攜家眷來，雖岑寂而轉有靜味，固所喜也。祗
> 是精神疲敝，每日瞌睡時多，朽木糞土，不可自克矣。(〈與鮑雙五〉，
> 頁 63)

其中「朽木糞土」即出自《論語‧公冶長》的宰予晝寢一事。姚鼐以此調侃自己終日昏沉虛度，無所事事。但當時已近八十高齡的姚鼐，有這樣的身體情況是可預期的。因此姚鼐在與對方分享近況的同時，以揶揄口吻向對方傳達自己仍有開玩笑的餘力，以及面臨衰老仍能幽默以對的人生態度。

　　而另一類嘲諷譏罵，則與姚鼐嚴肅恭謹的性格相距更遠，又將尺牘的「信手任心，謔浪笑傲」之特性發揮的淋漓盡致。其譏嘲之意，或直截了當，或拐彎抹角。如〈與鮑雙五〉：

> 又有《今體詩鈔》十八卷，衡兒曾以呈覽未？今日詩家大為榛塞，
> 雖通人不能具正見。吾斷謂樊榭、簡齋，皆詩家之惡派。此論出必
> 大為世怨怒。然理不可易，非大才不足發明吾說，以服天下。意在
> 足下乎？(〈與鮑雙五〉，頁 59)

姚鼐自陳以「鎔鑄唐宋」為討論詩詞之宗旨，因此對袁枚的性靈、厲鶚的用典尖新甚為不滿，認為是旁門左道，因此批評為「詩家之惡派」。用詞之甚嚴厲，實為難得可見。不過，雖然姚鼐如此據理力爭的批判：「然理不可易」，但他也深知「此論出必大為世怨怒」的道理，因此云「非大才不足發明吾說」。但這一類的直率，亦是姚鼐最直接而毫不藏私的心聲。

　　另外，姚鼐藉〈與石甫姪孫〉一篇來說科舉翰林之陋，則頗為拐彎抹角：

> 吾昨得《凌中子集》閱之，其所論多謬，漫無可取。而當局者以私
> 交，入之儒林，此寧足以信後世哉。大家自當力為所當為者，書成
> 以待天下後世之公論，何必競之於此一時哉。吾孤立於世，與今日
> 所云漢學諸賢異趣。然近亦頗有知吾說之為是者矣。渾潦既盡，正
> 流必顯，此事理之必然者耳。至於文章之事，諸君亦未了解。凌仲
> 子至以《文選》為文家之正派，其可笑如此。(〈與石甫姪孫〉，頁 137)

姚鼐在此篇指稱凌廷勘「所論多謬，漫無可取」，因此認為其作《凌中子集》是「當局者以私交，入之儒林」的因交際廣泛才得以進入文仕圈，遂批評其說與作品「此寧足以信後世哉」。不過，「當局者以私交，入之儒林」另一著名例子為戴震。戴震六次會試皆落第，在五十三歲時因先前受紀昀之薦舉任四庫館

而「奉命與乙未貢士一體殿試，賜同進士出身，授翰林院庶吉士」〔註89〕，又戴震的學名遠播，如惠棟、朱筠、凌廷勘與錢大昕等大學者皆有良好的往來。而姚鼐對戴震的反程朱之舉不以為然，曾云：

> 然程、朱言或有失，吾豈必曲從之哉？程、朱亦豈不欲後人為論而正之哉？正之可也，正之而詆毀之，訕笑之，是詆訕父師也。且其人生平不能為程、朱之行，而其意乃欲與程、朱爭名，安得不為天之所惡。故毛大可、李剛主、程綿莊、戴東原率皆身滅嗣絕，此殆未可以為偶然也。〔註90〕

雖然姚鼐與戴震並未到反目成仇，但此篇尺牘後所言的「吾孤立於世，與今日所云漢學諸賢異趣」，顯然將前所稱的「當局者」限縮在漢學家一列。又姚鼐與戴震的熟識，不可能不知戴震的入仕林之徑。因此「當局者以私交，入之儒林」除了指稱凌廷勘之外，亦有諷刺那些交友廣闊而受人恩惠，能略過科舉而進入仕宦圈子的漢學家之嫌。

　　整合來看，這「信手任心，謔浪笑傲」一類風格的尺牘之所以獨特，在於當書寫的意識不為文學藝術服務，亦不強調時時主張的雅俗時，不論內容是傾向抒發、諷刺或幽默，其所顯現的性格均比前兩者正襟危坐的風格更為真實，既是姚鼐毫不避諱人情禮義的反映，亦是最為直接的感受。這使《尺牘》比起文集、史傳，更能成為瞭解姚鼐性格的關鍵鑰匙。

第三節　《惜抱軒尺牘》的修辭藝術

　　由於尺牘的篇幅短小，姚鼐常以精簡文風書之，因此《尺牘》中的句式多半為平鋪直敘的白描，如同當面對談，是以情誼深而技巧少。不過，《尺牘》中仍有部分篇章，或因身分地位，或因情感宣洩，而呈現「析句彌密，聯字合趣」〔註91〕的修辭藝術。是以本節將依表意方法的調整，以及優美形式的設計〔註92〕這兩方面來探討《尺牘》中的修辭藝術。

〔註89〕〔清〕段玉裁：《戴東原先生年譜》，詳見〔清〕戴震著：《戴震集》（上海：上海古籍出版社，2009年6月），附錄三，頁475。

〔註90〕〔清〕姚鼐：〈再復簡齋書〉，《惜抱軒詩文集》，頁102。

〔註91〕〔南朝梁〕劉勰著；王更生注譯：《文心雕龍讀本·麗辭》（下冊）（臺北·文史哲出版社，2004年10月），頁133。

〔註92〕黃慶萱：《修辭學》（臺北：三民書局，增訂三版，2004年1月），第一篇第一章，頁8。

一、《惜抱軒尺牘》中的表意調整

表意的調整，關注在詞語中抽象意念的傳達的變化。《尺牘》中的表意修辭，最常見的為設問、引用與感嘆。因此以下將從這三種修辭，來看《尺牘》中的表意修辭藝術。

（一）設問

「設問」即於文章中提出疑問或詢問，能「凸顯論點，引起注意，甚或啟發思考，而使話語、文章激起波瀾的修辭法」〔註93〕。《尺牘》中的設問依其書寫內容的脈絡，可分為問近況的「懸問」與冀求對方接受論述觀點的「激問」兩種狀況。

以懸問來說，由於內涵為不知而問，又尺牘為交流訊息的文體，因此姚鼐於《尺牘》中所提問的內容，往往為慰問對方的身心情況與現狀：

> 累月未得消息，想佳適邪？夏初一札，從孫藩臺處奉寄，不審達不？
> （〈與胡雛君〉，頁39）

> 前得書，具悉近況清貧，尚不至全無酒資乎？時入蘭亭邸不？鼐衰老畏作詩，故無以寄之耳。（〈與吳惠連〉，頁45）

> 鼐前在揚州，聞撝約遭艱歸里，時鼐亦正有婦喪，悤悤歸來，急切無垠書處，遂闕唁問，今計時已終製矣。未審撝約已入都補官不？近狀佳不？（〈與孔撝約〉，頁52）

在資訊流通困難的當時，從收到的前一封尺牘得來的，或經口耳相傳輾轉得知的消息，往往早已過時甚久，又交通不便，可能送信抵達時，尺牘中所提及的事件早已結束。因此使得欲瞭解與更新對方近況的懸問為《尺牘》中最常出現類型。同時懸問在情感上冀求對方的回答，遂反映在語句的結構表現，如上述三例中，呈現出彷若長輩關心般的絮絮叨叨的連綿的懸問句。既敦促對方能多分享近況，知其安好為慰，亦是向對方傳達自己仍有餘力詢問狀況的健康狀態。

而以「激問」來說，主要出現在強調、堅定自己立場論述時的提問。由於激問的答案在問題的反面，一方面只要讀者細讀之，多半能心領神，另一方面，作者也預期讀者能瞭解其中的意味深長，因此在問題用詞的語氣上多為簡當

〔註93〕黃慶萱：《修辭學》（臺北：三民書局，增訂三版，2004年1月），第二篇第二章，頁47。

而強烈，如：

> 碩士言先生頻年精意於心性之學，此尤可敬服，士必如此，乃是為己。不然，文如昌黎，學如鄭康成，不免猶是為人也。終製後以能不出為佳。近觀世路，風波尤惡，雖巧宦者或不免顛躓，而況吾曹邪？（〈與魯山木〉，頁28）

> 現在履察河淮，誠不免勞瘁，然助捍民災，速見底績，即不論上官之酬勳與不，而於仁人之心，不亦快乎？（〈與周希甫〉，頁56）

> 想使者取賢不限一格，或學問，或文章，學問中非一門，文章亦非一門。假如其人能作時文，亦即可取，今世時文之道，殆成絕學矣，由諸君子視之太卑也。夫四六不害為文學之美。時文之體，豈不尊於四六乎？（〈與鮑雙五〉，頁64）

從這三例來看，其中「而況吾曹邪」、「不亦快乎」與「豈不尊於四六乎」三個用語精簡的問句的答案皆在問題的反面。而這些問句的本意皆不在期許對方能回答，反而是冀求對方反思或認可自己的觀點、立場與論述，而以問句的形式詢問。因此相較於直來直往的陳述或命令語氣的句式，這一類的激問彷若智者以委婉溫和之情與緩和的語氣，符合姚鼐一貫以來的溫良性格。

　　姚鼐於《尺牘》中的設問修辭不僅只是單純的提問，而是在連綿與簡當的兩種句式的修飾下，蘊含相隔兩地的思念與冀求對方亦能認可、反思自己觀點的委婉風采。

（二）引用

　　引用即「說話行文時，有意援引現成的語言文辭或典故，以印證、補充、對照作者的本意，藉以增強文章或說話的說服力和感染例的修辭方法」[註94]。《尺牘》中的引用，依內容的脈絡可以分為論述時援引某些成說來增強說服力，以及運用現成且更妥貼的語句來表達自己心境。

　　以前者來說，引用「是一種訴諸權威或大眾的修辭法」[註95]，因此在論述某項觀點時，若在觀念上與某位前人的論述相同，而將其話語引用於自己的論述中，則能增強自己在觀點論說上的說服力。例如：

〔註94〕魏聰祺：《修辭學》（臺北：五南圖書，2015年8月），第三章，頁309。
〔註95〕黃慶萱：《修辭學》（臺北：三民書局，增訂三版，2004年1月），第二篇第五章，頁151。

鄙見惡近世言漢學者多淺狹，以道聽塗說為學，非學之正，故非之
耳，而非有關於漢也。夫言學何時之別，「多聞，擇善而從」，此孔
子善法也，豈以時代定乎？（〈與吳子方〉，頁 48）

石士前書中云，近讀《晉書》，鼐以謂非也，謂史惟兩漢最要，次當
便及《資治通鑑》，《晉書》當又在所緩。韓子曰「非三代兩漢之書
不敢觀」，此語於初學要為有益，不可反嫌其隘也。（〈與陳碩士〉第
九篇，頁 79）

頃寄與小峴書及山木誌文書後皆佳也。然有未調適處，故為竄改。
昌黎云「詞不足，不可以成文」，理是而詞未諧，故是病也。（〈與陳
碩士〉第四十四篇，頁 97）

例一出自《論語・述而》，例二出自韓愈〈答李翊書〉，例三出自韓愈〈答尉遲
生書〉。而不論是《論語》或韓愈，在地位與成就上皆為有話語份量的權威，
引用後能馬上使讀者信服，繼而將這份信任感延伸到作者的論述，認同其觀
點。且其中的引用皆符合事例的內容，引用的話語剪裁得當而不突兀。

另外，這樣的援引，在增強自己的觀點的論證時，也同時形成一種「援古
以證今」〔註96〕、「古今互證」〔註97〕的力量，可將自己的觀點擴大為普遍的
認同。

而另一種則於抒懷或敘事之文中引經據典，以所引的文句的感思來充實
作品的內容。例如：

雉君來貴省覓館，鼐甚憂其後時，惟鼎力多方助之。「士信於知己」，
固不可以冀於今日之常流耳。（〈與謝蘊山〉，頁 10）

鼐近體弊目昏，大不及去年相見時，正如就夕之日，其行乃彌速也。
下年便棄去，庶歸骨於故山耳，與三兄恐無見日，「太虛為室，明月
為燭」，與四海賢豪相遇於空寂光中，亦不必以長別離為憾矣，吾兄
以謂然乎？昏眊作書，草草勿罪。（〈與楊春圃〉，頁 24）

鼐去冬大病幾死。今雖癒，而時復發熱乏氣。要之，此亦衰年應有
之事，但恐未足當「朝聞道」三字耳。（〈與陳碩士〉第三十二篇，

〔註96〕 〔南朝梁〕劉勰著；王更生注譯：《文心雕龍讀本・事類》（下冊）（臺北：文
史哲出版社，2004 年 10 月），頁 168。
〔註97〕 蔡妙真：〈微言與解密──阮籍〈詠懷詩〉引用《春秋》傳的闡解效應〉，《興
大中文學報》第三十二期（2012 年 12 月），頁 40。

頁 91）

例一「士信於知己」之語出自韓愈〈答崔立之書〉，例二「太虛為室，明月為燭」語出自《新唐書・隱逸列傳》記載詩人張志和之言，例三「朝聞道」語出自《論語・里仁》。這三例同為引用分類中的「暗用」，在書寫上隱藏作者，使行文自然流暢，如同編織入姚鼐的思維與文筆之中。從例中來看，姚鼐所引之語句的內容皆符合尺牘原本的脈絡與情境。如例二的〈與楊春圃〉，在姚鼐感嘆於恐無相見之日時，情緒反而為之一轉，引用張志和對陸羽所說的灑脫語：「太虛為室，明月為燭，與四海諸公共處，未嘗少別心，何有往來？」的關鍵前兩句，其內容與典故使閱讀情緒在無意中與古人形成「同情共感」，將個人的獨有哀思轉變為古今皆然的普遍。雖然姚鼐只引了前兩句，但實際上真正想抒懷的反而是「何有往來」的豁達。一方面借用古語來抒發今情，另一方面也沖淡「長別離為憾」的哀思，使全篇有「哀而不傷」的美感。

（三）感歎

感歎是起於「一個人遇到可喜、可怒、可哀、可樂之事物，常會以表露情感之呼聲，來強調內心的驚訝或贊嘆、傷感或痛惜、歡笑或譏嘲、憤怒或鄙斥、希冀或需要」〔註98〕的修辭手法，將感歎詞置於語句的前後呈現之。由於其純粹、原始與簡易，因此可謂為最基本的修辭。亦是《尺牘》中常出現的修辭。

由於尺牘的交流性質，當姚鼐從對方得知某一些事件的過程或結果，如鄉親過世、門生落榜或及第、友人遭貶謫或遭遇困難等等，便會對這些人世百態生發情愁，並於《尺牘》中感歎，而表現出不同於平時冷靜且穩重的平鋪直敘的綿長思緒，或為悲傷的感歎，或為喜悅的感歎。

《尺牘》中喜悅的感歎多是針對可喜之事，有姚鼐見到對方卓越且超乎預期的成長，而生發由衷的歡喜。例如：

> 閣下清才敏學，詩有天然之秀色，有攬古之備美，宜為詩人之傑。
> 昏耄如鼐，正當遠避，豈特讓出一頭地之謂哉！（〈復葉芸潭〉，頁29）

> 前月得寄書，並詩文，快慰不可勝。相別三年，賢乃如此進邪！古文已免俗氣，然尚未造古人妙處。若詩則竟有古人妙處，稱此為之，

〔註98〕黃慶萱：《修辭學》（臺北：三民書局，增訂三版，2004 年 1 月），第二篇第一章，頁 37。

> 當為數十年中所見才雋之冠矣。老夫放一頭地，豈待言哉！（〈與管
> 異之〉，頁 66）

這二例為姚鼐在閱讀完其作品後，對於詩中能有「天然之秀色」、「竟有古人之
妙處」的風格，而抒發的讚賞。除了感歎修辭中基本的「哉」一語氣助詞來表
現出敬佩的心情之外，姚鼐借用歐陽脩讚歎蘇軾之語，以「讓出一頭地」、「老
夫放一頭地」〔註99〕語氣來表達讚賞快慰之意，使其讚嘆的效果更為強烈而真
實。

　　而《尺牘》中悲傷的感歎，主要是針對友人的離世，陰陽兩隔而不能再相
見的遺憾。例如：

> 海內英傑，彫落殆盡，後生繼起，更苦稀少。鼐居此地，不能有益
> 於諸生，良可歎愧。雛君無子，所諭誠然，其所欲撰述，卒有志未
> 成，將自是薶沒，豈非大恨哉！（〈與秦小峴〉，頁 27）

> 聞教匪又漸入豫，此殊令人愁，恐辦軍需，不能報也。奈何奈何。
> 簡齋先生於十一月十六日捐館，使人有風流頓盡之歎矣。（〈與陳碩
> 士〉第十六篇，頁 84）

> 去歲秋間，承尊大人來江寧，聚居兩日，略慰數十年相憶之情，不
> 謂自此遂成永訣。頃來江寧，見世兄訃告，及尊大人遺書，讀之沈
> 痛內結，老淚不禁。回思往昔相對，都如夢寐，悲哉！悲哉！（〈與
> 孔某〉，頁 54）

死生亦大事，即便姚鼐深知「世間離合尋常事」，但在真正直面人世時，往往
仍會哀傷「感歎晨星故侶稀」〔註100〕。而此三例的情緒亦同，不論是情同父
子的學生胡虔，或相知相惜的友人袁枚與孔繼涑，皆難以習慣其離世而有無限
的哀思。除了基本的感歎詞如「哉」、「矣」的使用，姚鼐更於〈與孔某〉一篇
以重複兩次的「悲哉」，來表達心中的「沉痛內結，老淚不禁」的深刻悲痛。
通篇既無華麗的修飾，無鋪張的文句，但能從簡潔與歎詞的重複，看出最為純
粹而毫無矯造的傷感。

〔註99〕「放一頭地」的讚揚是源自歐陽修寄予梅堯臣的書信〈與梅聖俞書〉：「讀軾
　　　　書，不覺汗出，快哉快哉！老夫當避路，放他出一頭地也。可喜可喜。」詳見
　　　　〔宋〕歐陽修著；楊家駱主編：〈與梅聖俞〉，《歐陽修全集》（下冊）（臺北：
　　　　世界書局，1988 年 6 月），頁 1288。亦見於本文第二章註釋 81。
〔註100〕此兩句出自〔清〕姚鼐：〈束馬雨耕〉，《惜抱軒詩文集》，頁 631。

感歎修辭為簡易單純又最能真切表現情感的修辭手法。因此用於尺牘這樣率意言之的文體，可謂能於平鋪直敘中，發揮最適宜的抒情效果。是以《尺牘》中的感歎修辭，不論是內容為喜悅或哀傷，皆能從中見到姚鼐「藉自然的舒氣來表洩感情與思想」〔註101〕。

二、《惜抱軒尺牘》中的形式設計

形式的設計主要表現出視覺上的美感，而部分的形式修辭能依作者的巧思與才能而生發音韻的美感，是為具有音韻美與視覺美的修辭。姚鼐對《尺牘》中的形式修辭技巧並不刻意經營，卻能在行文走軍之際，達到修辭之美。本節篇幅有限，並避免分析之繁瑣，以下僅從對偶與排比這二項修辭著眼，探討《尺牘》中形式設計之修辭美感。

（一）對偶

對偶，又稱對仗，為「把字數相等、結構相同或相似的詞組、語句排列在一起，意思相反或相關，形成對稱形式」〔註102〕的修辭方法，而「嚴格的『對偶』，更講究上下兩語言成分平仄相對，而且避用同字」〔註103〕。

由於尺牘自由揮灑的文體特性，使《尺牘》中的對偶非以嚴格的方式呈現，但仍能於其中看出用心精密的手法。

將對偶用於評論，除了是姚鼐刻意以修辭本身所具有的對稱特質來引起視覺美感外，亦是將欲申論的數個對象形成並行的排列，宣示其地位與內容一樣重要，而不可視先後順序有差別待遇。或是以對偶的對稱結構將兩者形成對比，從中比較優劣。例如：

> 歐、曾、荊公官文字有雄古者，鮮矣。然詞雅而氣暢，語簡而事盡，
> 固不失為文家好處矣。（〈與陳碩士〉第十四篇，頁 83）
>
> 真漢儒之學，非不佳也，而今之為漢學乃不佳：偏徇而不論理之是
> 非，瑣碎而不識事之大小，嘵嘵聒聒，道聽塗說，正使人厭惡耳。
> （〈與陳碩士〉第五十四篇，頁 101）

〔註101〕 黃慶萱：《修辭學》（臺北：三民書局，增訂三版，2004 年 1 月），第二篇第
　　　　 一章，頁 45。

〔註102〕 黃麗貞：《實用修辭學（增訂本）》（臺北：國家出版社，2004 年 3 月），頁
　　　　 290。

〔註103〕 黃慶萱：《修辭學》（臺北：三民書局，增訂三版，2004 年 1 月），第三篇第
　　　　 二章，頁 591。

若司馬相如之文，自是西漢之傑，昌黎極推之。以學論，司馬固遠遜孟堅；以文論，孟堅安得望相如。（〈與張翰宣〉，頁160）

從內容上來看，例一與例二屬於前者，而例三則屬於用於比較的後者。從在結構上來看，例一中的「詞雅而氣暢，語簡而事盡」，「詞雅」與「語簡」是正對，「氣暢」與「事盡」是正對，形成當句對。例二的「偏徇」與「瑣碎」為正對，「不論理之是非」與「不識事之大小」為正對，形成當句對。例三的「以學論」與「以文論」是反對，「司馬固遠遜孟堅」與「孟堅安得望相如」為反對，形成隔句對。從安排上來看，姚鼐表達的這些事理在地位上均為相稱，內容的比重平等，是以能工整地表現想法，尤其例二的「是非」與「大小」，不僅用字精確，還能明顯區分出當時漢學的兩項缺點，可謂善於發揮對偶的特性。

對偶，除了在視覺美感的表現之外，姚鼐還於其中融入許多雅緻的古典意象，形成「敷寫似賦」的書寫而近於「美盛德而述形容」〔註104〕的藝術表現。例如：

欽慕高誼為日久矣。閣下道繼先型，才為眾望，履甘棠之舊壤，播膏黍之新猷。（〈與慶蕉園〉，頁154）

累年得聞政聲，有古賢羔羊之風，嗣家德箕裘之盛，欣頌於懷者久矣。（〈與熊子升〉，頁157）

頻時闕啟馳企，維深恭維。二兄大人自蒞中州，敷猷期月，廓清泰績，和氣斯流，野有更蘇之氓，天轉降祥之運，仁德彌勤於懷保，嘉謨益著於旬宣。（〈與方來青〉，頁169）

這三例皆為以對偶來盛讚對方在地方上有德政而聲名遠播。例一的「甘棠」與「膏黍」串對，甘棠指《詩經・召南》的〈甘棠〉，有讚揚賢官之意，膏黍借喻指百姓。例二的「古賢羔羊」與「家德箕裘」串對，羔羊指《詩經・召南》的〈羔羊〉，同為讚揚為政者，家德箕裘指熊子升繼承其父熊寶泰之政德。例三雖無典故，但用字古奧深遠，仍於詞組之間形成隔句對。從這三例的結構與用字來看，相較於平鋪直敘的讚美，姚鼐的對偶呈現出古雅與莊嚴之美，擴大盛讚的氣勢。

是以《尺牘》中的對偶不僅用於敘事與論述，也令人耳目一新，形成新意深而巧意多的效果。

〔註104〕〔南朝梁〕劉勰著；王更生注譯：《文心雕龍讀本・頌讚》（上冊）（臺北：文史哲出版社，2004年10月），頁151。

（二）排比

排比即「將同性質、同範疇的事象、情思，用三個或三個以上結構相同或相似的詞組或句子」〔註105〕來增強語氣、表現層次、包舉事項、遞增或遞減情感的修辭方法。

由於尺牘常為率意之言，因此如排比這般必須精心為之且有顯著形式的修辭技巧並不多見，從中可見姚鼐運用排比的藝術構思。《尺牘》運用排比，一方面可包舉尺牘欲傳達的主題內容，另一方面則可使辭句更具整齊順暢之美。例如：

> 前一書知已達，昨接惠函，具審近祉。嘉謨之經畫，宣力之勤勞，賢臣報國之心，必有以大為民生之福者矣。所望竣工之速，可以快相見耳。（〈與朱白泉〉，頁163）

> 將動身來時，將兩兒分撥，意欲自是更不問家事，亦不讀書作文，但以微明自照，了當此心而已。學如康成，文如退之，詩如子美，只是為人之事，於吾何有哉？（〈與胡雛君〉，頁41）

> 汝詩文流暢能達，是其佳處。而盤鬱沉厚之力，澹遠高妙之韻，環麗奇偉之觀，則皆所不能。故長篇尚可，短章則無味矣。更久為之，當有進步耳。（〈與石甫姪孫〉，頁135）

在語氣上，例一為讚美對方的仁德政績，例二是認為自己一生在做人上無所成就之歎，例三則是對姚瑩的作品抒發讚歎之意。在結構上，這三例皆以嚴密而流利的平整結構來書寫想法，尤其例二與例三具音韻節奏之美，而例一雖然在第三句改變語句習慣的形式，但為求新變化的藝術表現，內容仍無所更移，因此為排比的完整呈現。在內容上，例一以如「嘉謨」、「宣力」等古政事書才易見得的古雅用詞，因而獨具古風，同時以佳政、勤勞與愛國心來包舉讚賞對方施行的仁政和美德。例二以學術、文章與詩三項來排比包舉文人的事業課題，但姚鼐認為自身在事業上頗有收穫，但在做人處事上卻一無所有，而不堪為人師表。例三以詩文之氣力、音韻與用字來包舉詩文批評的面向，而認為姚瑩之作皆未達成這三項要求，僅得流暢而已。

排比修辭相當考驗作者的用詞功力，既要指涉相同範疇的事物，在用詞上

〔註105〕黃麗貞：《實用修辭學（增訂本）》（臺北：國家出版社，2004年3月），頁428。

也儘量避免重複，追求巧妙新意。因此從上述所引的三例來看，姚鼐的書寫均講求用字的和諧與典雅，如例一的「嘉謨」與「宣力」，例二的三位偉人，例三的勻稱形容，皆以連貫的樣貌一氣呵成，使讀來有直瀉而下的效果。是以其中的功力之深，不言而喻。

結語

　　由於尺牘本是用於溝通交流，以能看懂明白即可，在寫作上並不從創新、文采為主軸。因此《尺牘》的整體寫作藝術不比其詩文集來的深刻精彩。但綜合本章的歸納與分析來看，不論是為求便於讀者理解而工整對比觀點的手法，或是形塑自身冷靜沉穩的風格而以平淡之筆書寫哀傷心事的作風，以及斟句酌字的謹慎、用詞典雅的要求，除了見得許多姚鼐的用心處之外，亦表現出姚鼐對文章的看重並不因文體而有區分，而是以古文之筆作率意尺牘，為一代文宗之風範。

第七章 《惜抱軒尺牘》的價值與影響

本文針對《惜抱軒尺牘》（以下皆簡稱《尺牘》）所作的深究，主要聚焦在生活書寫的主題、論學語、論文語以及作品藝術呈現這四個面向的內容。至於《尺牘》對於姚鼐與桐城派，究竟產生了何種的價值，其對尺牘接受者影響又如何？亦為《尺牘》深度研究中不可或缺的環節，是以本章將從《尺牘》的價值與影響兩個層面加以探討。

第一節 《惜抱軒尺牘》的價值

《尺牘》依內容可以分為生活書寫、經學與清代學術的思考以及姚鼐的文學理論三類。而這三類內容所產生的研究價值，大致可概括為三項，以下分別說明：

一、建構中晚年生活的面貌與研究主題

目前學界對於姚鼐生平事蹟的瞭解，主要依靠的文獻有鄭福照《姚惜抱先生年譜》、《麻溪姚氏宗譜》、《惜抱軒詩文集》中的自述、姚門弟子為姚鼐所作的墓誌銘、行狀與祭文，來拼湊出概略的樣貌。其中尤以鄭福照的《姚惜抱先生年譜》最為重要。鄭於自序中云：

> 先生學行，大略散見《國史‧文苑傳》及門人所為傳狀、誌表、序跋之中。鄭君容甫，少好先生學，懼宗先生者，不悉其文行本末，因徧覽諸家文集，及先生家藏手槁，取其有徵而足信者，次為年譜一書。而於先生出處之概，取舍之宜，論學論文之旨要，尤博考而

詳載之。俾讀先生書者，知其本原之所在。〔註1〕

鄭福照的用意甚詳，紀錄排序清楚，對瞭解姚鼐的學經歷生涯來說甚為重要。
例如：

> （乾隆）四十八年，癸卯，先生五十三歲。夏六月，作〈老子章義
> 序〉。（乾隆）五十年，乙巳，先生五十五歲。秋九月二十四日，側
> 室梁氏生子執雉。〔註2〕

> （嘉慶）十一年，丙寅，先生年七十六。刻《法帖題跋》一卷。先生
> 自謂所論書理有勝前賢處。〔註3〕

可見其文字精簡，只記生平大事、重要作品與「論學論文之旨要」。誠如束景
南於《朱熹年譜長編》的序言：「年譜者，心史也，非為一人普敘行事之家傳
也，而實為一代學術文化積年也，當以多維文化視野觀照一代思想家之生命歷
程、精神之路。」〔註4〕雖然鄭福照並未如《朱熹年譜長編》這般有深論且精
到，但仍是做到「觀照一代思想家之生命歷程、精神之路」的標準。

不過，這其中也可見得年譜之侷限。例如：

> （乾隆）五十三年，戊申，先生年五十八歲。主講歙縣紫陽書院（鄭
> 注：見歙胡孝廉墓誌）。秋初歸里（鄭注：見〈與汪稼門〉尺牘。〈與
> 馬魯成〉尺牘云：「去歲已堅辭安慶書院，而撫藩為商，不欲其閒居，
> 薦主紫陽書院，將來擬就之少助買山資耳。」）。長子持衡補郡庠生。
> 〔註5〕

鄭福照的年譜所記，畢竟以重要大事與學術為取向，因此主要呈現出一學者的
文化累積的面貌。這使得部分內容的細節，如上所引的書院一事，必須註解《尺
牘》出處或引《尺牘》的內容來補充。是以若要能認識姚鼐的生命經歷與細節，

〔註1〕〔清〕鄭福照：〈姚惜抱先生年譜序〉，《姚惜抱先生年譜》，詳見北圖社古籍影
　　　印編輯室輯：《乾嘉名儒年譜》（第七冊）（北京：北京圖書館出版社，2006年
　　　6月），頁504～505。

〔註2〕〔清〕鄭福照：《姚惜抱先生年譜》，詳見北圖社古籍影印編輯室輯：《乾嘉名
　　　儒年譜》（第七冊）（北京：北京圖書館出版社，2006年6月），頁537。

〔註3〕〔清〕鄭福照：《姚惜抱先生年譜》，詳見北圖社古籍影印編輯室輯：《乾嘉名
　　　儒年譜》（第七冊）（北京：北京圖書館出版社，2006年6月），頁550。

〔註4〕束景南：〈朱熹年譜長編跋〉，詳見束景南：《朱熹年譜長編》（上海：華東師範
　　　大學出版社，2001年9月），頁1560。

〔註5〕〔清〕鄭福照：《姚惜抱先生年譜》，詳見北圖社古籍影印編輯室輯：《乾嘉名
　　　儒年譜》（第七冊）（北京：北京圖書館出版社，2006年6月），頁538。

僅有鄭的年譜是不夠的，而必須如錢謙吾所言的：

> 要認識作者的真生命，直接而又簡單的方法，是與作者發生個人的
> 交際，讓作者的血流到自己的血管裡來，我們最好是讀作者的日記
> 文和書信文，研究一個作家，日記文和書信文是同樣的重要。〔註6〕

透過《尺牘》來補充年譜的不足，或是將年譜與《尺牘》相互參照，來完善其中的記載，提供研究者一個更為齊全完備的姚鼐的「真生命」歷程。是以本文的第三章，將《尺牘》中的生活書寫與題材擇重取精，區分為四大類：個人生活、家國關懷、經驗傳承與風水營葬，其中內容正可透顯姚鼐在《尺牘》往返時所關心的對象與事物。

　　但另一方面，除了本文所區分的四人類之外，《尺牘》中仍能提供其它多元且更為細緻的生活研究面向，如有交際史、家庭史、疾病史、教學史等等，或是在作品方面，則有創作史。

　　以交際史來說，是《尺牘》最直觀的史料價值，也是書信尺牘最主要的文體功能所展現的研究。研究《尺牘》的交際，認識姚鼐的交友狀況，可以「考察桐城派之壯大的某方面原因」〔註7〕，以及姚鼐的文學理論與經學思想的散播情況，衍伸的層面可謂廣泛。《尺牘》中的交際史可分為兩類，一類是依交流對象的身分，如本論文於第二章歸類的師長、親戚同族、同輩友人與學生。另一類是依交流對象的地緣關係。盧坡《姚鼐詩文及交游研究》將姚鼐長期交流的師友門人依地緣區分為遼東朱氏、靈石何氏、麻溪吳氏、曲阜孔氏與新城陳氏這五類〔註8〕，並以應酬詩文、贈序、墓誌銘、祭文和尺牘等等作品來深究其中的情感。依地緣關係，最能顯現桐城派擴張與延伸的範圍。同時這五類亦是《尺牘》中的常客。如遼東朱氏有〈與朱石君〉、〈與朱白泉〉，靈石何氏有〈與何季甄〉、〈與何硯農蘭士〉，麻溪吳氏有〈與吳惠連〉、〈與吳敦如〉、〈與吳山尊〉，曲阜孔氏有〈與孔撝約〉、〈與孔某〉，新城陳氏有〈與陳約堂〉、〈與陳果堂〉、〈復陳鍾谿〉、〈與陳蓮舫〉、〈與陳碩士〉、〈與陳石士兄弟〉。而《尺牘》也是能展現姚鼐與對方的真摯友誼的文體。因此《尺牘》中的交際史具有

〔註6〕轉引自方美芬：〈談《何處尋你》的史料運用書寫〉，《全國新書資訊月刊》97
　　　年9月號，2008年9月，頁15。

〔註7〕盧坡：《姚鼐詩文及交游研究》（合肥：安徽大學出版社，2020年6月），第十
　　　章，頁188。

〔註8〕盧坡：《姚鼐詩文及交游研究》（合肥：安徽大學出版社，2020年6月），第十
　　　二章，頁202～231。

深度研究的價值。

以家庭史來說，能從《尺牘》中建構出以姚鼐為中心的家庭成員的組成與狀況，或是以桐城一地為中心的姻親同族關係的成員組成與狀況，並以此來與《文集》中的作品和《麻溪姚氏宗譜》相互映證。尤其麻溪姚氏的淵源流長，文化資本雄厚，是一大文化氏族，深具建構桐城文史研究的價值。

以親戚同族方面來說，有〈復馬雨畊〉、〈與霞紆姪〉、〈與伯昂從姪孫〉、〈與石甫姪孫〉、〈與馬魯成甥〉、〈與張蚓御〉、〈與香楠叔〉、〈與亨人兄〉、〈與弼諧弟〉。這些親族是構成桐城姚氏的重要成員，亦有部分兼為姚鼐的學生，姚鼐也時以科考、光耀門楣為目標來凝聚成員的向心力：

> 數年來，吾族科第，尚不甚落莫，但盡累於貧耳。然今天下無不貧
> 之士大夫，吾家安得獨不爾也？（〈與霞紆姪〉，頁 128）

> 吾家今秋南榜雖無人，而北榜得寧遠之孫獲雋，猶可喜也。（〈與伯
> 昂從姪孫〉，頁 130）

> 今科桐城中四舉，而姚氏無一人，未知北榜何如耳。（〈與石甫姪孫〉，
> 頁 137）

雖然從結果來看，姚鼐之後的姚氏成員進士及第者少，以姚鼐的門生當中來說也僅有姚瑩與姚元之二人，但仍可見《尺牘》中反覆出現光耀宗族的渴望，以及欲以文學或經學成就來振興當時衰朽仕人心態的期待。因而家庭史深具桐城一地的文史研究之價值。而以姚鼐為中心的家庭成員，在《尺牘》中有〈寄衡兒〉、〈與師古兒〉、〈與四妹〉、〈寄畹容閣四姑太太〉，以及《尺牘》中常常出現的姚景衡、姚師古、姚執雉與幾位夭折的曾孫。《尺牘》中多透露出對這些家庭成員狀況的平安或不幸的關心或擔憂：

> 吾近聞家中生一曾孫，次孫譜子也。名之曰「璩」，此為差可喜之事。
> 衡兒署江都，軍興日辦兵差，將來必有大累，亦無可如何，聽其所
> 至而已。（〈題鹿源地圖〉第九篇，頁 122）

> 衡兒尚不得署事，旅居蕭然，雉兒下血之證，交冬必大發，以是愁
> 心耳。（〈與陳碩士〉第八十七篇，頁 115）

因此瞭解《尺牘》中姚鼐家庭成員的狀況與譜系，除了可以識清《尺牘》中所指的對象，認識桐城姚氏這一文化家族的傳統，亦可見得《文集》中難以見得的姚鼐對家人的深情。

　　而以疾病史與教學史來說，此二者可謂構成姚鼐晚年辛勞的來由。《尺牘》中時有抱怨自身的病苦疼痛之句，加之以辛勞教授學徒以賺取束脩、不堪馬齒徒長的衰老，使得這些抱怨語呈現風中殘燭之哀感。不過姚鼐似乎因疾病而對中藥頗有研究，在《尺牘》中可見曾推薦對方或自述以中藥解決某些病症：

> 學使最費心力之任，而體中覺心經煩熱，殊以為懸念。此無容靜攝之理，似當服「天王補心丹」也。須用葔自製，不能於外售，若偽者更有害矣。(〈與鮑雙五〉，頁 60～61)

> 雉兒得下血證，頗危矣。鼐偶閱一女科書，有云「山茱萸能固經」，乃用當歸、白芍入地黃湯內，重用萸肉服之。得效，今漸健矣。(〈題鹿源地圖〉第十三篇，頁 124)

因此可見得姚鼐的用藥知識與學問淵博，亦能從中窺探清代文人生活中對疾病的認識與用藥的瞭解。

　　而以教學史來說，由於長子姚景衡的不長進、家口眾多等因素，使得姚鼐任教書院的束脩是維持姚家經濟的主要來源。這導致姚鼐常將心思放在書院教學，力求維持良好的書院運作以免斷炊。同時《尺牘》與姚鼐的教學生涯重疊，一方面能反映姚鼐歷任四個書院的轉移遷徙之過程，其辛勞與舟車勞頓：

> 弟本居皖中，去秋因邅遭閩恫，乃辭去省城；今歲為新安守延主紫陽，秋初歸里。昨章淮樹觀察語以閩撫臺有邀主鍾山之意。弟頗畏歙中山險，若明歲來江寧，於情較便。設閩公論及，可以鄙意允就告耳。(〈與汪稼門〉，頁 13)

> 我去歲已堅辭安慶書院矣。而撫藩為商，不欲其閒居，薦主紫陽書院。將來或就之，少助買山資耳。(〈與馬魯成甥〉，頁 140)

另一方面能從中得知清代書院教育的內容與概況：

> 近為諸生兒輩改竄四書文，聊以一部寄閱，似頗有益於初學耳。(〈與鮑雙五〉，頁 61)

> 鼐固昏眊，然尚能步履，亦樂與少年談說。而院中諸生，肯來就談者，乃絕少。十不說學，使人有閔子馬之歎，老翁亦深以自媿。(〈與鮑雙五〉，頁 60)

「以書院為主體的清代教育體系，與『文章之學』同樣關係密切」〔註9〕，若再結合本文於第四章提過《尺牘》中相關的讀書方法，就能展現《尺牘》的教學演示之中深含姚鼐任教的用心，是為研究清代書院教學的一大材料而深具價值。

最後，《尺牘》能建構姚鼐的作品史。尤其姚鼐自繁忙的四庫館離職後，有更多時間能投入自己的作品之中，並時常於《尺牘》中宣傳自己的著作。例如著名的《古文辭類纂》即於揚州書院教授古文時所編纂，完成後就有向孔廣森宣傳的尺牘：「鼐纂錄古人文字七十餘卷，曰《古文辭類纂》，似於文章一事，有所發明。」〔註10〕除此之外，姚鼐也在《尺牘》中自喜於完成「義理、考據、辭章」的經學實驗作，《三傳補注》與《九經說》，並多次向友人與門生宣傳：

> 《九經說》及《三傳補注》則先後成，此蓋為可喜，今各以一部奉
> 寄。（〈與胡雒君〉，頁39）

其它如《五七言今體詩鈔》、《法帖題跋》、《莊子章義》、《文集》、《詩集》、《惜抱軒稿》、《惜抱軒外稿》皆反覆出現在《尺牘》中，並刊刻出版於姚鼐的晚年。透過排列《尺牘》中提到的著作的先後順序，並分析其評語，便能從中得知姚鼐在某些時期所關心的主題。

以上是為筆者所舉例若以《尺牘》中姚鼐的晚年生活為研究主題，所能提供的材料與面向，以及所衍生的價值。而除了上述所舉例外，尚有經濟史、官場生活、桐城地理等可列為討論材料。

二、和《文集》相輔互證的經學與文學思想

《尺牘》中多數的文學觀點與經學思想雖能自成一系，單獨研究，但有部分內容可與《文集》和姚鼐其它的著作中的觀點相互比較。相同處可互為參照與補充，相異處可深入探討原因。進而成為姚鼐的某一觀點之整體研究的主要參考文獻，此為《尺牘》中理論的衍生價值。

以姚鼐的文學觀點中的「文章」內涵為例。首先，姚鼐於《文集》中以為文章源於自然天地：「文章之原，本乎天地。」而「天地之道，陰陽剛柔

〔註9〕 胡琦：〈詞章如何成學：姚鼐與清前中期書院的古文教育〉，《明清研究論叢（第一輯）》（上海：上海古籍出版社，2015年11月），頁126。

〔註10〕〔清〕姚鼐著，盧坡點校：〈與孔㧑約〉，《惜抱軒尺牘》（合肥：安徽大學出版社，2014年3月），頁52。為減少繁冗的註解，以下凡在正文或註解中引自此書，皆會以簡註呈現。

而已」〔註11〕，因此認為文章是天地的精華，並為作者心中的陰陽剛柔之氣的外顯：「文者，天地之精英，而陰陽剛柔之發也。」〔註12〕而文章的功能，在於發掘世間人情的樣態，以及天地萬物的變化：

> 天地萬物之變，人世夷險曲直好惡之情態，工文章者，必抉摘發露至盡。〔註13〕

而既然文章為一種發掘，那必然有發掘的方法。是以姚鼐在《尺牘》中就有以下如何作文的方法的提點：

> 夫文章之事，有可言喻者，有不可言喻者。不可言喻者，要必自可言喻者而入之。韓昌黎、柳子厚、歐、蘇所言論文之旨，彼固無欺人語。後之論文者，豈能更有以踰之哉。(〈答徐季雅〉，頁34)

> 文章之事，能運其法者才也，而極其才者法也。古人文有一定之法，有無定之法。有定者所以為嚴整也，無定者所以為縱橫變化也。二者相濟而不相妨，故善用法者，非以窘吾才，乃所以達吾才也。非思之深、故功之至者，必不能見古人縱橫變化中，所以為嚴整之理，思深功至而見之矣。(〈與張阮林〉，頁49～50)

> 夫文章一事，而其所以為美之道非一端，命意、立格、行氣、遣詞、理充於中、聲振於外。數者一有不足，則文病矣。(〈與陳碩士〉第八十七篇，頁115)

> 文章之事，欲其言之多寡，當然不可增減。意如駢枝，辭如贅疣，則失為文之義。前所云有所忽者在此，非言骨脈及聲色。然有此，則骨脈聲色必皆病矣。(〈題鹿源地圖〉第二篇，頁117)

> 夫文章之事，欲能開新境專於正者，其境易窮，而佳處易為古人所掩。近人不知詩有正體，但讀後人集，體格卑卑。務求新而入纖俗，斯固可憎厭。而守正不知變者，則亦不免於隘也。(〈與石甫姪孫〉，頁138)

而有作文章的方法，那必然也有方法施行後結果的優劣。因此，姚鼐以為的好文章，或文章的極致，有以下的表現：

〔註11〕〔清〕姚鼐著，劉季高標校：海愚詩鈔序〉，《惜抱軒詩文集》(上海：上海古籍出版社，2008年)，頁18。為減少繁冗的註解，以下凡引白此書，皆會以簡註呈現。

〔註12〕〔清〕姚鼐：〈復魯絜非書〉，《惜抱軒詩文集》，頁93。

〔註13〕〔清〕姚鼐：〈贈程魚門序〉，《惜抱軒詩文集》，頁112。

夫文者，藝也。道與藝合，天與人一，則為文之至。世之文士，固
不敢於文王、周公比，然所求以幾乎文之至者，則有道矣，苟且率
意，以覬天之或與之，無是理也。〔註14〕

故文章之境，莫佳於平淡，措語遣意，有若自然生成者，此熙甫所
以為文家之正傳，而先生真為得其傳矣。〔註15〕

夫道德之精微，而觀聖人者，不出動容周旋中禮之事。文章之精妙，
不出字句聲色之間。捨此便無可窺尋矣。(〈與石甫姪孫〉，頁134)

大抵文章之妙，在馳驟中有頓挫，頓挫處有馳驟。若但有馳驟，即
成剽滑，非真馳驟也。(〈與石甫姪孫〉，頁137)

文章的精妙，在於字句聲色的排列，而好的字句聲色要如自然生成的平淡，並
能產生交錯的馳驟與頓挫之節奏感。最後要能在平淡卻富含節奏感的文句中，
深埋傳統的「道」理，追求天與人一的完美結合，最終成為「文之至」。

　　而以學術觀點中的「漢宋之爭」為例。姚鼐以為「真漢儒之學，非不佳也，
而今之為漢學乃不佳」〔註16〕，問題在於當時的漢學家所帶起的風氣，如搜求
瑣碎、守舊偏狹、詆毀程朱：

明末至今日，學者頗厭功令所載為習聞，又惡陋儒不考古而蔽於近，
於是專求古人名物、制度、訓詁、書數，以博為量，以窺隙攻難為
功，其甚者欲盡舍程、朱而宗漢之士。枝之獵而去其根，細之蒐而
遺其巨，夫寧非蔽與？〔註17〕

今世天下相率為漢學者，搜求瑣屑，徵引猥雜，無研尋義理之味，
多矜高自滿之氣。愚鄙竊不以為安。〔註18〕

近士大夫侈言漢學，只是考證一事耳。考證固不可廢，然安得與宋
大儒所得者並論？世之君子，欲以該博取名，遂敢於輕蔑閩洛，此
當今大患，是亦衣冠中之邪教也。(〈與汪稼門〉，頁18)

以為「夫讀經者，趣於經義明而已，而不必為己名」〔註19〕，因而對這「風俗

〔註14〕　〔清〕姚鼐：〈郭拙堂詩集序〉，《惜抱軒詩文集》，頁49。
〔註15〕　〔清〕姚鼐：〈與王鐵夫書〉，《惜抱軒詩文集》，頁289。
〔註16〕　〔清〕姚鼐：〈與陳碩士〉第五十四篇，《惜抱軒尺牘》，頁101。
〔註17〕　〔清〕姚鼐：〈贈錢獻之序〉，《惜抱軒詩文集》，頁111。
〔註18〕　〔清〕姚鼐：〈復汪孟慈書〉，《惜抱軒詩文集》，頁295。
〔註19〕　〔清〕姚鼐：〈復孔捣約論禘祭文〉，《惜抱軒詩文集》，頁93。

日頹，欣恥益非其所，而放僻靡不為」〔註20〕的尚考據風氣多有擔憂。遂於《尺牘》與《文集》提出解決方法：

> 夫為學不可執漢、宋疆域之見，但須擇善而從。此心澂空，自得恬適。鼐時以此語學者，亦頗有信向吾說者。（〈題鹿源地圖〉第十五篇，頁124）

> 守一先生之說，而失於隘者矣。博聞強識，以助宋君子之所遺則可也，以將跨越宋君子則不可也。〔註21〕

> 夫於群儒異說，擇善從之，而無所徇於一家，求野之義，學者之善術也。〔註22〕

姚鼐以為，惟有將學術的心胸擴大，博聞強識，擇善而從，容納其它研究的道路與方法，才能破除堙窒的視野。因此期望透過這樣的宣傳，促進兼善而不偏廢一方，來導正學術風氣。

從上述二例的梳理與整合來看，研究姚鼐的文學與經學理論中的某一項觀點，必須藉由《尺牘》與《文集》的多方互補，才能建構出更為完整的概念與脈絡。同時可以發現，《文集》大多呈現一大概念的介紹來劃定範圍，而《尺牘》多為概念下的某一分支內容或行動方式。如「文之至」一題，《文集》提出「道與藝合，天與人一」的寬泛概念，而《尺牘》則是「文章之精妙，不出字句聲色之間」，專注在文章字句。可以顯見，在姚鼐整體研究中，《尺牘》價值高，是不可或缺的一塊拼圖，能與《文集》互為表裡，為補充整合的重要參考文獻。

而《尺牘》中有部分觀點是《文集》與其它序跋中未見的。例如「讀書方法」：

> 文家之事，大似禪悟；觀人評論圈點，皆是借徑。一旦豁然有得，呵佛罵祖，無不可者。此中自有真實境地，必不疑於狂肆妄言，未證為證也。（〈與陳碩士〉第二篇，頁76）

> 努力進攻亦須愛嗇精神，令此身無病乃堪著力苦勵也。大概每日定養此心，令一念不起，如此常自強，久當有自得處耳。（〈與方植之〉，頁184）

〔註20〕 〔清〕姚鼐：〈復曹雲路書〉，《惜抱軒詩文集》，頁88。
〔註21〕 〔清〕姚鼐：〈復蔣松如書〉，《惜抱軒詩文集》，頁96。
〔註22〕 〔清〕姚鼐：〈復孔撝約論禘祭文〉，《惜抱軒詩文集》，頁90。

以及「著書立說」，對自己的作品出版的嚴謹要求：

> 近時人著書，以多為貴，此但取欺俗人耳。吾閱之，乃無有也。（〈與
> 石甫姪孫〉，頁 137）

> 大抵著一好書，非數十年之功不能成，不可倉卒也。（〈與張阮林〉，
> 頁 186）

上述舉例的觀點，皆為《尺牘》所獨有。筆者以為，由於這些無關乎學養的大
體，又為讀書人追求學問的枝微末節，因此難以成為端得上檯面，可於《文集》
中大書特書的內容。但也因為這樣的特性，反而能藉由尺牘的信手任心、隨興
而發的文體特徵來發揮其中的深意。即便這些觀點看似無關緊要，但實則反映
出姚鼐對小事嚴正謹慎，慎終如始的為學態度。

三、兼具學者尺牘與文人尺牘的雙重特質

趙樹功曾於《中國尺牘文學史》述及清代中晚期的尺牘時提到「學者尺牘」
與「文人尺牘」的概念，並分別指稱與比較章學誠和袁枚二人的書信尺牘，書
云：

> 胡適稱清人王昶編《湖海文傳》所選「都是清朝極盛時代的文章，
> 最可代表清朝『學者的文人』的文學」。章學誠以此書（《答某友請
> 碑誌書》）為代表的諸篇談藝論學之文，即是「學者的文人的文學」，
> 或者乾脆就可稱為今人所謂的「學者散文」。〔註23〕

這兩種分別有各自的表現。文人的尺牘，是「以才思馭文，多是意有所屬後揮
毫潑墨，畫出主幹後，再添加枝葉，言詞放縱卻又嚴架構之大防」〔註24〕。而
學者尺牘，則是「破空以實，破偽以真，破矯以情，恢闊不羈，益人神智。這
一切皆需真才實學。」〔註25〕這個概念雖然尚有待深入研究，但卻適合用來將
《尺牘》與其它尺牘集比較，並指稱《尺牘》本身兼具文人與學者二重特質所
形成的價值。

首先，晚明是尺牘出版最盛的時期。這段時間出版許多名著，如袁宏道的

〔註23〕趙樹功：《中國尺牘文學史》（石家莊：河北人民出版社，1999 年 11 月），第
八章，頁 618。

〔註24〕趙樹功：《中國尺牘文學史》（石家莊：河北人民出版社，1999 年 11 月），第
八章，頁 604。

〔註25〕趙樹功：《中國尺牘文學史》（石家莊：河北人民出版社，1999 年 11 月），第
八章，頁 618。

《袁中郎尺牘》、湯顯祖的《玉茗堂尺牘》、李贄的《李卓吾尺牘全稿》等等。選本也有如王世貞的《尺牘清裁》等等的名著。而不論單行本或選本，這些尺牘皆有明顯的小品傾向。晚明文人將尺牘視為除了廟堂散文之外，也能抒發性靈的另一種文體。因此無不遊玩其中，吟詠情性，深具文人浪漫的風采。

　　而在改朝易代後，清代尺牘有兩種明確的走向，一是開始著重文句的技巧，二是這些尺牘作者，「他們狂放的個性、縱橫的才氣相得益彰，凝鑄成了一個動盪初定時代特有的人格魅力」〔註26〕並表現在尺牘之中。

　　這裡以袁枚的《小倉山房尺牘》與龔萼的《雪鴻軒尺牘》為例。以袁枚來說，《小倉山房尺牘》中的〈再覆似村〉就非常明顯：

> 振振公子，原非帶下之醫；蛇蛇碩言，偏納瓜田之履。雖重耳自然返璧，而顏回先已拾塵。佳人非朋友之輕裘，公然可共；枕衾豈五霸之仁義，久假思歸？老夫耄矣，誠宜讓畔而居；賜也賢乎，乃敢越疆而吊！〔註27〕

此篇在形式上以整齊的對偶形成駢文，文人戲謔之氣濃厚。以駢文入尺牘，是清代「駢體尺牘中興」〔註28〕的結果。而袁枚可謂其中的佼佼者，《小倉山房尺牘》中就有多篇駢體尺牘的佳作，其新意可謂「清代唯一一個才氣與眼光都可稱道的尺牘作家」〔註29〕。若無對文字技巧敏銳的掌握，則會成為適得其反的劣作。另一方面，袁枚尺牘的內容一如他的性格也可稱前衛，如〈與蘇州孔南溪太守〉就展現出此特質：

> 僕老矣，三生杜牧，萬念俱空，只花月因緣，猶有狂奴故態。今春六十生辰，仿康對山故事，集女校書百人，唱〈百年歌〉作雅會。買舟治下，欲為尋春之舉，而吳宮花草，半屬虛名，接席銜杯，了無當意。〔註30〕

〔註26〕趙樹功：《中國尺牘文學史》（石家莊：河北人民出版社，1999年11月），第八章，頁518。

〔註27〕〔清〕袁枚著；王英志主編：〈再覆似村〉，《小倉山房尺牘》，《袁枚全集》（第五冊）（南京：江蘇古籍出版社，1993年），頁30。

〔註28〕趙樹功：《中國尺牘文學史》（石家莊：河北人民出版社，1999年11月），第八章，頁569。

〔註29〕趙樹功：《中國尺牘文學史》（石家莊：河北人民出版社，1999年11月），第八章，頁564。

〔註30〕〔清〕袁枚著；王英志主編：〈與蘇州孔南溪太守〉，《小倉山房尺牘》，《袁枚全集》（第五冊）（南京：江蘇古籍出版社，1993年），頁80。

此篇完全發揮「信手任心，謔浪笑傲」的文體特性，將自己六十生日而召集女學生來祝壽，以及買舟划船去嫖妓之事寫入尺牘。袁枚的風流坦蕩廣為人知，時常突破當時社會的道德規範，如收女學生、狎弄變童等等，因此在尺牘中分享嫖妓狎邪之類的心得，完全符合其性格。

而另一位清代作家龔萼的《雪鴻軒尺牘》，因用詞雅麗、駢散互用而名氣甚大，民國初期的文人將其與《秋水軒尺牘》、《小倉山房尺牘》合稱為清代三大尺牘。可以其中〈與孫配琪〉一篇為例：

> 自來關外，即聞有異人，寧城捧袂，正如天半朱霞，雲中白鶴，幸
> 得數日之聚，快聆清談，豈止三生石上一笑緣耶？別後鄙吝復生，
> 不能再坐春風，深以為悵。郡城外萬柳亭，臨河垂柳，濃翠如雲，
> 清流如鏡，時有黃鸝作綿蠻之聲。弟有斗酒，藏之久矣，望足下撥
> 冗一來，消受綠天清趣。數行布臆，引領俟之。〔註31〕

此篇情意真摯，形容與描摹甚多，而弄文之氣濃烈，可為全書的代表。如「天半朱霞」、「雲中白鶴」對比鮮明且有輕巧靈動之感。而「郡城外萬柳亭」以下四句，描摹得躍然紙上，不僅兼具視覺與聽覺藝術，還能形容得栩栩如生。最後由篇末的邀酒飲宴含蓄點出友誼的幽微。可堪稱一篇佳作。

從這二位作者的例子能發現，在尺牘可以毫不保留自己的興趣與想法的條件下，如何發揮文采與內容就完全顯露出作者的性格。而袁枚也毫不掩飾自己的文學才能與浪蕩風流，於尺牘中盡興玩弄文句與分享性欲，龔萼的《雪鴻軒尺牘》就存有明顯且刻意的藝術技巧，其中的描摹與駢體痕跡更是可觀，表現出欲追求雅麗文字的心態。雖然《小倉山房尺牘》中也不乏論學說文的尺牘，但整體來看，其中的文人氣息與袁枚性格更為強烈而直觀。

而相較於文人尺牘的熱絡蓬勃，多為後世人所記憶、出版，學者尺牘就顯得平淡冷靜。晚明至清中葉是理學與心學衰微，考據漸興的時代。如同在本文第四章提過的，這時的學者以立場分為漢學家與宋學家。但不論這群學者的立場如何，他們皆於尺牘中「切磋經義、辨析禮儀、考釋音韻、訓詁解疑、抄殘補缺」、「發表學術見解、進行學術交流與爭鳴」〔註32〕，如同趙樹功所說的：

〔註31〕〔清〕龔萼著；余軍校注：〈與孫配琪〉，《雪鴻軒尺牘》（長沙：湖南文藝出版社，1987 年 10 月），頁 23。
〔註32〕趙樹功：《中國尺牘文學史》（石家莊：河北人民出版社，1999 年 11 月），第八章，頁 568。

此類尺牘，漢魏之際就有，或辨禮儀，或講佛理，但不多，至清可
謂風光占盡，黃宗羲、戴震、錢大昕、孫星衍等人的集子中多是這
類作品。〔註33〕

這裡可知，相較於文人尺牘，學者的尺牘並不追求文字藝術上的炫技，以及內
容的解放與新奇，而是為宣傳某項觀點，或是為對方解惑。這使得文人尺牘與
學者尺牘之間的分界明顯。

以戴震寄予段玉裁的兩篇尺牘為例：

大著辨別五支、六脂、七之，如清、真、蒸三韻之不相通，能發自
唐以來講韻者所未發。今春將古韻攷訂一番，斷從此說為確論。然
執管欲作序者屢，而苦於心不精，姑俟稍安間為之，日近極繁擾也。
〔註34〕

春間有札，詳論韻分合，以入聲為樞紐，並《聲韻考》一本，託龔
公轉寄。因大著尚有當酌處，或更參定，俟覆書到撰序，倏幾一載。
而自三月初獲足疾，至今不能行動，以纂修事未畢，仍在寓辦理。
擬明春告成，乞假南旋。久不與人交接，秋末著人向龔公處問吾友
近署理地方，彼亦未得確信。〔註35〕

在技巧上是淺白的平鋪直敘，不以誇張刻意的手法與流行的駢散結合取勝。在
內容上是論學語、刊刻出書的心得以及生活瑣事，雖無關緊要，卻有平淡餘韻
之味。而其它篇尺牘的內容大多如此。因此「雖談不上甚麼文學價值，於文化
累積確立下了汗馬功勞」〔註36〕。

分別文人尺牘與學者尺牘各自的特色後，再參酌本文的第四、五與六章，
即可發現，姚鼐的《尺牘》兼具這二種性質。不僅「論學及為文之宗旨為多」
〔註37〕，其中的文字更有淡雅古韻之味。

〔註33〕趙樹功：《中國尺牘文學史》（石家莊：河北人民出版社，1999 年 11 月），第
　　　　八章，頁 568。
〔註34〕〔清〕戴震：〈與段茂堂〉第七札，詳見〔清〕戴震撰；楊應芹，諸偉奇主編：
　　　　《戴震全書》第六冊（合肥：黃山書社，2009 年 12 月），頁 529。
〔註35〕〔清〕戴震：〈與段茂堂〉第八札，詳見〔清〕戴震撰；楊應芹，諸偉奇主編：
　　　　《戴震全書》第六冊（合肥：黃山書社，2009 年 12 月），頁 530。
〔註36〕趙樹功：《中國尺牘文學史》（石家莊：河北人民出版社，1999 年 11 月），第
　　　　八章，頁 568。
〔註37〕〔清〕梅曾亮著；彭國忠、胡曉明校點：〈姚姬傳先生尺牘序〉，《柏梘山房詩
　　　　文集》（上海：上海古籍出版社，2005 年 12 月），頁 379。

　　首先，在近現代的文學研究中，不論文學史或批評史的著作，當論及姚鼐時，皆將其置於桐城文派或詩派的脈絡中論述。這似乎以為姚鼐在文學方面的成就與貢獻要多於學術，遂將研究的眼光聚焦在文學作品。但若挖掘《文集》與《尺牘》中的內容可以發現，姚鼐期望的自己並非如此：

> 事實上，姚惜抱正是一個徘徊在「文苑」和「儒林」之間的人物。《清史稿》以姚鼐入《文苑傳》，今人眼中之姚鼐，亦多是放到「古代散文」的脈絡之下。不過，姚惜抱自己卻是以「學者」自期，且與乾嘉漢學大熾之時，高張程朱宋學之幟，與之抗行。〔註38〕

例如姚鼐最為人所熟知且反覆論述的「義理、考據、文章」，其目標是為追求「學問」而非「文學」：

> 余嘗論「學問」之事，有三端焉，曰義理也，考證也，文章也。是三者苟善用之，則皆足以相濟；苟不善用之，則或至於相害。〔註39〕

> 鼐嘗謂天下「學問」之事，有義理、文章、考證三者之分，異趨而同為不可廢。〔註40〕

> 「學問」之事有三：義理、考證、文章是也。夫以考證斷者，利以應敵，使護之者不能出一辭。然使學者意會神得，覺犁然當乎人心者，反更在義理、文章之事也。〔註41〕

顯現對姚鼐而言，欲追求學問之一的文章只是達成目標的工具，而非畢生追求的目的。而事實上，《文集》與《尺牘》等著作當中許多的學術思想多為學者所忽略。直到近代才有如盧坡、蔡長林等學者深究探討。

　　因此可以說，姚鼐是有「學者之心，文人之筆」的雙重特質。在這樣的特質下，《尺牘》自然也有論學說經的內容與平淡典雅的文字書寫，或是呈現兩種的結合。例如〈與陳碩士〉一篇：

> 所寄來詩文，皆有可觀。文韻致好，但說到中間，忽有滯鈍處，此乃是讀古人文不熟。急讀以求其體勢，緩讀以求其神味。得彼之長，悟吾之短，自有進也……大抵其才馳驟而炫耀者，宜七言；深婉而

〔註38〕胡琦：〈詞章如何成學：姚鼐與清前中期書院的古文教育〉，詳見梁樹風等著；香港中文系大學中國語文及文學系編：《明清研究論叢》（第一輯）（上海：上海古籍出版社，2015年11月），頁125。

〔註39〕〔清〕姚鼐：〈述庵文鈔序〉，《惜抱軒詩文集》，頁61。

〔註40〕〔清〕姚鼐：〈復秦小峴書〉，《惜抱軒詩文集》，頁104。

〔註41〕〔清〕姚鼐：〈尚書辨偽序〉，《惜抱軒詩文集》，頁251。

　　　澹遠者，宜五言。（〈與陳碩士〉第四十二篇，頁 96）

其中的數句論文之語可謂簡潔且對偶工整，不僅讀來流通順暢，更具有方便記憶的功效，使讀者能快速掌握論文語的內容，深具教學用意與文句對稱美感。倘若無渾厚的文字功力與深刻的思想內容，便難以形成這般兼具兩者樣貌的尺牘。

　　　另外，以姚鼐的《尺牘》來看，雖然與袁枚、龔葦和戴震的尺牘一樣有著「真誠」的風貌，但不僅沒有袁、龔二人當時流行的駢散結合的炫技表現，也無承接晚明以至清代的獨抒性靈、新奇駭俗之內容，更不像戴震一般的學者尺牘缺乏文學藝術的技巧與美感。因此《尺牘》以姚鼐自身冷靜而正經的文人性格，平淡雅致卻又蘊含深意的文學意味的雙重特質取勝，可謂兼具學者與文人尺牘的優點，又汰除其缺陷，故能成為清中葉以來通行的尺牘文集中獨樹一幟又難能可貴的典範。

第二節　《惜抱軒尺牘》的影響

　　　《尺牘》的影響可以分成兩個方面，一為平行的影響，是對《尺牘》中的往來對象的影響，二是垂直的影響，主要指道咸之後，曾閱讀《尺牘》而受其影響的文人學者。前者擴大姚鼐的影響，將桐城派宣傳到其它地域，後者使桐城派綿延長久，影響延長。以下將從這兩個方面，來探討《尺牘》的影響。

一、平行的影響

　　　《尺牘》的交流對象多元而駁雜。若要細數其中受《尺牘》而有深刻影響的，要屬肯認姚鼐學養的友人以及門生。友人方面，有汪志伊、朱珪與謝啟昆等等。雖然他們認同姚鼐有文學與經學的成就，但畢竟這群「友人」是鬆散的群體，他們之間難有更深入的交流，因此《尺牘》對其影響只有點到為止。而相對於友人，姚鼐的門生弟子如陳用光、姚瑩、方東樹、梅曾亮、管同與劉開等，則受《尺牘》影響甚深，並在影響下有額外的交流與溝通，形成一番成果。盧坡對此有言：

> 以姚鼐為代表的桐城派的發展壯大，更是離不開「姚門弟子」的羽翼
> 和鼓吹，可以說正是姚鼐和「姚門弟子」的共同努力下，桐城派才得
> 以發展成為有著全國影響的文學流派，並且綿延兩百多年。〔註42〕

〔註42〕盧坡：《桐城派尺牘研究——以姚鼐與弟子交往為中心》（蕪湖：安徽師範大學
　　　中文系博士學位論文，2015 年 4 月），第一章第三節，頁 32。

如同本文的第二章所言的，姚鼐透過在《尺牘》中的互相慰問、宣傳其它弟子的近況與期望能互相關照，來凝聚弟子們的向心力，進而使形成一個堅實穩固的文學集團。尤其姚鼐去世後，「標誌著以鍾山書院為中心的古文圈子開始解散」〔註43〕並開枝散葉：

> 梅曾亮將桐城古文傳播到京師，吳德旋將桐城古文傳播到江浙，陳
> 用光、呂璜分別將桐城古文傳播到江西、廣西。〔註44〕

因此誠如盧坡所說的，在姚鼐之後的桐城派的傳衍，《尺牘》發揮很大的支持力量。而《尺牘》對這些弟子的影響，其呈現方式略有不同，一是將《尺牘》的內容仔細消化，轉變為自己論述的內涵，另則是直接引錄《尺牘》的內容，作為自己論述的強力佐證。

前者可以陳用光為代表。由於陳是《尺牘》所收對象的篇數之最，又是《尺牘》的編纂者，能在編輯的過程中盡覽尺牘的全部內容，因此多能從陳用光的作品之中看到與《尺牘》相似的觀念與內容。例如〈與管異之書〉中：

> 夫古文辭傳之於世，必才與學兼備，而後能有成。才不可強能，而
> 學則可勉致。〔註45〕

正來自《尺牘》的〈與陳碩士〉：

> 夫文章之事，望見塗轍，可以力求。而才力高下，必由天授。鼐所
> 自歉者，正在才薄耳。(〈與陳碩士〉第十篇，頁80)

皆肯定才與學的相輔相成，又以為學更優於才而不可偏廢。或是〈重刻李文貞公三種前選序〉裡對時文的觀點：

> 時文代聖賢以立言，其剖析異同，涵泳性情，亦無異於考證、詞章
> 之學，而世乃輒相與鄙之。〔註46〕

也與《尺牘》中的〈與陳碩士〉相近：

〔註43〕柳春蕊：《晚清古文研究——以陳用光、梅曾亮、曾國藩、吳汝綸四大古文圈子為中心》(南昌：百花洲文藝出版社，2007年10月)，頁3。

〔註44〕柳春蕊：《晚清古文研究——以陳用光、梅曾亮、曾國藩、吳汝綸四大古文圈子為中心》(南昌：百花洲文藝出版社，2007年10月)，頁3。

〔註45〕〔清〕陳用光原作；許雋超、王曉暉點校；蔡長林校訂：〈與管異之書〉，《陳用光詩文集》(上)(臺北：中央研究院中國文哲研究所，2019年5月)，頁133。

〔註46〕〔清〕陳用光原作；許雋超、王曉暉點校；蔡長林校訂：〈重刻李文貞公三種前選序〉，《陳用光詩文集》(下)(臺北：中央研究院中國文哲研究所，2019年5月)，頁869。

時文除石士所刻六十篇之外，又得百廿餘篇，其中佳者，似可與荊
川、鹿門抗行。此事在今日，殆成絕學。以俗人但知作科舉之文，
而讀書好古之君子，又以其體近而輕之不為。不知此與作古文亦何
以異哉？（〈與陳碩士〉第三十五篇，頁 92）

皆認同時文的優點與價值，而批評問題在於「事在人為」而非工具、文體本身。
從這二例可知，陳用光對姚鼐的繼承與轉化是自身學習與深化的結果，雖然是
影響來自《尺牘》，但也內化為自己的內涵，是為後出轉精。這必須對《尺牘》
原本的概念要有一定程度的瞭解，才不至於曲解姚鼐的本意。

後者則以方東樹為代表。方東樹一生追尋姚鼐，相較於陳用光而言更可稱
為狂熱「信徒」。其思想著作《漢學商兌》繼承姚鼐的經學思想，對朱學的讚
揚、漢學考據的貶抑有更偏執的傾向。而方東樹受《尺牘》的影響，可從詩評
《昭昧詹言》來看。

《昭昧詹言》是方東樹以王士禎《古詩選》、姚鼐《今體詩鈔》、劉大櫆《歷
朝詩約選》等書為底本，簡論所選之詩。而批評的基礎為姚範、姚鼐的詩學。
例如〈通論五古〉中：

薑塢先生曰：「文字最忌低頭說話。」余謂大抵有一兩行五六句平衍
駁說，即非古。〔註47〕

就將姚範的筆記作為引言，來展開自己的批評。對二姚的崇拜有目共睹。而其
中引用《尺牘》之語，如有：

姚姬傳先生嘗教樹曰：「大凡初學詩文，必先知古人迷悶難似。否則
其人必終於此事無望矣。」先生之教，但言求合之難如此，矧其變
也。蓋合可言也，變不可言也。〔註48〕

方東樹此處所引的，即是姚鼐在《尺牘》的〈與方植之〉所言：

大抵學古人必始而迷悶，苦毫無似處，久而能似之，又久而自得，
不復似之。若初不知有迷悶難似之境，則其人必終身無望矣。為學
非難非易，只在肯用功耳。（〈與方植之〉，頁 183）

另一篇亦是：

〔註47〕〔清〕方東樹著；汪紹楹點校：《昭昧詹言》（北京：人民文學出版社，2006 年
1 月），頁 26。

〔註48〕〔清〕方東樹著；汪紹楹點校：《昭昧詹言》（北京：人民文學出版社，2006 年
1 月），頁 33。

朱子曰：「學文學詩，須看得一家文字熟，向後看他人亦易知。」姬
傳先生云：「凡學詩文，且當就此一家用功，良久盡其能，真有所得，
然後舍而之他。不然，未有不失於孟浪者。」〔註49〕

則是近於《尺牘》的〈與伯昂從姪孫〉：

近體只用吾選本，其間各家，門逕不同。隨其天資所近，先取一家
之詩，熟讀精思，必有所見。然後又及一家，知其所以異，又知其
所以同。同者必歸於雅正，不著纖毫俗氣。起復轉摺，必有法度，
不可苟且牽率，致不成章。至其神妙之境，又須於無意中忽然遇之，
非可力探。（〈與伯昂從姪孫〉，頁 128～129）

近人每云，作詩不可摹擬，此似高而實欺人之言也。學詩文不摹擬，
何由得入？須專摹擬一家，已得似後，再易一家。如是數番之後，
自能鎔鑄古人，自成一體。若初學未能逼似，先求脫化，必全無成
就。（〈與伯昂從姪孫〉，頁 129）

雖然後者並非姚鼐寄予方東樹的尺牘，但卻有兩種可能，一是姚瑩曾與方東樹
有談論過尺牘的內容，二是方東樹曾閱讀過出刊的《尺牘》。而不論是何種可
能，都能表示姚鼐與弟子們，以及弟子們之間有著密切而真誠的往來，能夠樂
於分享文學見解。另外，詳細指名《尺牘》之言，除了是強而有力的引證，更
能宣傳姚鼐的作品與觀點，增加關注度。

從上述兩種類型與所援引的例子可以得知，姚鼐的弟子們受《尺牘》影響
之深，使得他們在作品之中，會有意或無意的借《尺牘》來解釋、表達自己的
想法。一方面能宣傳《尺牘》的內容，使姚鼐的思想與文論發揮傳播力量。另
一方面穩固姚鼐的影響力，使《尺牘》成為嘉道之後桐城文人的經典必讀之作。

二、垂直的影響

道咸之後，《尺牘》雖有流傳刊刻，但因其小道，知名度不比《詩集》、《文
集》與《古文辭類纂》。加之《尺牘》中的收信者以及姚門弟子相繼過世，使
得《尺牘》的影響漸弱。但仍有受其影響的，要屬曾國藩與吳汝綸二人。

曾國藩自學姚鼐、方苞的文章，又與梅曾亮有詩文交流，可謂深得桐城之
理與姚鼐的餘韻。在經學上以程朱理學為宗，論學問以姚鼐的「義理、詞章、

〔註49〕〔清〕方東樹著；汪紹楹點校：《昭昧詹言》（北京：人民文學出版社，2006 年
1 月），頁 9。

考據」為基礎，再加上「經濟」一題。在曾國藩的作品中，多可見對姚鼐的推崇。如〈聖哲畫像記〉中，「乃擇古今聖哲三十餘人」〔註50〕，即將姚鼐列入三十二位古今中外的聖哲偉人之中。所編的古文選本《經史百家雜鈔》，亦是取法姚鼐的《古文辭類纂》，甚至在文章中宣示《古文辭類纂》的重要：「欲明古文，須略看《文選》及姚姬傳之《古文辭類纂》二書。」〔註51〕

在崇仰之下，曾國藩對姚鼐的理論與觀點多有繼承。而《尺牘》的內容也不例外。在〈覆吳南屏〉一篇中最為明顯：

> 今歲僅作次韻七律十六首，不中尺度，尊兄詩骨勁拔，迴越時賢。
>
> 姚惜抱氏謂：「詩文宜從聲音證入。」嘗有取於大歷及明七子之風。
>
> 尊兄睥睨姚氏，亦頗欲參用其說否。〔註52〕

「聲音證入」是引自《尺牘》的〈題鹿源地圖〉：

> 令郎文略為閱過，苟能取愚說，必將更有進步。詩古文各要從聲音
>
> 證入，不知聲音，總為門外漢耳。（〈題鹿源地圖〉第七篇，頁120）

此篇的吳南屏即曾國藩的友人吳敏樹，而吳敏樹不認同姚鼐的文章理念，因此曾國藩引姚鼐之語來解惑吳敏樹的偏見。而以《尺牘》之語來做為解惑的手段，實則因姚鼐在其中的用字直白，語簡事盡，曾國藩期望能發揮說服的效果。這若無對《尺牘》有深入的瞭解，則難以從此入手。

吳汝綸曾入曾國藩與李鴻章的幕僚，「在價值取向和人生實現方式上都受曾國藩影響極深」〔註53〕，同樣也以姚鼐所形成的桐城古文為學問之基，提出「《古文辭類纂》可以究觀國朝文章源流得失」〔註54〕，是為書院學生必讀之作。另一方面於書院教育中加入西方的算術與語言，實為在傳統與西化之間建造一條開明的道路。

〔註50〕〔清〕曾國藩撰；彭靖等整理：〈聖哲畫像記〉，《曾國藩全集·詩文》（長沙：嶽麓書社，1995年2月二刷），頁248。

〔註51〕〔清〕曾國藩著：〈諭紀澤咸豐六年十一月初五日〉，《曾國藩文集》（下冊）（北京：京華出版社，1999年10月），頁1133。

〔註52〕〔清〕曾國藩：〈覆吳南屏〉，《曾文正公全集·曾文正公書牘》（第三冊）（上海：世界書局，1936年7月），頁47。

〔註53〕柳春蕊：〈吳汝綸與清末古文教育〉，《晚清古文研究——以陳用光、梅曾亮、曾國藩、吳汝綸四大古文圈于為中心》（南昌：百花洲文藝出版社，2007年10月），第六章，頁320。

〔註54〕〔清〕吳汝綸撰；施培毅、徐壽凱點校：〈與王逸梧十一年七月一日〉，《吳汝綸全集》（合肥：黃山書社，2002年），頁560。

　　吳汝綸博聞多學，常於文集中探討學術問題。例如〈榮問二首〉的第二篇即探討千年以來《左傳》的成書問題，並援引姚鼐之說來佐證：

> 近世顧亭林、姚姬傳皆謂左氏書出非一手，果何所見而云然耶？抑
> 二子之外，尚有他證耶？〔註55〕

而此處正出自於《尺牘》的〈題鹿源地圖〉中所說的：

> 吾以為諸家傳經，誠無不出於七十子。然聖門傳者，其說簡甚，及
> 傳一師，則稍增其說，師多則說愈多。《左傳》之出最晚，歷師彌眾，
> 故文愈繁。今世學者不悟，以謂皆聖人弟子口授之言。已如是而堅
> 信之，安得不謂之過哉？（〈題鹿源地圖〉第二篇，頁 117）

如同上述所提過的陳用光與方東樹之例，這裡援引姚鼐之言來強化自己的論述內容與立場，使讀者信服。這一方面代表著姚鼐的論述能夠影響後來的學者，使其成為桐城派的學術思想的標竿，另一方面也代表吳汝綸深厚的學養，能發現並接受《尺牘》的內容。

　　最後，雖然在曾國藩與吳汝綸的引用下，《尺牘》仍可為姚鼐之後的桐城派文人或學者所認同，但在使用的次數上已不比第一手接觸的文人如陳用光與方東樹的援引。因此曾國藩與吳汝綸就成為《尺牘》影響的餘緒，而《尺牘》亦在這之後漸漸成為《文集》的補充。

結語

　　由於《尺牘》本用於日常交流，因此其中的內容不僅只限於《尺牘》中的文學與學術觀點，更涵蓋姚鼐晚年生活的各方面。而姚鼐亦發揮文學家的筆力與教學者的用心，將各項主題的深意伏埋於文句之中，面向可謂多而且深廣。一方面足以單獨成立許多主題研究，建構晚年生活的真實面貌，也可以延伸與詩文集相輔相成做整合，形成一套整體研究。甚至與同時代的尺牘相比較，進而凸顯《尺牘》兼具「學者尺牘與文人尺牘」的雙重性。

　　另外，由於《尺牘》深刻影響桐城學子，使其進而在有意與無意之間，廣宣《尺牘》的內容，影響後代的桐城派如曾國藩與吳汝綸等文人。不論這些人是將《尺牘》內化而後出轉精，或是藉姚鼐之名宣傳姚鼐之語，多少都帶動後

〔註55〕〔清〕吳汝綸著；朱秀梅校點：〈策問二首〉，《吳汝綸文集》（上冊）（上海：上海古籍出版社，2017 年 6 月），頁 106。

世對《尺牘》的接受。綜觀來看,《尺牘》有著不僅止為視為補充文獻的研究價值,值得深究。

第八章　結　論

　　清代的桐城派是中國文學史上的一大盛事,其影響人數之多、範圍之廣、時間之長,為歷朝文學集團中的特例。同時在桐城文人的努力下,諸多文學史著作將桐城三祖視為中國古文傳統的一脈傳承之中,遂為清代古文的正宗。而促成桐城派興起與廣傳的原因,集桐城派之大成的姚鼐與其《惜抱軒尺牘》實別具關鍵意義。

　　《尺牘》為姚鼐晚年的書信集。誠如劉聲木在《桐城文學淵源考》評價的:「《惜抱軒尺牘》委曲詳盡,平正深通,無過情誕謾之詞,有直諒溫惠之風。論詩文語之多,近代鮮儷者,其語雖平易,而意議率精。」〔註1〕姚鼐藉由與友人、親族與學生溝通交流的過程中,教導與宣揚許多文章觀念、學術內容與生命態度。一方面《尺牘》的用字精確而簡實,另一方面其中的理論可視為姚鼐晚年經反省過後的「結論」,具有指標意義。加之尺牘這一文體能使作者輕鬆率意發揮,心境上真誠而不虛矯。不僅使《尺牘》的內容深刻而易於理解,有利於傳播,凝聚姚門弟子之間的情感,更形成桐城派與姚鼐思想傳播的利器。因此《尺牘》是探悉姚鼐晚年生活的細節、文學理論與經學思想,以及桐城派與姚鼐研究不可或缺的著作。其地位與《惜抱軒文集》、《惜抱軒詩集》同等重要。

　　本論文以《尺牘》為聚焦的中心,藉由《尺牘》的人物情感、書寫題材、經學觀點、文學理論,以及本身的寫作藝術等方向,來探討《尺牘》與其貢獻。根據本文的研究所得,歸納《尺牘》主要成就的特點如下:

〔註1〕〔清〕劉聲木撰、徐天祥校點:《桐城文學淵源考撰述考》(合肥:黃山書社,2011年12月),卷四,頁150。

　　首先，《尺牘》蘊含姚鼐創作的用心。尺牘本為「信守任心，謔浪笑傲，無所不可」的文體，能盡情揮灑作者的性情與創意，因此往往恣意縱情，容易出現隨興橫生的內容，風流浪蕩的文字。但姚鼐作《尺牘》卻不依此路線創作，反而在文中表現出正襟危坐、肅然起敬的文人風範，以作古典散文之筆來作自由揮灑的尺牘，嚴謹表達文學理論，正色解釋學術觀點。這使得內容的架構鮮明，邏輯清晰，如同閱讀一篇擲地有聲的古文。即便是描述人世的悲歡離合，仍能做到含悲忍淚，節制情感而不肆意放蕩。是為率性的尺牘文學中的特例。

　　第二，《尺牘》是姚鼐傳遞經學與文學思想的重要載體。姚鼐的研究，除了以詩文集為主要參考資料之外，《尺牘》則誠如梅曾亮所言的：「今尺牘所論，雖體製不同，而其義則微顯互證，可相輔而益明。」理論可以與詩文集相比較或互為補充，「未嘗不更相表裡」，進而「足以見為學之不欺」〔註2〕，以及「開發學者神智」〔註3〕。而部分的內容，更可填補刻板印象的空白，重新探討對姚鼐的評論。例如雖然在諸多文學史的介紹下，姚鼐廣為後人所知的多在文學作品與理論，但從《尺牘》中對自著的《九經說》與《三傳補注》的廣宣，以及多次分享經學內容、勸人讀經書、漢學時風的批評與傳授讀書方法來看，姚鼐自己本身更接近為一位經學家。這使得《尺牘》中不僅有文學見解，更富涵對經學的理解與態度，成為《尺牘》中的一大重點項目。這是只專注於詩文集的研究中難以見得的內容。

　　第三，《尺牘》具有姚鼐反抗時代潮流的勇氣。雖然姚鼐身處漢學考據最盛行的乾嘉時期，但從《尺牘》中許多自陳的學術觀點，如表明自身認為「今之為漢學乃不佳」〔註4〕、「與今日所云漢學諸賢異趣」〔註5〕的宋學立場，挑出考據「以搜殘舉碎，人所少見者為功」〔註6〕、「守一家之言則狹，專執己見則陋」〔註7〕等諸多缺陷之行為來看，姚鼐不僅能抵禦忤逆且批評時風的壓力，更在態度上不屈不撓，堅持以宋學的程朱為使命。這不只需要以豐厚穩固的學

〔註2〕 以上三句引自〔清〕梅曾亮著；彭國忠、胡曉明校點：〈太乙舟山房文集敘〉，《柏梘山房詩文集》（上海：上海古籍出版社，2005年12月），頁121。

〔註3〕 〔清〕徐宗亮：〈惜抱軒尺牘補編跋〉，引見〔清〕姚鼐著，盧坡點校：《惜抱軒尺牘》（合肥：安徽大學出版社，2014年3月），頁194。為減少繁冗的註解，以下凡在正文或註解中引自此書，皆會以簡註呈現。

〔註4〕 〔清〕姚鼐：〈與陳碩士〉第五十四篇，《惜抱軒尺牘》，頁101。

〔註5〕 〔清〕姚鼐：〈與石甫姪孫〉，《惜抱軒尺牘》，頁137。

〔註6〕 〔清〕姚鼐：〈與陳碩士〉第五十四篇，《惜抱軒尺牘》，頁101。

〔註7〕 〔清〕姚鼐：〈與吳子方〉，《惜抱軒尺牘》，頁48。

術涵養來紮根腳步，更要具備「雖千萬人吾往矣」的勇氣。另一方面，姚鼐也不純然只有批評。在《尺牘》中強調做學問的心態上「不可執漢、宋疆域之見」〔註8〕，而必須「多聞，擇善而從」〔註9〕，以及讀「有益於吾身心也」〔註10〕的書。試圖透過這些調和來解決漢宋兩者之間的鴻溝。這些均可見得姚鼐並非有勇無謀，而是經過深思熟慮的規劃。因此《尺牘》可謂違抗時風的代表。

第四，《尺牘》的觀點清晰且用語簡實。姚鼐除了身兼文學家與經學家，又長年在書院執教，因此也是姚門弟子眼中的教育家，深知觀點的傳授有賴於用語的精巧。同時這些觀點「多從親身體會得之，具有較強的可學性」〔註11〕。這使得《尺牘》中的原本繁複的觀點，能因深厚的文學技巧而化繁為簡，深入淺出。例如姚鼐常用對比的方式，呈現出兩方的特點：「夫道德之精微，而觀聖人者，不出動容周旋中禮之事。文章之精妙，不出字句聲色之間。捨此便無可窺尋矣。」〔註12〕所欲傳達之事雖然在後句，但在兩相比較後觀點就顯而易見。不僅有助於讀者快速掌握內容，其形式的安排也便於記憶而深刻，遂深具文學美感，足見作者的筆力。

第五，《尺牘》的情感親切而真摯。姚鼐因家學淵源而性格嚴肅正經，在論學論文時往往莊重而嚴謹。但《尺牘》中仍可見其不時表露出身為一位長者而有的親切和藹而待人真誠的模樣。在與弟子們的尺牘，多為慈眉善目的諄諄教誨，關心生活狀況，鼓勵努力用功；在與朋友的尺牘，多為關心的問候，確認安好，也不忘問起能否提攜後輩，帶動學術發展；在與親人的尺牘，雖然多為抱怨家庭瑣事，但能會盡力解決經濟困難，而要對方不必擔心自己。這些細瑣的情感較少表現於詩文集，但在《尺牘》則多能盡情抒發，故可成為窺探姚鼐真實性情的關鍵材料。

第六，《尺牘》展現姚鼐晚年生活的多元面向。由於《尺牘》本是人際交流所用，因此其中的內容多圍繞姚鼐生活的週遭事物。依各項主題的範圍遠近，包括身邊的瑣事，例如書院的教學日常、身衰體弱的抱怨、人世的悲歡離合、民俗的風水相墓等，以及社會的關懷，例如對農民困苦生活的憐憫、家鄉

〔註8〕〔清〕姚鼐：〈題鹿源地圖〉第十五篇，《惜抱軒尺牘》，頁124。

〔註9〕〔清〕姚鼐：〈與吳子方〉，《惜抱軒尺牘》，頁48。

〔註10〕〔清〕姚鼐：〈與陳碩士〉第五十四篇，《惜抱軒尺牘》，頁101。

〔註11〕盧坡：《桐城派尺牘研究——以姚鼐與弟子交往為中心》（蕪湖：安徽師範大學文學院博士學位論文，2015年4月），第三章，頁77。

〔註12〕〔清〕姚鼐：〈與石甫姪孫〉，《惜抱軒尺牘》，頁134。

桐城的關切、風調雨順的祈求、消弭戰事的盼望等。這些主題，除了能真實反映姚鼐晚年的生活情況，以及其中對事物細微的體悟，亦可側面認識清代乾嘉時期的社會環境與與風氣。對於建立姚鼐的生活史與清代社會、桐城地方研究有重要的文獻價值。

最後，《尺牘》深刻影響姚門弟子與後期桐城派，間接壯大桐城派的規模，延續姚鼐的思想。由於姚門弟子如陳用光與方東樹對姚鼐的崇拜，加之姚鼐積極藉由尺牘來串聯各弟子們的情感，以及《尺牘》的內容精實且易懂，使得《尺牘》既深入他們的心中，藉以充實學養，亦促使他們形成堅實的團體，為《尺牘》宣傳，進而擴大《尺牘》的影響力。其後如曾國藩與吳汝綸等後期桐城文人都沐其春風，在文集中闡述《尺牘》的思想。因此在姚鼐之後的桐城派能迅速發展，聲勢漸盛，《尺牘》在其中正有關鍵的作用。

總結來說，《尺牘》生動詳錄姚鼐的晚年，包含生活、交流、情感、社會、文學與經學等。對內聚焦《尺牘》的內容，可建立主題研究，探討姚鼐晚年的各層面向，對外可擴及姚鼐整體、桐城派、桐城地域文化與清代乾嘉時期的研究。本論文探究《尺牘》，雖力求深入完整，但仍限於眼光、學識與時間，有部分主題仍難兼顧周備。如《尺牘》和文集中的論文及論學觀點關係密切，除了相互比較、印證、補充之外，也應凸顯彼此矛盾之處，並依歷時性角度考察，從而掌握某理論觀念變化的過程。又《尺牘》中提到的墓誌銘、序文等作品，若能與詩文集中的作品結合來看，更可探求該作品在內容本身之外的創作心境，為作品的詮釋更添風采。這些未竟之業，仍有待後續探求，使姚鼐文學研究內涵更為豐富完備。

主要參考文獻

一、姚鼐《惜抱軒尺牘》版本

1. 姚鼐：《惜抱尺牘》，北京：中國書店，1909 年，宣統初元小萬柳堂據海源閣本重撫刊。

2. 姚鼐撰，龔復初標點：《姚惜抱尺牘》，上海：新文化書社，1935 年 5 月。電子資源：https://goo.gl/3S2FnQ。

3. 姚鼐撰，佚名編：《清代名人尺牘・姚惜抱尺牘》，臺北：廣文書局，1989 年 8 月。

4. 姚鼐撰，楊以增輯：《惜抱先生尺牘》，載《海源閣叢書》，揚州：江蘇廣陵古籍刻印社，1990 年。

5. 姚鼐撰，陳用光編：《惜抱軒尺牘》，北京：中國書店，1992 年，據宣統初元小萬柳堂據海源閣本重刊本影印。

6. 姚鼐，吳汝綸撰：《尺牘新編・姚惜抱尺牘；吳摯甫尺牘》，臺北：廣文書局，1994 年 12 月。

7. 姚鼐撰，盧坡點校：《惜抱軒尺牘》，合肥：安徽大學出版社，2014 年 3 月。

8. 姚鼐撰，于浩編：《清代名人尺牘選萃》第七冊，北京：國家圖書館出版社，2017 年 10 月。

9. 姚鼐撰，徐宗亮編：《惜抱先生尺牘補編一卷》，載《惜抱軒遺書三種》，東京大學東洋文化研究所所藏漢籍善本全文影像資料庫，出版時間不詳，電子資源：https://goo.gl/hVJ5Pn。

二、姚鼐著作

1. 姚鼐著、宋晶如、章榮譯編：《古文辭類纂》，上海：世界書局，1936 年 2 月。

2. 姚鼐撰，懶散道人標注：《惜抱軒筆記》，臺北：廣文書局，1971 年 8 月。

3. 姚鼐：《今體詩鈔》，臺北：臺灣中華書局，1971 年。

4. 姚鼐撰，楊家駱編：《惜抱軒全集》，臺北：世界書局，1984 年 7 月三版。

5. 姚鼐：《惜抱軒手札》，臺北：廣文書局，1989 年。

6. 姚鼐撰，姚永樸訓纂、宋校永校點：《惜抱軒詩集訓纂》，合肥：黃山書社，2001 年再版。

7. 姚鼐輯；王文濡評註：《大字本評註古文辭類纂》，臺北：華正書局，2000 年 8 月。

8. 姚鼐撰，黃鈞等注譯：《新譯古文辭類纂》，臺北：三民書局，2006 年 4 月。

9. 姚鼐撰，劉季高標校：《惜抱軒詩文集》，上海：上海古籍出版社，2008 年 4 月再版。

10. 姚鼐撰：《惜抱軒九經說》，網路資源：https://archive.org/details/02075629. cn/page/n2/mode/2up。（檢索時間：2021/06/01）

三、其他古籍

1. 撰者不詳；嚴一萍選輯：《黃帝宅經》，新北：藝文印書館，1966 年）。

2. 〔春秋〕左丘明；郁賢皓，周福昌，姚曼波注譯：《新譯左傳讀本》，臺北：三民書局，二版三刷，2017 年 1 月。

3. 〔三國〕王弼注；樓宇烈校釋：《老子周易王弼注校釋》，臺北：華正書局，1983 年 9 月。

4. 〔三國〕曹丕著，孫馮翼輯：《典論‧論文》，北京：中華書局，1985 年初版。

5. 〔三國〕曹操著、曹丕著、曹植著：《三曹集》，長沙：嶽麓書社，1997 年 1 月。

6. 〔西晉〕杜預集解：《春秋經傳集解》，上海：上海古籍出版社，1978 年 3 月。

7. 〔西晉〕杜預注；〔唐〕孔穎達正義：《春秋左傳正義（隱公─桓公）》，臺

北：臺灣古籍出版，2001 年 10 月。

8. 〔西晉〕范寧集解；〔唐〕楊士勛疏：《春秋穀梁傳注疏（隱公─文公）》，臺北：臺灣古籍出版，2001 年 10 月。

9. 〔南朝宋〕陶淵明原著；溫洪隆注譯：《新譯陶淵明集》，臺北：三民書局，2012 年 11 月。

10. 〔南朝梁〕任昉撰；〔明〕陳懋仁註：《文章起源注》，臺北：中華書局，1985 年。

11. 〔南朝梁〕劉勰著，王更生注譯：《文心雕龍讀本》，臺北：文史哲出版社，2001 年 10 月。

12. 〔南朝梁〕蕭統編，周啟成等注譯：《新譯昭明文選》，臺北：三民書局，1997 年 4 月。

13. 〔北魏〕酈道元原注；陳橋驛注譯：《水經注：注譯本》，杭州：浙江古籍出版社，2000 年 8 月。

14. 〔唐〕李白著；〔唐〕杜甫著：《李太白集杜工部集》，長沙：嶽麓書社，1997 年 8 月。

15. 〔唐〕李吉甫撰：《元和郡縣圖志》，北京：中華書局，1983 年。

16. 〔唐〕韓愈撰；〔清〕馬其昶校注；馬茂元編：《韓昌黎文集校注》，新北：頂淵文化事業，2005 年 11 月。

17. 〔北宋〕歐陽修著；楊家駱主編：《歐陽修全集》，臺北：世界書局，1988 年 6 月。

18. 〔北宋〕歐陽修、宋祁等合著：《新唐書》，北京：中華書局，1975 年 2 月。

19. 〔北宋〕王安石：《王安石全集》，上海：大眾書局，1935 年 8 月。

20. 〔南宋〕朱熹著；黎靖德編；王星賢點校：《朱子語類》，北京：中華書局，2011 年 3 月。

21. 〔南宋〕朱熹著；曹美秀校對：《四書章句集注》，臺北：大安出版社，2014 年 12 月。

22. 〔南宋〕朱熹撰；王貽梁校點：《朱子全書》，上海：上海古籍出版社，2010 年 9 月。

23. 〔南宋〕朱熹著：《四書章句集註》，臺北：鵝湖月刊社，1984 年 9 月。

24. 〔南宋〕彭龜年撰：《止堂集》，北京：中華書局，1985 年。

25. 〔南宋〕張表臣：《珊瑚鉤詩話》，北京：中華書局，1985 年。

26. 〔南宋〕魏慶之：《詩人玉屑》，上海：上海古籍出版社，1959 年 8 月。

27. 〔南宋〕龔頤正著：《芥隱筆記》，北京：中華書局，1985 年。

28. 〔明〕王世貞：《讀書後》，臺北：臺灣商務印書館，1970 年。

29. 〔明〕李漁：《閑情偶記》，北京：作家出版社，1995 年 7 月。

30. 〔明〕吳訥等著，陳慷玲校對：《文體序說三種》，臺北：國立臺灣大學出版中心，2016 年 7 月。

31. 〔明〕徐善繼、徐善述撰；北京故宮博物院編：《重刊人子須知資孝地理心學統宗》，海口：海南出版社，2000 年 10 月。

32. 〔明〕高棟：《唐詩品匯》，臺北：臺灣商務印書館，1970 年，頁 37。

33. 〔明〕錢謙益著；〔清〕錢曾箋注：《錢牧齋全集》，上海：上海古籍出版社，2003 年 8 月。

34. 〔明〕歸有光撰：《歸震川集》，臺北：世界書局，1960 年 11 月。

35. 〔清〕王芑孫：《淵雅堂全集》，上海：上海古籍出版社，2002 年。

36. 〔清〕王文治撰，嚴一萍選：《夢樓選集》，臺北：藝文書局，1968 年。

37. 〔清〕王文治撰，劉弈校點：《王文治詩文集》，北京：人民文學出版社，2014 年。

38. 〔清〕王鳴盛：《十七史商榷》，上海：商務印書館，1937 年 6 月。

39. 〔清〕王韜著，汪北林、劉林編校：《弢園尺牘》，上海：中華書局，1959 年 12 月。

40. 〔清〕王昶著，周維德校輯：《蒲褐山房詩話新編》，濟南：齊魯書社，1988 年 1 月。

41. 〔清〕孔廣森著；崔冠華點校：《春秋公羊經傳通義》，北京：北京大學出版社，2012 年 6 月。

42. 〔清〕方苞著：《方望溪全集》，北京：中國書店，1991 年 6 月。

43. 〔清〕方苞著；劉季高校點：《方苞集》，上海：上海古籍出版社，1983 年 5 月。

44. 〔清〕方東樹纂；漆永詳點校：《漢學商兌》，南京：鳳凰出版社，2016 年 6 月。

45. 〔清〕方東樹著；汪紹楹點校：《昭昧詹言》，北京：人民文學出版社，2006 年 1 月。

46. 〔清〕尹會一：《健餘先生尺牘》，北京：中華書局，1985 年。

47. 〔清〕皮錫瑞著,周予同注釋:《經學歷史》,北京,中華書局,1981 年 8 月。

48. 〔清〕江藩著;鍾哲整理:《國朝漢學師承記》,北京:中華書局,1983 年 11 月。

49. 〔清〕李桓:《國朝耆獻類徵初編》,臺北:明文書局,1985 年。

50. 〔清〕李祖陶:《國朝文錄》,上海:上海古籍出版社,2002 年。

51. 〔清〕吳汝綸著;朱秀梅校點:《吳汝綸文集》,上海:上海古籍出版社,2017 年 6 月。

52. 〔清〕吳汝綸撰;施培毅、徐壽凱點校:《吳汝綸全集》,合肥:黃山書社,2002 年。

53. 〔清〕周亮工著,米田點校:《尺牘新鈔》,湖南:嶽麓書社,2016 年 1 月。

54. 〔清〕杭世駿:《科詞掌錄》臺北:臺灣學生書局,1976 年 3 月。

55. 〔清〕姚元之撰、李解民校點:《竹葉亭雜記》,北京:中華書局,1997 年 12 月。

56. 〔清〕姚瑩:《中復堂全集》,臺北:文海出版社,1969 年。

57. 〔清〕姚瑩著,沈雲龍主編:《中復堂全集‧東溟文外集》,臺北:文海出版社,1974 年。

58. 〔清〕姚鼐選,方東樹評,汪中編:《方東樹評今體詩鈔》,臺北:聯經圖書,1975 年。

59. 〔清〕姚範撰;〔清〕姚瑩編:《援鶉堂筆記》,臺北:廣文書局,1971 年。

60. 〔清〕紀昀:《閱微草堂筆記》,上海:上海古籍出版社,1980 年 9 月。

61. 〔清〕紀昀、陸錫熊、孫士毅等撰:《欽定四庫全書總目(整理本)》,北京:中華書局,1997 年 1 月。

62. 〔清〕秦瀛:《小峴山人詩文集》,上海:上海古籍出版社,2002 年。

63. 〔清〕翁方綱:《復初齋文集》,臺北:文海出版社,1969 年。

64. 〔清〕陳用光原作;許雋超、王曉暉點校;蔡長林校訂:《陳用光詩文集》,臺北:中央研究院中國文哲研究所,2019 年 5 月。

65. 〔清〕陳澧著;黃國聲主編:《陳澧集》,上海:上海古籍出版社,2008 年。

66. 〔清〕陳確著:《陳確集》,北京:中華書局,1979 年 4 月。

67. 〔清〕凌廷堪著;王文錦點校:《校禮堂文集》,北京:中華書局,1998 年 2 月。

68. 〔清〕桂馥:《晚學集》,北京:中華書局,1985 年。

69. 〔清〕徐珂:《清稗類鈔》,臺北:臺灣商務印書館,1986 年 3 月。

70. 〔清〕袁枚著,王志英編纂校點:《袁枚全集新編》,杭州:浙江古籍出版社,2015 年 8 月。

71. 〔清〕袁枚著;王英志主編:《袁枚全集》,南京:江蘇古籍出版社,1993 年。

72. 〔清〕袁枚著,欒保群點校:《小倉山房尺牘》,杭州:浙江人民美術出版社,2017 年 1 月。

73. 〔清〕馬其昶撰,彭君華校點:《桐城耆舊傳》,合肥:黃山書社,2013 年 7 月。

74. 〔清〕梅曾亮撰,彭國忠、胡曉明校點:《柏梘山房詩文集》,上海:上海古籍出版社,2005 年 12 月。

75. 〔清〕張廷玉等撰:《明史》,北京:中華書局,1974 年 4 月。

76. 〔清〕張維屏編撰;陳永正點校:《國朝詩人徵略》,廣州:中山大學出版社,2004 年 12 月。

77. 〔清〕張聰咸:《左傳杜注辯證》。網路資源:https://archive.org/details/02074695.cn/page/n102/mode/2up。(檢索時間:2021/06/01)

78. 〔清〕梁章鉅:《制藝叢話》,上海:上海書局,2001 年 12 月。

79. 〔清〕章學誠撰:嚴一萍選輯:《丙辰箚記》,臺北:藝文出版社,1970 年。

80. 〔清〕章學誠著;劉公純標點:《文史通義》,北京:古籍出版社,1956 年 12 月。

81. 〔清〕程晉芳撰,魏世名校點:《勉行堂詩文集》,合肥:黃山出版社,2012 年 1 月。

82. 〔清〕黃宗羲著;陳乃乾編:《黃梨洲文集》,北京:中華書局,1959 年 1 月。

83. 〔清〕曾國藩撰;彭靖等整理:《曾國藩全集‧詩文》,長沙:嶽麓書社,1995 年 2 月。

84. 〔清〕曾國藩:《曾文正公全集‧曾文正公書牘》,上海:世界書局,1936 年 7 月。

85. 〔清〕曾國藩著:《曾國藩文集》,北京:京華出版社,1999 年 10 月。

86. 〔清〕曾國藩編纂；孫雍長點校：《經史百家雜鈔》，長沙：嶽麓書社，2008 年。

87. 〔清〕惠棟撰；嚴一萍選輯：《春秋左傳補註》，臺北：藝文印書館，1966 年。

88. 〔清〕賀長齡、魏源等編：《清經世文編》，北京：中華書局，1992 年。

89. 〔清〕葉燮、沈德乾等著；郭紹虞主編：《原詩、一瓢詩話、說詩晬語》，北京：人民文學出版社，1979 年 9 月。

90. 〔清〕趙慎畛撰，徐懷寶校點：《榆巢雜識》，北京：中華書局，2001 年 3 月。

91. 〔清〕廖大聞、金鼎壽撰：《桐城續修縣志》，臺北：成文出版社，1989 年。

92. 〔清〕劉大櫆撰，舒蕪校點：《論文偶記》，北京：人民文學出版社，1998 年 5 月。

93. 〔清〕劉大櫆著，吳孟復標點：《劉大櫆集》，上海：上海古籍出版社，1990 年 12 月。

94. 〔清〕劉聲木撰，徐天祥校點：《桐城文學淵源考撰述考》，合肥：黃山書院，2011 年 12 月。

95. 〔清〕錢泳：《履園叢話》，北京：中華書局，1979 年 12 月。

96. 〔清〕錢謙益著：《列朝詩集小傳》，上海：上海古籍出版社，1983 年 10 月。

97. 〔清〕戴震著；何文光整理：《孟子字義疏證》，北京：中華書局，1982 年 5 月 2 版。

98. 〔清〕戴震著：《戴震集》，上海：上海古籍出版社，2009 年 6 月。

99. 〔清〕戴震撰；張岱年主編：《戴震全書》，合肥：黃山書社，1995 年 10 月。

100. 〔清〕嚴可均校輯：《全上古三代秦漢三國六朝》，北京：中華書局，1958 年 12 月。

101. 〔清〕顧炎武著；黃汝成集釋；欒保群，呂宗立校點：《日知錄集釋：全校本》，上海：上海古籍出版社，2006 年 12 月。

102. 〔清〕顧炎武撰；華忱之點校：《顧亭林詩文集》，北京：中華書局，2008 年 7 月。

103. 〔清〕龔萼著；余軍校注：《雪鴻軒尺牘》，長沙：湖南文藝出版社，1987 年 10 月。

四、桐城派相關研究專著

1. 王鎮遠：《桐城派》，臺北：群玉堂出版，1991 年 12 月。

2. 王達敏：《姚鼐與乾嘉學派》，北京：學苑出版社，2007 年 11 月。

3. 尤信雄：《桐城文派學述》，臺北：文津出版社，1989 年 1 月。

4. 安徽人民出版社編：《桐城派研究論文集》，合肥：安徽人民出版社，1963 年 12 月。

5. 任雪山：《桐城派文論的現代回響》，合肥：安徽大學出版社，2015 年 10 月。

6. 朱玄：《姚惜抱學記》，臺北：臺灣學生書局，1974 年。

7. 朱修春主編：《桐城派學術檔案》，武漢：武漢大學出版社，2016 年 3 月。

8. 安徽省桐城派研究會主編：《桐城派研究》，合肥：合肥工業大學出版社，2019 年 6 月。

9. 何天杰：《桐城文派：文章法的總結與超越》，廣州：廣州文化出版社，1989 年 7 月。

10. 汪孔豐：《麻溪姚氏與桐城派的演進》，合肥：安徽大學出版社，2017 年 12 月。

11. 吳孟復：《桐城文派述論》，合肥：安徽教育出版社，1992 年 5 月。

12. 吳薇：《桐城文章與教育》，合肥：安徽大學出版社，2012 年 6 月。

13. 周中明：《桐城派研究》，瀋陽：遼寧大學出版社，1997 年 7 月。

14. 周中明：《姚鼐研究》，合肥：安徽大學出版社，2013 年 5 月。

15. 孟醒仁：《桐城派三祖年譜》，合肥：安徽大學出版社，2003 年 5 月。

16. 柳春蕊：《晚清古文研究——以陳用光、梅曾亮、曾國藩、吳汝綸四大古文圈子為中心》，南昌：百花洲文藝出版社，2007 年 10 月。

17. 姜書閣：《桐城文派述評》，上海：商務印書館，1930 年 11 月。

18. 張器友：《桐城派與五四新文學》，合肥：安徽大學出版社，2015 年 1 月。

19. 清代詩文集彙編編纂委員會：《清代詩文集彙編》，上海：上海古籍出版社，2010 年。

20. 趙建章：《桐城派文學思想研究》，北京：北京圖書館出版社，2003 年 9 月。

21. 賈文昭編著：《桐城派文論選》，北京：中華書局，2008 年 7 月。

22. 葉龍：《桐城派文學藝術欣賞》，香港：繁榮出版社，1998 年 12 月。

23. 楊懷志主編:《清代文壇盟主桐城派》,合肥:安徽人民出版社,2002 年 8 月。

24. 漆緒邦:《方苞‧姚鼐》,瀋陽:春風文藝出版社,1999 年 1 月。

25. 鄧心強、史修永編:《桐城派文體學研究》,合肥:安徽大學出版社,2012 年 10 月。

26. 盧坡:《姚鼐詩文及交游研究》,合肥:安徽大學出版社,2020 年 6 月。

27. 蕭曉陽:《近代桐城文派研究》,北京:社會科學出版社,2016 年 3 月。

五、尺牘、書信研究專著

1. 上海圖書館編:《中國尺牘文獻》,上海:上海古籍出版社,2013 年 11 月。

2. 山陰道上人:《詳註分類尺牘集成》,上海:會文堂,1919 年。

3. 今古尺牘通覽編輯組:《今古尺牘通覽》,福州:福建省永春文化館,1982 年 4 月。

4. 王闓運等著、陳穌祥編:《廣註分類文學尺牘全書》,臺北:廣文書局,1979 年。

5. 李慕如:《應用文:尺牘書信與日用文書》,高雄:復文圖書出版社,2002 年。

6. 李茂肅:《歷代書信賞析》,濟南:明天出版社,1981 年 1 月。

7. 希夷:《歷代名人書信精華》,臺北:廣文書局,1989 年。

8. 吳大逵、楊忠選注:《歷代書信選注》,臺北:建宏出版社,1996 年 1 月。

9. 吳瑞書:《尺牘辭海》,上海:春明書店,1947 年。

10. 金寒英:《尺牘新範》,臺北:正中書局,1972 年。

11. 許慕羲:《尺牘大全》,臺北:廣文書局,出版時間不詳。

12. 程星生等編:《文言尺牘示範》,山東:齊魯書社,1994 年 9 月。

13. 黃保真:《古代文人書信精華》,臺北:錦繡出版事業,1993 年 1 月。

14. 楊文科:《尺牘寫作指要》,北京:中國國際廣播出版社,2004 年 10 月。

15. 趙樹功:《中國尺牘文學史》,石家莊:河北人民出版社,1999 年 11 月。

16. 鄭逸梅:《尺牘叢話》,上海:上海古籍出版社,2004 年 5 月。

六、散文、文體、文章學、章法學、辭章學研究

1. 刊授大學編著:《中國實用文體大全》,上海:上海文化出版社,1984 年 10 月。

2. 吳承學、何詩海編：《中國文體學與文體史研究》，南京：鳳凰出版社，2011 年。

3. 李小蘭：《中國古代批評文體研究》，哈爾濱市：黑龍江人民出版社，2010 年。

4. 周振甫：《中國文章學史》，南京：江蘇教育出版社，2006 年 4 月。

5. 柯慶明：《古典中國實用文類美學》，臺北：臺大出版中心，2016 年 3 月。

6. 徐興華、徐尚衡、居萬榮編：《中國古代文體總攬》，瀋陽：瀋陽出版社，1994 年 12 月。

7. 姚愛斌：《中國古代文體論思辨》，北京：北京大學出版社，2012 年。

8. 陳飛主編：《中國古代散文研究》，福州：福建人民出版社，2005 年 6 月。

9. 陳必祥：《古代散文文體概論》，臺北：文史哲出版社，1987 年 10 月。

10. 陳曉芬：《中國古典散文理論史》，上海：華東師範大學出版社，2010 年。

11. 陳柱：《中國散文史》，上海：上海書店，1984 年 3 月。

12. 陳滿銘：《章法學新裁》，臺北：萬卷樓圖書，2001 年 1 月初版。

13. 陳滿銘：《章法學論粹》，臺北：萬卷樓圖書，2002 年 7 月初版。

14. 陳滿銘：《篇章結構學》，臺北：萬卷樓圖書，2005 年 5 月初版。

15. 郭預衡：《中國散文史（下）》，上海：上海古籍出版社，1999 年 12 月。

16. 曾棗莊：《中國古代文體學》，上海：上海人民出版社，2012 年。

17. 褚斌杰：《中國古代文體概論》，北京：北京大學出版社，1992 年 8 月第二版。

18. 程福寧：《中國文章史要略》，西藏：西藏人民出版社，1996 年 10 月。

19. 傅璇琮主編，黃維畢注譯：《中國古典散文基礎文庫／書信卷》，桂林：廣西師範大學出版社，1999 年 9 月。

20. 童慶炳：《文體與文體的創造》，昆明：雲南人民出版社，1994 年 5 月初版。

21. 楊民：《萬川一月──中國古代散文史》，北京：清華大學出版社，2001 年 5 月。

22. 劉衍主編：《中國散文史綱》，長沙：湖南教育出版社，1994 年 6 月。

23. 顧彬等著、周克駿、李雙志譯：《中國古典散文：從中世紀到近代的散文、遊記、筆記和書信》，上海：華東師範大學出版社，2008 年。

七、文學史、文學批評史研究專著

1. 王鎮遠、鄔國平著：《清代文學批評史》，上海：上海古籍出版社，1995 年 11 月。

2. 王運熙，顧易生主編：《中國文學批評史新編》，上海：復旦大學出版社，2007 年 8 月，2016 年 9 月。

3. 吳宏一：《清代文學批評論集》，臺北：聯經出版社，1998 年。

4. 周寅賓：《明清散文史》，長沙：湖南人民出版社，2004 年。

5. 青木正兒著、楊鐵嬰譯：《清代文學評論史》，北京：中國社會科學出版社，1988 年 1 月。

6. 袁行霈：《中國文學史》，臺北：五南圖書，2011 年 3 月。

7. 郭紹虞：《中國文學批評史》，上海：新文藝出版社，1955 年 8 月。

8. 張健：《明清文學批評》，臺北：國家書局，1983 年。

9. 段啟明、汪龍麟著：《清代文學研究》，北京：北京出版社，2001 年 12 月。

八、其他

1. 上海古籍出版社：《續修四庫全書》，上海：上海古籍出版社，2002 年。

2. 王德毅：《清人別名字號索引》，臺北：作者自行出版，1985 年 3 月。

3. 王國維撰；謝維揚，房鑫亮主編：《王國維全集》，杭州：浙江教育出版社，2009 年 12 月。

4. 王國維著；靳德峻箋證；蒲菁補箋：《人間詞話》，成都：四川人民出版社，1981 年 9 月。

5. 中國文學家辭典編委會編：《中國文學家辭典》，成都：四川文藝出版社，1985 年。

6. 北圖社古籍影印編輯室輯：《乾嘉名儒年譜》，北京：北京圖書館出版社，2006 年 6 月。

7. 四庫禁燬書叢刊編纂委員會編：《四庫禁燬書叢刊·集部》，北京：北京出版社，2000 年。

8. 四庫禁燬書叢刊編纂委員會編：《四庫禁燬書叢刊·子部》，北京：北京出版社，2000 年。

9. 四庫全書存目叢書編纂委員會編：《四庫全書存目叢書·集部·一三六》，濟南：齊魯書社，1997 年 7 月。

10. 四庫全書編纂委員會編：《續修四庫全書・一四八一・集部・別集類》，上海：上海古籍出版社，2002 年。

11. 江慶伯編：《清代人物生卒年表》，北京：人民文學出版社，2005 年 12 月。

12. 朱太忙編：《名儒尺牘》，上海：大達圖書供應社，1935 年。

13. 伊塔羅・卡爾維諾著，李桂蜜譯：《為什麼讀經典》，臺北：時報文化出版，2005 年 8 月。

14. 杜連喆、房兆楹編：《三十三種清代傳記綜合引得》，北京：中華書局，1987 年 8 月。

15. 李人奎：《風水辭林秘解》，臺北：泉源出版社，1995 年 12 月。

16. 余英時：《論戴震與章學誠——清代中期學術思想史研究》，香港：龍門書店，1976 年 9 月。

17. 余英時：《中國思想傳統的現代詮釋》，臺北：聯經出版，1987 年 3 月。

18. 余英時著，程嫩生、羅群等譯：《人文與理性的中國》，臺北：聯經出版，2008 年 6 月。

19. 余嘉錫：《四庫提要辨證》，昆明：雲南人民出版社，2004 年 10 月。

20. 佚名著，王鍾翰點校：《清史列傳》，北京：中華書局，1987 年。

21. 何曉昕：《風水探源》，南京：東南大學出版社，1990 年 6 月。

22. 李春光：《清代學人錄》，瀋陽：遼寧大學出版社，2002 年 5 月。

23. 束景南：《朱熹年譜長編》，上海：華東師範大學出版社，2001 年 9 月。

24. 沈永寶編：《錢玄同五四時期言論集》，上海：東方出版中心，1998 年 10 月。

25. 周駿富：《清代傳記叢刊索引》，臺北：明文書局，1986 年。

26. 周作人：《周作人書信》，北京：北京十月文藝出版社，2011 年 3 月。

27. 金天翮：《皖志列傳稿》，臺北：成文出版社，1974 年 12 月。

28. 胡適、陳獨秀著：《文學改良芻議・附錄一・文學革命論》，臺北：遠流出版事業，1982 年 1 月。

29. 姜亮夫：《歷代名人年里碑傳總表》，上海：上海商務印書館，1937 年 1 月。

30. 柯慶明：《境界的再生》，臺北：幼獅文化事業出版社，1977 年。

31. 柯慶明：《文學美綜論》，臺北：長安出版社，1983 年 5 月。

32. 柯慶明：《柯慶明論文學》，臺北：麥田，城邦文化出版社，2016 年 7 月。

33. 徐世昌編、舒大綱等校點:《清儒學案》,北京:人民出版社,2010 年 7 月。

34. 惜春外史:《花影尺牘》,上海:上海進德圖書局,1925 年。

35. 陳德芸:《古今人物別名索引》,北京:國家圖書館,2010 年。

36. 陳乃乾:《清代碑傳文通檢》,北京:中華書局,1959 年 2 月初版。

37. 梁啟超:《中國近三百年學術史(附《清代學術概論》)》,臺北:里仁書局,1995 年)。

38. 梁樹風等著;香港中文系大學中國語文及文學系編:《明清研究論叢》,上海:上海古籍出版社,2015 年 11 月。

39. 張靜二:《文氣論詮》,臺北:五南圖書,1994 年 4 月。

40. 張維屏:《紀昀與乾嘉學派》,臺北:臺大出版中心,1998 年 6 月。

41. 張昇編:《四庫全書提要稿輯存》,北京:北京圖書館出版社,2006 年 10 月。

42. 張仁青:《應用文》,臺北:文史哲出版社,2003 年 3 月第四刷。

43. 舒蕪等編選:《近代文論選》,北京:人民文學出版社,1999 年 1 月。

44. 黃惠賢、陳鋒主編:《中國俸祿制度史》,武漢:武漢大學出版社,1996 年 10 月。

45. 黃慶萱:《修辭學》,臺北:三民書局,2004 年 1 月增訂三版。

46. 黃麗貞:《實用修辭學(增訂本)》,臺北:國家出版社,2004 年 3 月。

47. 楊廷福、楊同甫編:《清人室名別稱字號索引》,上海:上海古籍出版社,1988 年 11 月。

48. 葉百豐編著:《韓昌黎文彙評》,臺北:正中書局,1990 年 2 月。

49. 葛虛存原編;琴石山人校訂;馬蓉點校:《清代名人軼事》,北京:書目文獻出版社,1994 年 9 月。

50. 趙爾巽等撰:《清史稿》,北京:中華書局,1998 年 1 月。

51. 錢仲聯主編,馬衛中等撰:《中國文學家大辭典:清代卷》,北京:中華書局,1996 年。

52. 錢基博:《韓愈志》,臺北:河洛出版社,1975 年。

53. 錢鍾書:《談藝錄》,北京:中華書局,1984 年。

54. 錢穆:《中國近三百年學術史》,臺北:臺灣商務印書館,1995 年 9 月。

55. 錢穆:《中國學術思想史論叢(八)》,臺北:素書樓文教基金會,2000 年 11 月。

56. 清史編委會編：《清代人物傳稿》，上編，北京：中華書局，1984 年出版；
    下編，瀋陽：遼寧人民出版社，1985 年。

57. 漆永祥：《乾嘉考據學研究》，北京：中國社會科學出版社，1998 年。

58. 蓋博瑞斯（John Kenneth Galbraith）著；杜念中譯：《不確定的年代》，臺
    北：聯經出版，1986 年二印。

59. 魯迅原著：《中國小說史略、漢文學史綱要》，新北：新潮社文化事業，
    2011 年 6 月。

60. 蔡長林：《文章自可觀風色：文人說經與清代學術》，臺北：國立臺灣大學
    出版中心，2019 年 12 月。

61. 繆鉞：《詩詞散論》，臺北：臺灣開明書局，1977 年 2 月六版。

62. 顏崑陽：《詮釋的多向視域：中國古典美學與文學批評系論》，臺北：臺灣
    學生書局，2016 年 3 月。

63. 魏聰祺：《修辭學》，臺北：五南圖書，2015 年 8 月。

64. 譚正璧編：《中國文學家大辭典》，北京：北京圖書館出版社，1998 年。

65. 臧勵龢主編：《中國人名大辭典》，臺北：臺灣商務印書館，1972 年。

九、期刊論文

1. 丁旭輝：〈清代考據學興起的原因與背景研究的時代意義〉，《國立中央圖
   書館臺灣分館館刊》，第 10 卷第 3 期，2004 年 9 月。

2. 丁光玲：〈清朝前期的人口增加與人口壓力〉，《復興崗學報》，第 82 期，
   2004 年。

3. 王基倫：〈《春秋》筆法與桐城三祖方苞、劉大櫆、姚鼐的古文創作〉，《國
   文學報》，第 51 期，2012 年。

4. 王聿均：〈清代中葉士大夫之憂患意識〉，《近代史研究所集刊》，11 期，
   1982 年 7 月。

5. 王鵬凱：〈紀昀撰《四庫全書總目》說之論析〉，《東海大學圖書館館訊》，
   第 97 期，2009 年 10 月。

6. 王鵬凱：〈從《閱微草堂筆記》中之儒者形象看紀昀的治學趨向〉，《逢甲
   人文社會學報》，第 20 期，2010 年 6 月。

7. 方志紅：〈選本批評：中國文學理論批評方法之一〉，《綿陽師範學院學報》，
   第 27 卷第 12 期，2008 年 12 月。

8. 方美芬：〈談《何處尋你》的史料運用書寫〉，《全國新書資訊月刊》，97 年 9 月號，2008 年 9 月。

9. 甘秉慧：〈八股文經世乎？──兼論劉熙載之經世觀〉，《國文學誌》，第 5 期，2001 年 12 月。

10. 朱曙輝：〈論姚鼐對厲鶚之詩學批評〉，《宿州學院學報》，第 26 卷第 12 期，2011 年 12 月。

11. 李秋華：〈從《惜抱軒書錄》看纂前提要與纂後提要之差異〉，《圖書館工作與研究》第 5 期，1999 年。

12. 李國慶：〈紀曉嵐潤飾《四庫全書總目提要》舉例〉，《山東圖書館季刊》，第 3 期，2008 年。

13. 李李：〈由序引、尺牘小品看袁小修之文論〉，《東吳中文線上學術論文》，第 1 期，2008 年。

14. 李李：〈由尺牘小說看袁小修之生活與個性〉，《中國化大學中文學報》，第 17 期，2008 年。

15. 李向昇：〈性情與法度：論汪琬對錢謙益古文觀的批評〉，《政大中文學報》，第 22 期，2014 年 12 月。

16. 吳宛蓉：〈從《孟子字義疏證》的著書成因及內容剖析戴東原晚年思想〉，《語文學報》，第 14 期，2007 年 12 月。

17. 汪惠娟：〈從清代考據學談起──論戴震的義理思想〉，《哲學論集》，第 35 期，2002 年 7 月。

18. 尚麗姝：〈一代能吏汪志伊及其與姚鼐交往論述〉，《斯文》，第四輯，2019 年 3 月。

19. 金鎬：〈姚範及其詩論研究〉，《中國文學研究》，第 13 期，1999 年。

20. 邱詩雯：〈桐城詩法與史家筆法──以《昭昧詹言》為例〉，《雲漢學刊》，第 20 期，2009 年。

21. 林淑貞：〈生死關懷與生命美典的書寫──以方苞傳、祭文、哀辭、墓表、墓誌銘為視域〉，《東海大學文學院學報》，第 44 期，2003 年。

22. 祝尚書：〈論宋代時文的「以古文為法」〉，《四川大學學報》（哲學社會科學報），2007 年第 4 期，2007 年。

23. 侯美珍：〈明清科舉八股小題文研究〉，《臺大中文學報》，第 25 期，2006 年 12 月。

24. 徐國能：〈桐城詩派杜詩學析探——以姚鼐、方東樹為中心〉，《中國學術期刊》，第 30 期，2008 年。

25. 徐雁平：〈書院與桐城文派傳衍考論〉，《漢學研究》，第 45 期，2004 年。

26. 孫淑芳：〈袁中郎尺牘之修辭特色——列舉、排比、與層遞〉，《儒光學報》，第 18 期，2000 年。

27. 高衛紅：〈不事雕琢而字有風味——重讀歸有光〈項脊軒志〉〉，《濮陽職業技術學院學報》，第 21 卷第 4 期，2008 年 11 月。

28. 陳平原：〈文派、文選與講學——姚鼐的為人與為文〉，《學術界》，2003 年 5 月，第 102 期。

29. 陳韻竹：〈桐城派古文家——劉大櫆思想研究〉，《逢甲人文學報》，第 9 期，2004 年。

30. 陳欽忠：〈尺牘與六朝書風〉，《興大中文學報》，第 8 期，1995 年。

31. 陳玉女：〈晚明僧俗往來書信中的對話課題——心事·家事·官場事〉，第 14 期，2010 年。

32. 張靜二：〈姚鼐的詩文理論——以「氣」為中心的創作觀〉，《中外文學》，第 20 卷 5 期，1991 年。

33. 張循：〈漢學的內在緊張：清代思想史上「漢宋之爭」的一個新解釋〉，《中央研究院近代史研究所集刊》，第 63 期，2009 年 3 月。

34. 張循：〈漢學內部的「漢宋之爭」——從陳澧的「漢宋調和」看清代思想史上「漢宋之爭」的深層意義〉，《漢學研究》，第 27 卷第 4 期，2009 年 12 月。

35. 張素卿：〈惠棟的《春秋》學〉，《臺大文史哲學報》，第 57 期，2002 年 12 月。

36. 張麗珠：〈紀昀反宋學的思想意義——以《四庫提要》與《閱微草堂筆記》為觀察線索〉，《漢學研究》，第 20 卷第 1 期，2002 年 6 月。

37. 黃嘉音：〈書信體敘事的傳遞和踰越〉，《中外文學》，第 22 卷第 11 期，1994 年。

38. 彭衛民：〈學歸大統：清代「漢宋之爭」的三個階段〉，《朝陽人文社會學刊》，第 8 期，2010 年。

39. 彭衛民：〈在「尊德性」與「道問學」之間：清代「漢宋之爭」的內在理路〉，《史學彙刊》，第 25 期，2010 年。

40. 程克雅：〈敖繼公《儀禮集說》駁議鄭注《儀禮》之研究〉，《東華人文學報》，第 2 期，2000 年 7 月。

41. 賀科偉：〈秦漢簡牘官文書收藏管理制度研究〉，《河南科技學院學報》，第 5 期，2014 年 5 月。

42. 路楊：〈厲鶚詩學主張淺論〉，《現代語文（文學研究）》，2010 年 7 期，2010 年 7 月。

43. 楊晉龍：〈「四庫學」研究的反思〉，《中國文哲研究集刊》，第四期，1994 年 3 月。

44. 楊淑華：〈「詩文一理，取徑不同」——姚鼐「以文論詩」觀點整析〉，《臺中師院學報》，第 14 期，2000 年。

45. 楊淑華：〈中國傳統詩選集的「典律」交替：以《古詩選》為探討核心〉，《臺中師院學報》，第 17 卷 2 期，2003 年 12 月。

46. 楊儒賓：〈「性命」怎麼何「天道」相貫通的——理學家對孟子核心概念的改造〉，《杭州師範大學學報（社會科學版）》，2011 卷 5 期，2011 年 9 月。

47. 楊儒賓：〈作為性命之學的經學——理學的經典詮釋〉，《長庚人文社會學報》，第 2 卷第 2 期，2009 年 10 月。

48. 漆永祥：〈乾嘉考據學新論〉，《北京大學學報（哲學社會科學版）》，第 50 卷第 3 期，2013 年 5 月。

49. 熊偉華、張其凡：〈《惜抱軒書錄》與姚鼐的學術傾向〉，《史學月刊》，第 5 期，2007 年。

50. 蔡英俊：〈曹丕「典論論文」析論〉，《中外文學》，第 8 卷第 12 期，1980 年 5 月。

51. 蔡長林：〈乾嘉之際的非原教主義論述——姚鼐《易說》的經學見解〉，《中國文化研究所學報》，第 72 期，2021 年 1 月。

52. 蔡妙真：〈微言與解密——阮籍〈詠懷詩〉引用《春秋》傳的闡解效應〉，《興大中文學報》，第 32 期，2012 年 12 月。

53. 劉杰：〈何謂作者？試以「述而不作」的孔子為例進行分析〉，《圖書資訊學刊》，第 13 卷第 2 期，2015 年 12 月。

54. 劉天琪：〈翁方綱《兩漢金石記》成書考〉，《中華書道》，第 63 期，2009 年 3 月。

55. 劉祥光：〈宋代風水文化的擴展〉，《臺大歷史學報》，第 45 期，2010 年 6 月。

56. 劉祥光：〈宋代的時文刊本與考試文化〉，《臺大文史哲學報》，第 75 期，2011 年 11 月。

57. 鄭永昌：〈評介岸本美緒著《清代中國的物價與經濟變動》〉，《近代史研究所集刊》，第二十八期，1997 年 12 月。

58. 盧坡：〈姚鼐尺牘輯補〉，《古籍整理研究學刊》，第 2 期，2019 年 3 月。

59. 顏智英：〈姚鼐「復魯絜非書」之文學理論〉，《孔孟月刊》，第 29 卷 1 期，1990 年。

十、學位論文

1. 王啟芳：《晚清桐城詩派研究》，濟南：山東大學文學院博士論文，2014 年。

2. 吳微：《桐城文章與新學的興起》，上海：華東師範大學中國語文學系博士論文，2015 年。

3. 吳慧貞：《姚鼐古文義法及文章寫作學》，彰化：國立彰化師範大學國文學系碩士論文，1999 年。

4. 吳惠雯：《晚明傳教士的中國意象——以社會生活的觀察為中心》，臺北：國立臺灣師範大學歷史系碩士學位論文，2004 年。

5. 汪孔豐：《桐城麻溪姚氏家族與桐城派興衰嬗變研究》，上海：上海大學中國語文學系博士論文，2013 年。

6. 李圍圍：《姚鼐《五七言今體詩鈔》研究》，南京：南京師範大學文學院碩士學位論文，2011 年 5 月。

7. 金華珍：《桐城派詩論研究》，臺北：國立臺灣師範大學國文學系博士論文，2006 年。

8. 金鎬：《梅曾亮及其文學研究》，臺北：國立臺灣大學中國文學研究所博士論文，2005 年。

9. 洪博昇：《江聲與王鳴盛《尚書》學之比較研究》，臺北：世新大學中國文學系博士論文，2015 年 7 月。

10. 郝蔚倫：《姚鼐墓誌銘作品研究》，桃園：國立中央大學中國文學系碩士在職專班碩士論文，2009 年。

11. 孫上雯：《湯顯祖尺牘小品研究》，嘉義：國立嘉義大學中國文學系研究所碩士論文，2008 年。

12. 孫淑芳：《世變與風雅——周亮工《尺牘新鈔》編選之研究》，嘉義：國立中正大學中國文學所博士論文，2008 年。

13. 張春榮：《姚惜抱及其文學研究》，臺北：國立臺灣師範大學國文學系博士論文，1988 年。

14. 張迪平：《桐城派美學思想研究》，揚州：揚州大學文學院博士論文，2016 年。

15. 張秀玉：《文人治生與桐城派》，蕪湖：安徽師範大學文學院博士論文，2015 年。

16. 陳美秀：《梅曾亮文論及其在桐城派之地位》，彰化：國立彰化師範大學國文學系碩士論文，2006 年。

17. 陳桂雲：《清代桐城派古文之研究》，臺北：中國文化大學中國文學研究所博士論文，2009 年。

18. 陳實偉：《楊慎《赤牘清裁》研究》，臺南：國立成功大學中國文學系碩士論文，2015 年。

19. 陳春華：《清代書院與桐城文派的傳衍》，蘇州：蘇州大學文學院博士論文，2013 年。

20. 陳鴻麒：《晚明尺牘文學與尺牘小品》，南投：國立暨南國際大學碩士論文，2005 年。

21. 謝嘉文：《「穿戴腳鐐」與「掙脫腳鐐」的舞者之舞——姚鼐《古文辭類纂》與曾國藩《經史百家雜鈔》選文研究》，新竹：國立清華大學中國文學系博士論文，2010 年。

22. 謝敏玲：《韓愈之古文變體研究》，臺北：國立政治大學中國文學系博士學位論文，2006 年。

23. 楊淑玲：《翁方綱肌理說研究》，臺南：國立成功大學中國文學系碩士論文，2002 年 7 月。

24. 黃如焄：《明代詩學精神與神韻傳統》，嘉義：國立中正大學中國文學系博士學位論文，2000 年。

25. 盧坡：《桐城派尺牘研究——以姚鼐與弟子交往為中心》，蕪湖：安徽師範大學文學院博士論文，2015 年。

附錄　《惜抱軒尺牘》中姚鼐書信往來者一覽表

一、此附錄為整理《惜抱軒尺牘》與盧坡〈姚鼐尺牘輯補〉之內容涉及的人物。

二、篇目與頁碼依據盧坡本《惜抱軒尺牘》。

三、人物的排序依據姓氏筆畫。

四、此附錄的資料內容來源有中央研究院歷史語言研究所《人名權威資料查詢》、劉聲木《桐城文學淵源考撰述考》、馬其昶《桐城耆舊傳》、汪孔豐《麻溪姚氏與桐城派的演進》、《麻溪姚氏宗譜》以及盧坡在《桐城派尺牘研究—以姚鼐與弟子交往為中心》第三章第一節的〈姚鼐尺牘交往考〉。

五、受限於時間與蒐集的資料，有部分人物的資料難以考訂，即標注為「待考」。

次序	姓　名	字　　號	朝代 生卒年	籍　貫	著　　述	與姚鼐的關係	篇目與頁碼
1	孔廣森	字：顨軒、眾仲 號：撝約、顨軒	清代 乾隆17年～ 乾隆51年 1752～1786	山東省兗州府 曲阜縣（今：山 東省曲阜縣）	《儀鄭堂文集》 《孔氏顨軒所著 書七種》等	姚鼐的學生孔子第 七十代孫	〈與撝約〉p52 〈題鹿源地圖〉p118、p119
2	孔繼涑	字：信夫 號：谷園葭谷居 士	清代 雍正5年～ 乾隆56年 1727～1791	山東省兗州府 曲阜縣（今：山 東省曲阜縣）	待考	書信中提及孔廣森 之叔父孔繼汾之弟 孔子第六十九代孫 同學於姚鼐	〈與孔某〉p54 〈與陳碩士〉p75、p77
3	方受疇	字：次耕 號：來青	清代 ?～道光2年 ?～1822	安徽省安慶府 桐城縣（今：安 徽省安慶市桐 城縣）	待考	姚鼐的後學方維甸 之堂兄弟	〈補編：與方來青〉p169
4	方昂	字：劬堂、叔駒、 訒庵	清代 乾隆5年～ 嘉慶5年 1740～1800	山東省濟南府 歷城縣（今：山 東省濟南市）	《劬堂詩集》	書信中提及姚鼐的 友人	〈與謝蘊山〉p12 〈與汪稼門〉p16 〈與胡雒君〉p42 〈與陳碩士〉p82、p84
5	方東樹	字：植之 號：儀衛 副墨子	清代 乾隆37年～ 案絡絡氏 咸豐元年 1772～1851	安徽省安慶府 桐城縣（今：安 徽省安慶市桐 城市）	《漢學商兌》等	書信中提及姚鼐的 學生	〈與胡雒君〉p43 〈與陳碩士〉p84、p85、p89、 p90、p91、p95、p101、p102、 p109、p113 〈題鹿源地圖〉p122 〈補編：與馬雨耕〉p176 〈補編：與方植之〉p183

			朝代／生卒	籍貫	著作	書信中提及	出處
6	方苞	字：靈皋、鳳九 號：望溪、望谿	清代 康熙7年～乾隆14年 1668～1749	安徽省安慶府桐城縣（今：安徽省安慶市桐城市）	《望溪先生文集》等	書信中提及劉大櫆之師	〈與管異之〉p67、p68 〈與陳碩士〉p75 〈補編：與張翰宮〉p160 〈補編：與馬雨耕〉p174
7	方維甸	字：南耦、南耜 號：葆巖、葆嚴 謚號：勤襄	清代 乾隆23年～嘉慶20年 1758～1815	安徽省安慶府桐城縣（今：安徽省安慶市桐城市）	《心蘭室稿》	書信中提及姚鼐的友人姚鼐的同鄉	〈與汪稼門〉p20 〈題鹿源地圖〉p119、p123 〈補編：與馬雨耕〉p182
8	方績	字：展卿、青垕 號：牧青	清代 乾隆17年～嘉慶21年 1752～1816	安徽省安慶府桐城縣（今：安徽省安慶市桐城市）	《鶴鳴集》《屈子正音》《牧青詩鈔》《牧青古文》	書信中提及方東樹之父姚景衡之師	〈與胡雒君〉p43 〈補編：與馬雨耕〉p172、p175 〈補編：與方植之〉p183
9	王士禛	字：子真、貽上 號：阮亭、漁洋	明代～清代 崇禎7年～康熙50年 1634～1711	山東承宣布政使司濟南府新城縣（今：山東省桓臺縣新城鎮）	《漁洋詩話》等	書信中提及	〈與管異之〉p66 〈題鹿源地圖〉p121 〈與伯詩從姪孫〉p129 〈補編：與管異之〉p167
10	王引之	字：伯申 號：曼卿、曼生 謚號：文簡	清代 乾隆31年～道光14年 1766～1834	江蘇省揚州府高郵州（今：江蘇省高郵縣）	《尚書訓詁》《春秋名字解詁》等	書信中提及王念孫之子	〈與王懷祖〉p26 〈與陳碩士〉p104
11	王文治	字：禹卿 號：夢樓梁王學士	清代 雍正8年～嘉慶7年 1730～1802	江蘇省鎮江府丹徒縣（今：江蘇省鎮江市）	《夢樓詩集》《柿葉山房集》等	書信中提及姚鼐的友人	〈與魯智之〉p35 〈與陳碩士〉p83、p86、p99 〈與馬魯攷甥〉p140 〈補編：與馬雨耕〉p178

	姓名	字、號	朝代、生卒	籍貫	著作	關係	出處
12	王世貞	字：元美 號：弇州鳳州	明代 嘉靖8年~萬曆21年 1529~1593	南京蘇州府太倉州（今：江蘇省蘇州市太倉市）	《弇州山人四部稿》《藝苑巵言》《弇山堂別集》	書信中提及	〈與張阮林〉p51〈題鹿源地圖〉p120
13	王芑孫	字：念豐、淵波 號：鐵夫、惕夫	清代 雍正13年~嘉慶2年 1735~1797	江蘇省蘇州府長洲縣（今：江蘇省蘇州市）	《淵雅堂集》《讀賦巵言》等	姚鼐的友人	〈與王芑孫〉p33〈與陳碩士〉p80、p94、p100〈題鹿源地圖〉p120、p122
14	王念孫	字：懷祖 號：石渠、石臞	清代 乾隆9年~道光12年 1744~1832	江蘇省揚州府高郵州（今：江蘇省高郵縣）	《廣雅疏證》《讀書雜志》等	姚鼐的友人書信中提及	〈與王懷祖〉p26〈與馬魯成甥〉p139
15	王昶	字：德甫、琴德 號：蘭泉述庵	清代 雍正2年~嘉慶11年 1725~1806	江蘇省松江府青浦縣（今：上海市青浦區）	《金石萃集》《明詞綜》	書信中提及姚鼐的友人錢大昕之友人朱筠之友人	〈與陳碩士〉p85〈題鹿源地圖〉p120（補編：與姚春木）p165、p166
16	王鳳生	字：竹嶼、振軒	清代 乾隆41年~道光14年 1776~1834	江蘇省江寧府江寧縣（今：江蘇省南京市）	《保甲事宜冊》《浙西水利圖說備考》等	姚鼐的後學	（補編：與王竹嶼）p164
17	王翬	字：石谷、耀樵 號：耕煙耕煙散人	明代~清代 崇禎5年~康熙66年 1632~1717	南京蘇州府常熟縣（今：江蘇省常熟縣）	《清暉贈言》《清暉畫拔》	書信中提及	〈復周次立〉p31

序號	姓名	字／號	朝代・生卒	籍貫	著作（待考）	備註	書信出處
18	左墾吾	字：叔固、君胸 號：書華	清代 待考	安徽省安慶府桐城縣（今：安徽省安慶市桐城市）	待考	書信中提及劉大櫆之外孫	〈與胡雉君〉p39、p43 〈補編：與馬雨耕〉p172、p173
19	永恩	字：惠周 別稱：和碩禮烈親王 諡號：恭	清代 《愛新覺羅宗譜》： 雍正5年～嘉慶10年 1727～1805	八旗	無	書信中提及	〈上禮親王〉p7 〈與吳敦如〉p46、p47
20	石韞玉	異名：石韞玉 字：執如、琢如 號：琢堂、竹堂	清代 乾隆21年～道光17年 1756～1837	江蘇省蘇州府吳縣（今：江蘇省蘇州市）	《多識錄》 《讀左卮言》等	書信中提及姚鼐的友人王芑孫之友	〈與王惕甫〉p33
21	伊秉綬	字：組似、組佀 號：秋水、南泉	清代 乾隆19年～嘉慶20年 1754～1815	福建省汀州府寧化縣（今：福建省三明市寧化縣）	《留春草堂詩》 《坊表錄》等	姚鼐的後學	〈補編：與伊墨卿〉p162
22	朱孝純	字：子穎 號：海愚	清代 雍正10年～嘉慶6年 1732～1801	山東省東海縣歷城（今：山東省濟南市歷城區）	《海愚詩鈔》	姚鼐之友書信中提及	〈與吳殿麟〉（盧坡輯補）

編號	姓名	字號	朝代／生卒	籍貫	著作	與姚鼐關係	書信出處
23	朱珪	字：石君 號：南崖盤陀老人 諡號：文正	清代 雍正9年～嘉慶11年 1731～1806	直隸省順天府大興縣（今：北京省直轄市東城區）	《知不足齋詩文集》等	書信中提及姚鼐的友人	〈與人書〉p7 〈與朱石君〉p9 〈與胡雒君〉p42 〈與陳約堂〉p72 〈與伯昂從姪孫〉p130
24	朱筠	字：竹君、竹均、美叔 號：笥河	清代 雍正7年～乾隆46年 1729～1781	直隸省順天府大興縣（今：北京省直轄市東城區）	《笥河集》等	書信中提及姚鼐的友人	〈與人書〉p7 〈題鹿源地圖〉p121
25	朱爾賡額	初名：朱友桂 字：述堂、丹崖 號：白泉	清代 乾隆25年～道光4年 1760～1824	漢軍正紅旗		姚鼐的後學姚鼐友人朱孝純之子	〈補編：與朱白泉〉p163 〈補編：與馬雨耕〉p180
26	江〇〇 盧坡認為叫「江懷」	字或號：懷書	待考	待考	待考	書信中提及張裕釗之女婿	〈與汪稼門〉p18 〈與江懷書〉p48
27	江溶源	異名：江溁源 字：戀莒、岷雨	清代 雍正13年～嘉慶13年 1735～1808	安徽省安慶府懷寧縣（今：安徽省安慶市懷寧縣）等	《介亭文集》《居眼邇言》等	姚鼐的友人	〈補編：與江岷雨〉p159
28	江蘭	字：芳谷 號：畹香	清代 ？～嘉慶12年 ？～1807	安徽省徽州府歙縣（今：安徽省歙縣）		書信中提及	〈與汪稼門〉p14

	氏號				書信中提及	
29	氏號:張 字:菊谿 諡號:文敏	清代 乾隆13年~ 嘉慶21年 1784~1816	漢軍正黃旗	《守意龕集》	書信中提及姚鼐的友人	〈與伯昂詩從姪孫〉p133 〈補編:與百菊谿〉p148 〈補編:與汪稼門〉p168 〈補編:與馬雨耕〉p181
30	何元烺 初名:何道沖 字:伯用、研農 (姚鼐作硯農)	清代 乾隆26年~ 道光3年 1761~1823	山西省霍州靈石縣(今:山西省靈石縣)	待考	書信中提及何思鈞之子何道生之弟	〈與季甎〉p53 〈與何硯農蘭士〉P58
31	何如龍 字:康侯 號:芝岳 諡號:文端	明代 隆慶2年~ 崇禎14年 1568~1641	南京安慶府桐城縣(今:安徽省安慶市桐城市)	《後樂堂集》 《何文端奏疏》	書信中提及姚鼐的同鄉	〈與汪稼門〉p19
32	何思鈞 字:季甎 號:雙溪	清代 雍正13年~ 嘉慶6年 1735~1801	山西省霍州靈石縣(今:山西省靈石縣)		書信中提及姚鼐的友人	〈與胡雉君〉p43 〈與季甎〉p53 〈與何硯農蘭士〉P58 〈與馬魯營成勞〉p139
33	何道生 字:立之、蘭士 號:菊人	清代 乾隆30年~ 嘉慶11年 1766~1806	山西省霍州靈石縣(今:山西省靈石縣)	《雙藤書屋詩集》 《方雪齋詩集》 《試帖詩》	書信中提及何思鈞之子何元烺之兄	〈與季甎〉p53、p54 〈與何硯農蘭士〉P58
34	吳定 字:殿麟 號:澹泉	清代 乾隆9年~ 嘉慶14年 1744~1809	安徽省徽州府歙縣(今:安徽省黃山市歙縣)	《紫石山房文集》 等	書信中提及劉大櫆之學生姚鼐的同門鮑桂星之師	〈與鮑雙五〉p59、p60、p61、p62、p63 〈與陳碩士〉p75 〈補編:與馬雨耕〉p174

		字號	朝代／生卒年	籍貫	著作	與姚鼐關係	尺牘篇目
35	吳定	字：殿麟 號：澹泉	清代 乾隆9年~嘉慶14年 1744~1809	安徽省徽州府歙縣（今：安徽省黃山市歙縣）	《紫石山房文集》等	劉大櫆的弟子鮑桂星之師姚鼐的同門	〈與吳殿麟〉（盧坡輯補）
36	吳孫班	字：子方、伯揩 號：子方	清代待考	安徽省安慶府桐城縣（今：安徽省安慶市桐城市）	《不知不慍齋詩鈔》《不知不慍齋文鈔》《小桃源詩話》	姚鼐的後學鮑桂星之學生吳賡枚之子	〈與吳子方〉p48
37	吳庭輝或吳雲驤	待考	清代待考	安徽省安慶府桐城縣（今：安徽省安慶市桐城市）	待考	吳賡枚之弟	〈與吳敦如〉p47
38	吳貽詠	字：惠連（姚鼐作惠連） 號：種芝	清代待考	安徽省安慶府桐城縣（今：安徽省安慶市桐城市）	《種芝草堂詩文集》《芸暉館詩集》	姚鼐的友人	〈與吳惠連〉p45 〈與吳敦如〉p46、p47 〈補編：與馬雨耕〉p174
39	吳賡枚	字：郭慶（姚鼐作敦如） 號：春麓	清代 乾隆24年~道光5年 1759~1825	安徽省安慶府桐城縣（今：安徽省安慶市桐城市）	《惜陰書屋文集》、《吳御史奏稿》	姚鼐的學生、吳貽詠之子	〈與吳敦如〉p45、p46 〈與吳子方〉p48 〈與陳頌士〉p100、p102
40	吳頤齋	待考	清代待考	待考	待考	姚鼐的親家	〈補編：與吳頤齋〉p170
41	吳鼐	字：山尊、及之 號：南禺山樵、抑庵	清代 乾隆20年~道光1年 1755~1821	安徽省滁州府直隸州全椒縣（今：安徽省全椒縣）	《八家四六文鈔》《吳學士文集》《百尊紅詞》等	姚鼐的後學	〈與汪稼門〉p16 〈與吳山尊〉p28 〈與伯昂從姪孫〉p129、p130 〈補編：與吳山尊〉p162

編號	姓名	稱謂/字號	年代	籍貫	著作	書信中提及	書信篇目
42	呂〇〇	稱謂：太守	清代待考	待考	待考	待考	〈補編：與松湘浦〉p149 〈補編：與張古愚〉p156
43	呂棻	字：幼心	清代待考	江蘇省常州府陽湖縣（今：江蘇省常州市）	待考	桐城縣令	〈補編：與呂幼心〉p152 〈補編：與馬雨耕〉p182
44	汪志伊	字：莘農 號：稼門	清代 乾隆8年～嘉慶23年 1743～1818	安徽省安慶府桐城縣（今：安徽省安慶市桐城市）	《荒政輯要》《汪府齋集》《稼門文集》等	姚鼐的友人姚鼐的同鄉書信中提及	〈與汪稼門〉p13 〈與胡雒君〉p39、p43 〈與陳約堂〉p72 〈與陳碩士〉p90 〈補編：與汪稼門〉p168 〈補編：與張篔世〉p170 〈補編：與馬雨耕〉p178 〈補編：與方植之〉p184
45	汪時滿	待考	待考	待考	待考	王德鉞之子	〈與汪世兄〉p32
46	汪桂	字：鄉林	清代待考	安徽省徽州府婺源縣（今：江西省上饒市婺源縣）	待考	姚鼐的友人	〈與汪鄉林〉p30
47	汪德鉞	字：崇義 號：三樂、銳齋	清代 乾隆13年～嘉慶13年 1748～1808	安徽省安慶府懷寧縣（今：安徽省安慶市懷寧縣）	《周易義例》《銳齋偶筆》等	書信中提及汪時滿之父姚鼐的友人	〈與汪世兄〉p32 〈與張阮林〉p51 〈與陳碩士〉p86、p99、p109 〈補編：與張阮林〉p185

編號	姓名	字號	年代	籍貫	著作	關係	出處
48	沈直夫	待考	清代待考	待考	待考	友人	〈補編：與沈直夫〉p164
49	沈業富	字：既堂、方穀 號：味橙老人	清代 雍正10年～嘉慶12年 1732～1807	江蘇省揚州府高郵州（今：江蘇省高郵縣）	《味鐙齋詩文集》等	姚鼐的友人	〈與既堂〉p21
50	周有聲	字：希甫 號：雲樵、東岡	清代 乾隆13年～嘉慶19年 1749～1814	湖南省長沙府長沙縣（今：湖南省長沙市）	《東岡詩膽》	姚鼐的友人 姚鼐的後學	〈與周希甫〉p55
51	周次立	字：邑候 號：次勳	待考	江蘇省太倉州直隸州寶山縣（今：上海市寶山區）	待考	姚鼐的後學	〈復周次立〉p31 〈補編：與周次立〉p158
52	周興岱	字：冠三、長五 號：東屏	清代 乾隆9年～嘉慶14年 1744～1809	四川省重慶府涪州（今：四川省涪陵縣）	《海山存稿》	書信中提及姚鼐的友人	〈與汪稼門〉p14 〈與周東屏〉P54 〈與鮑雙五〉p60 〈與陳碩士〉p91 〈補編：與馬雨耕〉p172、p173
53	孟生蕙	字：鶴亭、蘭舟	清代待考	山西省太原府太谷縣（今：山西省太谷縣）	《孟蘭舟先生詩文稿》	書信中提及姚鼐的友人與姚鼐同年中進士	〈與張小令〉p22 〈復孟蘭舟〉p22

編號	氏名・字・號	朝代／生卒	籍貫	著作	與姚鼐關係	書信出處
54	松筠 氏名：瑪拉特 字：湘浦 號：百二老人 謚號：文清	清代 乾隆19年～道光15年 1754～1835	蒙古正藍旗	《新疆識略》《綏服紀略》等	姚鼐的友人	〈補編：與松湘浦〉p149
55	林衍源 字：仲驤、中驤 號：慎齋	清代待考	江蘇省蘇州府元和縣（今：江蘇省蘇州市吳縣）	《慎齋詩稿》《慎齋文稿》	書信中提及姚鼐的友人	〈答徐季雅〉p34
56	法武善 異名：烏爾濟法武善、法運昌 字：聞文、開文 號：時帆	清代 乾隆18年～嘉慶18年 1753～1813	蒙古正黃旗	《清秘述聞》《槐廳載筆》《存素堂詩集》等	姚鼐的友人	〈復法梧門〉p8 〈與陳碩士〉p109
57	金榜 字：輔之、蕊中 號：檠齋	清代 雍正13年～嘉慶6年 1735～1801	安徽省徽州府歙縣（今：安徽省歙縣）	《周易考占》《禮箋》《海曲方域小志》	書信中提及劉大櫆之學生	〈與鮑雙五〉p60 〈與吳殿麟〉（盧坡輯補）
58	姚元之 字：伯昂 號：薦青 五不翁 竹葉亭生	清代 乾隆48年～咸豐2年 1783～1852	安徽省安慶府桐城縣（今：安徽省安慶市桐城市）	《竹葉亭雜記》	書信中提及姚鼐的姪孫姚鼐的學生	〈與劉海峰先生〉p6 〈與張阮林〉p50 〈題鹿源地圖〉p124、p126、p127 〈與霞紓姪〉p128 〈與伯昂從姪孫〉p128 〈與石甫姪孫〉p136

編號	姓名	字/號	朝代・生卒年	籍貫	待考	說明	出處
59	姚承恩	字：顗思 號：誼執	清代 乾隆39年～道光3年 1773～1823	安徽省安慶府桐城縣（今：安徽省安慶市桐城市）	待考	書信中提及姚鼐的二弟姚訂之子姚鼐的姪子	〈寄腕咨閣四姑太太〉p141 〈補編：與四妹〉p192
60	姚昭宇	字：亭人	清代 雍正4年～嘉慶3年 1726～1798	安徽省安慶府桐城縣（今：安徽省安慶市桐城市）	待考	姚範的長子姚鼐的從兄	〈補編：與亭人兄〉p190
61	姚原綬	字：霞紆 號：藕房	清代 乾隆19年～嘉慶23年 1754～1818	安徽省安慶府桐城縣（今：安徽省安慶市桐城市）	待考	書信中提及姚鼐之父姚元之的族姪姚鼐的學生	〈與霞紆姪〉p128 〈與伯昂從姪孫〉p131
62	姚師古	字：籀君 號：容安	清代 乾隆41年～道光19年 1776～1839	安徽省安慶府桐城縣（今：安徽省安慶市桐城市）	待考	書信中提及姚鼐的次子	〈與鮑雙五〉p59 〈與陳碩士〉p106 〈與石甫姪孫〉p138 〈補編：與張兼士〉p188 〈補編：與師古兒〉p192
63	姚蓍	字：月樵	清代 嘉慶10年～道光10年 1805～1830	安徽省安慶府桐城縣（今：安徽省安慶市桐城市）	待考	書信中提及姚承恩的姪孫姚承恩之子	〈補編：與四妹〉p191

		字號	年代	籍貫	待考	備註	書信往來
64	姚執雒	字：彥耿 號：耿甫	清代 乾隆50年～道光18年 1786～1838	安徽省安慶府桐城縣（今：安徽省安慶市桐城市）	待考	姚鼐三子過繼給姚鼐從兄姚羲輪書信中提及	〈與胡雒君〉p40、p43、p45 〈與鮑雙五〉p60 〈與陳碩士〉p81、p92、p93、p97、p98、p101、p106、p115 〈題鹿源地圖〉p122、p123、p124、p126 〈與伯昂從姪孫〉p131 〈與石甫姪孫〉p134、p138 〈寄衡兒〉p144 〈補編：與汪稼門〉p168 〈補編：與馬雨耕〉p174、p175、p176、p181 〈補編：與方植之〉p183 〈補編：與張訓卿〉p188 〈補編：與張兼士〉p189 〈補編：與四妹〉p192
65	姚淑	字：季和 號：似樓	清代 ?～乾隆25年 ?～1742	安徽省安慶府桐城縣（今：安徽省安慶市桐城市）	待考	書信中提及姚鼐的父親	〈寄腕谷閣四姑太太〉p143 〈補編：與張芑堂〉p169
66	姚復	待考	清代待考	待考	待考	書信中提及可能是姚鼐的族孫	〈與胡雒君〉p45 〈與石甫姪孫〉p137、p138 〈補編：與馬雨耕〉p171、p174、p176、p177、p178、p179 〈補編：與四妹〉p191

						書信中提及姚鼐的長子
67	姚景衡	初名：姚楨、姚桹、姚持衡 字：根重、振重 號：庚甫	清代 乾隆35年～道光25年 1770～1845	安徽省安慶府桐城縣（今：安徽省安慶市桐城市）	《思復堂文存》 《思復堂詩存》 《楚詞蒙拾》	〈復法梧門〉p8 〈與謝蘊山〉p12 〈與汪稼門〉p14、p15 〈與吳山尊〉p29 〈與胡雒君〉p39、p40、p41、p42、p44 〈與吳敦如〉p46、p48 〈與何季甄〉p53、p54 〈與周希甫〉p56、p57、p58 〈與鮑雙五〉p59、p60、p61、p64、p65 〈與陳紉堂〉p70 〈與陳碩士〉p81、p84、p85、p86、p87、p89、p90、p91、p92、p93、p94、p95、p96、p97、p98、p101、p105、p106、p108、p115 〈題鹿源地圖〉p121、p122、p127 〈與伯昂從姪孫〉p131 〈與石甫姪孫〉p134、p135、p136、p138 〈與馬魯成甥〉p139、p140 〈寄腕容閣四姑大大〉p142、p143

序號	姓名	字號	朝代・生卒	籍貫	著作	與姚鼐關係	書信
68	姚棻	字：香臣 號：鐵松	清代 雍正4年～嘉慶6年 1726～1801	安徽省安慶府桐城縣（今：安徽省安慶市桐城縣）	《鐵松隨筆》《蒙求草》等	書信中提及姚鼐的堂兄姚鼐的同鄉	〈寄衡兒〉p144 〈補編：與百菊谿〉p148 〈補編：與朱白泉〉p163 〈補編：與吳頤齋〉p170 〈補編：與馬雨耕〉p172、p173、p175、p179、p180、p181、p182 〈補編：與方植之〉p184 〈補編：與張虯御〉p186、p187 〈補編：與張兼士〉p188、p189 〈與吳殿麟〉（盧坡輯補） 〈與汪稼門〉P16 〈補編：與馬雨耕〉p174
69	姚樹元	字：春樹	清代 乾隆4年～乾隆59年 1739～1794	安徽省安慶府桐城縣（今：安徽省安慶市桐城市）	待考	書信中提及姚鼐的族弟姚範的五子姚堂的祖父姚瑩之父	〈與既堂〉p21
70	姚椿	字：春木、子壽 號：樗寮生	清代 乾隆42年～咸豐3年 1777～1853	江蘇省松江府婁縣（今：上海市松江直轄市松江縣）	《和陶詩》《晚學齋文錄》等	書信中提及姚鼐的學生	〈與陳碩士〉p113 〈題鹿源地圖〉p120、p121、p122、p123 〈補編：與姚春木〉p165

序號	姓名	字號	朝代	籍貫	著作	書信中提及的關係	書信出處
71	姚鼐		清代待考	待考	待考	書信中提及姚鼐的外甥	〈與胡雒君〉p43
72	姚槐	字：培生	清嘉慶10年～？1805～？	安徽省安慶府桐城縣（今：安徽省安慶市桐城市）	待考	書信中提及姚鼐的孫子姚執雄之子	〈補編：與張兼士〉p188 〈補編：與四妹〉p191
73	姚瑩	字：石甫、明叔 號：東漵、展如	清代乾隆50年～咸豐3年 1785～1853	安徽省安慶府桐城縣（今：安徽省安慶市桐城市）	《中復堂全集》《東槎紀略》等	書信中提及姚範的族孫姚鼐之曾孫姚樹之之孫姚瑩柩子劉元之孫姚瑩聯子、方東樹之女劉開	〈與陳碩士〉p105 〈與伯昂姪從姪孫〉p132 〈與石甫姪孫〉p134 〈補編：與松湘浦〉p149 〈補編：與馬雨耕〉p183
74	姚範	初名：興漾 字：南青、已銅 號：薑塢、石農 襄沙几蓬老人	清代康熙41年～乾隆36年 1702～1771	安徽省安慶府桐城縣（今：安徽省安慶市桐城市）	《援鶉堂筆記》《援鶉堂詩集》《援鶉堂文集》	姚鼐的伯父姚瑩之曾祖父姚樹元之父姚聯祖父之友與寶光鼐之友進祿書信中提及	〈與劉海峰先生〉p6 〈與陳碩士〉p105 〈與伯昂姪從姪孫〉p132 〈與石甫姪孫〉p134、p135
75	姚鼐	字：姬傳、借抱、夢谷 號：借翁	清代雍正9年～嘉慶20年 1731～1815	安徽省安慶府桐城縣（今：安徽省安慶市桐城市）	《九經說》《惜抱軒詩文集》、《惜抱軒全集》、《五七言今體詩鈔》、《古文辭類纂》等。		全篇〈借翁遺囑〉p143
76	姚憲	字：印彥、彥印 號：問漪	待考	安徽省安慶府桐城縣（今：安徽省安慶市桐城市）	《問漪存稿》	書信中提及姚範之孫姚昭昀字孫鼐的姪子姚鼐的學生	〈與胡雒君〉p41 〈與周希甫〉p56

序號	姓名	字號	朝代	籍貫	著作	關係	書信篇目
77	姚興潔	字：香南（姚鼐）作香楠、濂溪　號：香南姚辰沅	清代待考	安徽省安慶府桐城縣（今：安徽省安慶市桐城市）	待考	姚鼐的遠親叔叔	〈補編：與香楠叔〉p189
78	姚譜	待考	清代待考	待考	待考	書信中提及姚鼐的族孫	〈寄腕谷閣四姑大夫〉p142
79	姚鵽	字：裏緯　號：雲浦、醒菴	清代 乾隆29年～道光2年 1764～1822	安徽省安慶府桐城縣（今：安徽省安慶市桐城市）	待考	書信中提及姚鼐的姪子姚瑩之父姚瑩元之長子姚範之孫	〈與胡雛君〉p39、p40 〈與石甫姪孫〉p134、p135
80	姚觀	待考	清代待考	安徽省安慶府桐城縣（今：安徽省安慶市桐城市）	待考	書信中提及姚鼐的族兄	〈與胡雛君〉p40、p43 〈與陳碩士〉p81、p101 〈題鹿源地圖〉p122 〈與石甫姪孫〉p134、p135 〈寄腕谷閣四姑大夫〉p142 〈補編：與馬雨耕〉p175 〈補編：與方植之〉p183 〈補編：與張卯御〉p187 〈補編：與四妹〉p191 〈與吳殿麟〉（盧坡輯補）
81	昭槤	字：汲修　號：汲修主人、檀樽主人	清代 乾隆41年～道光9年 1766～1829	八旗	《律呂元音》《嘯亭雜錄》《嘯亭續錄》等	姚鼐的友人	〈上禮親王〉p7 〈補編：上禮親王〉p147

姚鼐《惜抱軒尺牘》文學研究

		字／號	朝代・生卒	籍貫	著作	與姚鼐關係	尺牘出處
82	紀昀	字：曉嵐、春帆 號：石雲觀奕道人	清代 雍正2年～嘉慶10年 1724～1805	直隸省河間府獻縣（今：河北省獻縣）	《閱微草堂筆記》等	姚鼐的同事	〈與人書〉p7 〈與胡雒君〉p44
83	胡克家	字：占蒙、果泉 號：果泉	清代 乾隆22年～嘉慶22年 1757～1816	江西省饒州府鄱陽縣（今：江西省上饒市鄱陽縣）	《文選考異》	姚鼐的友人	〈補編：與胡果泉〉p150
84	胡虔	字：雒君 號：楓原	清代 乾隆18年～嘉慶9年 1753～1804	安徽省安慶府桐城縣（今：安徽省安慶市桐城市）	《柿葉軒筆記》《識學錄》等	書信中提及姚鼐的同鄉學生曾在翁方綱、畢沅、謝啟昆等人幕府門下	〈與謝蘊山〉p10、p11、p12 〈與汪稼門〉p14 〈與秦小峴〉p27 〈與張怪齋〉p34 〈與胡雒君〉p38 〈與陳碩士〉p82、p86、p87 〈補編：與吳頤齋〉p170 〈補編：與馬雨耕〉p174、p179
85	唐仲冕	字：六枳、陶山 號：六枳、陶山	清代 乾隆18年～道光7年 1753～1827	湖南省長沙府善化縣（今：湖南省長沙市）	《陶山詩錄》《岱覽》《露蟬吟詞鈔》等	姚鼐的友人	〈與唐陶山〉p32 〈補編：與唐陶山〉p158
86	徐穎	字：季雅	清代待考	江蘇省蘇州府長洲縣（今：江蘇省蘇州市）		姚鼐的友人	〈答徐季雅〉p34

序號	姓名	字號	朝代	籍貫	著作	與姚鼐關係	書信出處
87	徐鎬或徐鍠	待考	清代待考	待考	待考	徐端之子	〈補編：與徐世兄〉p155
88	秦瀛	字：凌滄 號：小峴、遂庵、遂葊	清代 乾隆8年～道光1年 1743～1821	江蘇省常州府無錫縣（今：江蘇省無錫市）	《小峴山人集》《己未詞科錄》等	姚鼐的友人書信中提及	〈與秦小峴〉p27、〈與胡雒君〉p38、p39、p41、p42、〈與陳碩士〉p97、p99、p100、p102、〈補編：與秦小峴〉p154
89	翁方綱	字：正三、正山、忠敘 號：彝齋、覃溪、蘇齋	清代 雍正11年～嘉慶23年 1733～1818	直隸省順天府大興縣（今：北京市東城區）	《經義考補正》《禮經目次》《復初齋文集》《復初齋詩集》《石洲詩話》等	書信中提及姚鼐的友人	〈與人書〉p7、〈復法梧門〉p9、〈與翁覃谿〉p26、〈與胡雒君〉p38、〈與陳碩士〉p89、p101、〈題鹿源地圖〉p117、p119、p120、p121
90	袁枚	字：簡齋、子才 號：隨園老人、倉園居士	清代 康熙55年～嘉慶2年 1716～1797	浙江省杭州府錢塘縣（今：浙江省杭州市）	《小倉山房師文集》《隨園詩話》等	書信中提及姚鼐的友人	〈與鮑雙五〉p59、〈與陳碩士〉p75、p76、p77、p79、p81、p82、p84、p85、p97、p99、〈題鹿源地圖〉p121、〈補編：與馬雨耕〉p174、p178
91	袁樹	字：豆村 號：香亭	清代 雍正八年～？ 1730～？	浙江省杭州府錢塘縣（今：浙江省杭州市）	《墨林居畫》等	袁枚之弟	〈與袁樹〉（盧坡輯補）

92	馬宗槤	異名：馬宗梿 字：器之、魯陳	清代 ？～嘉慶7年 ？～1802	安徽省安慶府桐城縣（今：安徽省安慶市桐城市）	《左氏補注》《毛鄭詩詁訓考證》《嶺南詩鈔》《校經堂詩鈔》	書信中提及姚鼐的外甥姚鼐的學生馬生馬嗣絑之子馬婉容閣四姑太太之子	〈與朱石君〉p9 〈與胡雒君〉p42、p44 〈與鮑雙五〉p64 〈與陳碩士〉p89、p95 〈與馬魯成拐〉p139 〈補編：與吳頤齋〉p170 〈補編：與馬雨耕〉p178、p179
93	馬春田	字：晴田 號：雨耕（姚鼐作雨畊）	清代 乾隆元年～？ 1736～？	安徽省安慶府桐城縣（今：安徽省安慶市桐城市）	《乃亭詩集》	書信中提及姚鼐的學生姚鼐的表弟	〈與胡雒君〉p44 〈復馬雨畊〉p51 〈寄婉容閣四姑太太〉p142 〈補編：與馬雨耕〉p171 〈補編：與張虯卿〉p188
94	馬嗣絑	字：儀頤	清代待考	待考	待考	書信中提及姚鼐的妹婿婉容閣四姑太太之夫馬宗璉之父馬端辰之祖父	〈寄婉容閣四姑太太〉p142、p143 〈補編：與馬雨耕〉p179 〈補編：與馬四妹〉p191、p192
95	馬端辰	異名：馬瑞辰、馬元端 字：元伯、獻生	清代 乾隆47年～咸豐3年 1782～1853	安徽省安慶府桐城縣（今：安徽省安慶市桐城市）	《毛詩傳箋通釋》	書信中提及馬宗槤之子	〈與陳碩士〉p107、p109、p114 〈寄婉容閣四姑太太〉p142、p143 〈補編：與馬雨耕〉p178

	字／號	時代、生卒年	籍貫	著作	與姚鼐關係	書信出處
96	康基田 字：茂園、仲耕	清代 雍正12年～嘉慶18年 1732～1813	山西省太原府興縣（今：山西省興縣）	《晉乘蒐略》《茂園自撰年譜》	姚鼐的友人	〈與康茂園〉p23 〈與陳碩士〉p100 〈補編：與康茂園〉p153
97	張士元 字：翰宣 號：鱸江	清代 乾隆20年～道光4年 1755～1824	江蘇省蘇州府震澤縣（今：江蘇省蘇州市吳江縣震澤鎮）	《嘉樹山房集》	姚鼐的後學王苔孫、陳用光之孫、秦瀛、陳用光之友人	〈補編：與張翰宣〉p160
98	張元賡 字：石傅 號：虬御、虯御	清代待考	安徽省安慶府桐城縣（今：安徽省安慶市桐城市）	《正韻篆字校》	書信中提及姚鼐的學生姚鼐的外甥	〈與胡雒君〉p44、p45 〈補編：與馬雨耕〉p179 〈補編：與張虬御〉p186
99	張廷玉 字：衡臣 號：硯齋、研齋	清代 康熙11年～乾隆20年 1672～1755	安徽省安慶府桐城縣（今：安徽省安慶市桐城市）	《澄懷園全集》奉敕撰《明史》	書信中提及姚鼐的同鄉	〈與謝蘊山〉p12
100	張炯 字：惺齋、季和	清代待考	安徽省寧國府宣城縣（今：安徽省宣城縣）	《達孝通經論》《池上草堂詩集》等	姚鼐的友人	〈與張惺齋〉p34 〈與胡雒君〉p40 〈與陳碩士〉p98 〈補編：與馬雨耕〉p174
101	張若靄 異名：張若藹 字：晴嵐、景采 號：鍊雪道人	清代 康熙50／54年～乾隆11年 1711／1715～1746	安徽省安慶府桐城縣（今：安徽省安慶市桐城市）	《晴嵐詩存》《西清紀事》等	書信中提及姚鼐的友人姚鼐的同鄉	〈與謝蘊山〉p12

		字	清代待考		姚鼐的友人	
102	張梧岡	字：得鳳、德鳳	清代待考	湖南省安化縣（今：湖南省益陽市安化縣）	姚鼐的友人	〈與張梧岡〉p35
103	張敦仁	字：古愚、古餘	清代 乾隆 19 年～ 道光 14 年 1754～1834	山西省澤州府（今：山西省陽城縣）	《撫州本禮記鄭注考異》《求一算術》等	〈與鮑雙五〉p66 〈補編：與張古愚〉p156 書信中提及姚鼐的友人
104	張敦均	字：仲絜 號：二聞	清代 乾隆 2 年～ ？ 1737～？	江蘇省蘇州府常熟縣（今：江蘇省常熟縣）	待考	〈與汪稼門〉p19 書信中提及蘇去疾的親家
105	張曾大	字：寧世	清代待考	安徽省安慶府桐城縣（今：安徽省安慶市桐城市）	待考	〈與胡雒君〉p39、p40 〈補編：與張寧世〉p170 書信中提及
106	張曾揚	字：譽長 號：稱軒	清代待考	安徽省安慶府桐城縣（今：安徽省安慶市桐城市）	待考	〈與張稱軒〉p49 張廷瑑之孫
107	張曾獻	字：小令 號：未齋	清代 乾隆 19 年～ 道光 19 年 1754～1839	安徽省安慶府桐城縣（今：安徽省安慶市桐城市）	《未齋詩存》《未齋詩集》	〈與張小令〉p22 〈與陳碩士〉p111 姚鼐的友人的同鄉書信中提及

	姓名	字號	朝代·生卒年	籍貫	著作	關係	書信出處
108	張絟釪	字：鐵船、文牧 幼名：□ 號：樊川	清代 康熙47年～？ 1708～？	安徽省安慶府桐城縣（今：安徽省安慶市桐城市）	《野蘭園詩古文集》等	書信中提及姚鼐的友人	〈與汪稼門〉p16 〈與汪稼門〉p17、p18、p40、p43、p44 〈與孔撝約〉p52 〈補編：與馬雨耕〉p175
109	張燕昌	字：芑堂 號：文魚、金粟 金粟山人	清代 乾隆3年～嘉慶19年 1738～1814	浙江承宣布政使司杭嘉湖道嘉興府海鹽縣（今：浙江省嘉興市海鹽縣）	《金石契》《飛白書錄》《石鼓文存》	姚鼐的友人	〈補編：與芑堂〉p169
110	張聰咸	字：阮林 號：傅巖	清代 乾隆48年～嘉慶19年 1783～1814	安徽省安慶府桐城縣（今：安徽省安慶市桐城市）	《左傳杜注辨證》《經史質疑錄》	姚鼐的學生 書信中提及張英之五世孫	〈與張阮林〉p49 〈與劉明東〉p65、p66 〈題鹿源地圖〉p124 〈與伯昂從姪孫〉p133 〈補編：與張阮林〉p185
111	張聰思	字：兼士	清代待考	安徽省安慶府桐城縣（今：安徽省安慶市桐城市）	待考	書信中提及姚鼐的外甥張聰賢之兄弟	〈與石甫姪孫〉p138 〈寄腕容閣四姑太太〉p143 〈補編：與松湘浦〉p149 〈補編：與馬雨耕〉p173 〈補編：與張兼士〉p188
112	梅曾亮	初名：梅函蔭 字：伯言、柏峴、葛君	清代 乾隆51年～咸豐6年 1786～1856	江蘇省江寧府上元縣（今：江蘇省南京市）	《柏峴山房文集》《古文詞略》等	姚鼐的學生書信中提及	〈與吳山尊〉p29 〈與陳碩士〉p96

序號	姓名	字號	朝代／生卒	籍貫	著作	書信關係	尺牘篇目
113	梅瑴成	字：玉汝 號：循齋、柳下居士 諡號：文穆	清代 康熙20年～乾隆28年 1681～1763	安徽省寧國府宣城縣（今：安徽省宣城市宣州區）	《御製天文樂律算法諸書》等	書信中提及梅曾亮之曾祖父	〈與吳山尊〉p29〈與陳碩士〉p96
114	畢沅	字：湘衡 號：秋帆、秋颿 弇山	清代 雍正8年～嘉慶2年 1730～1797	江蘇省蘇州府鎮洋縣（今：江蘇省蘇州市太倉市）	《經訓堂集》等	書信中提及姚鼐的友人	〈與胡雒君〉p38
115	章學誠	初名：章文斅 字：實齋 號：少巖	清代 乾隆3年～嘉慶6年 1729～1801	浙江省紹興府會稽縣（今：浙江省紹興市越城區）	《文史通義》《史籍考》《湖北通志》等	書信中提及其師及其師朱筠為姚鼐友人	〈與謝蘊山〉p11 〈與胡雒君〉p38
116	許宗彥	初名：許慶宗 字：積卿、固卿 號：周生	清代 乾隆33年～嘉慶23年 1768～1819	浙江省湖州府德清縣（今：浙江省湖州市德清縣）	《鑑止水齋集》	姚鼐的友人	〈補編：與許周生〉p160
117	郭麐	字：祥伯、復翁 號：頻卿、頻伽、頻迦、蘧庵	清代 乾隆32年～道光11年 1767～1831	江蘇省蘇州府吳江縣（今：江蘇省吳江縣）	《金石例補》《靈芬館詩話》《蘅夢詞》等	書信中提及姚鼐的通家世交	〈與汪稼門〉p13 〈補編：與馬雨耕〉p174、p178
118	陳用光	字：碩士、碩輔 號：太乙舟、實思、定香亭、石士、瘦石、觀弟	清代 乾隆33年～道光15年 1768～1835	江西省建昌府新城縣（今：江西省撫州市黎川縣）	《太乙舟文集》等	書信中提及姚鼐的學生	〈與劉海峰先生〉p6 〈與朱石君〉p10 〈與汪稼門〉p15 〈與王懷祖〉p26

| 119 | 陳守貽 | 字：仲牧
號：約堂 | 清代
雍正 9 年～
嘉慶 18 年
1731～1808 | 江西省建昌府
新城縣（今：江
西省黎川縣） | 待考 | 陳用光之父陳道之
次子 | 〈與翁覃谿〉p27
〈與魯山木〉p28
〈與張梧岡〉p35
〈與魯賓之〉p36
〈與胡雒君〉p41、p42、p43、
p44
〈與周希甫〉p58
〈與陳約堂〉p70、p71、p73
〈與陳碩士〉p75
〈題鹿源地圖〉p116
〈與馬魯成撝〉p140
〈補編：與楊伯翰〉p155
〈補編：與陳石士兄弟〉p166
〈補編：與方植之〉p183
〈補編：與張訓御〉p186
〈與陳松〉（盧坡輯補）
〈與吳殿麟〉（盧坡輯補） |
| 120 | 陳守譽 | 字：季章、蓟莊
號：果堂 | 清代
乾隆 13 年～
嘉慶 23 年
1748～1818 | 江西省建昌府
新城縣（今：江
西省黎川縣） | 待考 | 陳用光之叔叔陳道
之五子陳守貽之弟 | 〈與陳約堂〉p70
〈與陳碩士〉p76、p77、p78、
p80、p83、p87、p89、p90、
p112、p113
〈補編：與陳石士兄弟〉p166
〈與陳果堂〉p73
〈與陳碩士〉p93
〈題鹿源地圖〉p119 |

序號	姓名	字號	年代	籍貫	著作	與姚鼐關係	篇目
121	陳希曾	字：集正、雪香 號：鍾溪、鍾豁	清代 乾隆 31 年～嘉慶 21 年 1766～1816	江西省建昌府新城縣（今：江西省黎川縣）	《奉使集》	陳用光之堂姪 陳守豁之姪孫孫 陳希魯九峯之學生	〈復陳鍾豁〉p74、〈與陳碩士〉p107、p110、p111、〈題鹿源地圖〉p123、p124、p125
122	陳希頤	字：蓮舫	清代待考	江西省建昌府新城縣（今：江西省黎川縣）	待考	陳用光之堂姪 陳守豁之姪孫 陳希曾之堂兄弟	〈與陳蓮舫〉p75、〈題鹿源地圖〉p122
123	陳奉兹	字：時若 號：東浦	清代 雍正 4 年～嘉慶 4 年 1726～1799	江西省九江府德化縣（今：江西省九江市）	《郁批堂集》	書信中提及姚鼐的友人	〈與汪稼門〉p15、〈與胡雒君〉p42、〈與陳約堂〉p72、〈與陳碩士〉p80、p81、p83、p85、〈補編：與馬雨耕〉p173、p174、p176、p177
124	陳松	字：秋麓	待考	江西省饒州府鄱陽縣（今：江西省上饒市鄱陽湖）	待考		〈與陳松〉（盧坡輯補）
125	陳斌	字：陶林 號：白雲	清代待考	浙江省湖州府德清縣（今：浙江省湖州市德清縣）	待考	姚鼐的後學	〈補編：與陳白雲〉p159

	姓名	字號	朝代／年代	籍貫	著作	關係	書信
126	陳道	字：紹孔、紹洙 號：凝齋	清代 康熙46年～乾隆25年 1707～1760	江西省建昌府新城縣（今：江西省黎川縣）	待考	書信中提及、陳用光之祖父、陳守貽之父、陳守譽之父、陳希曾祖父、陳希頤之曾祖父	〈與陳約堂〉p72 〈與陳頤士〉p77 〈題鹿源地圖〉p127
127	陳預	字：立凡、笠帆 號：笠驪	清代 ？～道光3年 ？～1823	直隸省順天府宛平縣（今：北京市西城區興華胡同）	待考	姚鼐的友人	〈補編：與陳笠驪〉p153 〈補編：與香楠叔〉p189
128	陳維崧	異名：陳維嵩 字：其年、迦陵 別稱：陳髯、江左鳳凰	明～清 天啟5/6～康熙21年 1625/1626～1682	南直隸常州府宜興縣（今：江蘇省無錫市宜興市）	《四六文集》《湖海樓集》《迦陵集》等	書信中提及	〈補編：與香春木〉p165
129	陳蘭瑞	字：小石、易庭 號：小石	清代 乾隆53年～道光3年 1788～1823	江西省建昌府新城縣（今：江西省黎川縣）	《觀象居詩鈔》	書信中提及陳用光之長子	〈與陳頤士〉p101
130	陳鱣	字：仲魚 號：簡莊、河莊	清代 乾隆15年榮祥絡氏 嘉慶22年 1753～1817	浙江省杭州府海寧縣（今：浙江省海寧縣）	《論語古訓》《簡莊文鈔》《陳仲魚文集》等	姚鼐的友人書信中提及	〈與胡雒君〉p42

序號	姓名	字號	朝代／生卒年	籍貫	著作	與姚鼐關係	出處
131	陸錫熊	字：耳山、健男 號：錫榮、篁村 淞南老人	清代 雍正 12 年～乾隆 57 年 1734～1792	江蘇松江府上海縣（今：上海直轄市舊城區）	《寶奎堂集》《篁村詩集》等	姚鼐的同事	〈與人書〉p7 〈與伯昂從姪孫〉p132
132	惠棟	字：定宇 號：松厓 號：小紅豆先生	清代 康熙 36 年～乾隆 23 年 1697～1758	江蘇省蘇州府吳縣（今：江蘇省蘇州市）	《後漢書補注》《九經古義》《九曜齋筆記》	書信中提及	〈與張阮林〉p50 〈與陳碩士〉p77
133	惲敬	字：子居 號：簡堂	清代 乾隆 22 年～嘉慶 22 年/道光元年 1757～1817/1821	江蘇省常州府陽湖縣（今：江蘇省常州市）	《大雲山房文集》《大雲山房雜記》等	書信中提及姚鼐的後學	〈題鹿源地圖〉p117、p120 補編：與惲子居〉p161 補編：與姚春木〉p166
134	程晉芳	初名：程志鑰、程廷璜 字：魚門 號：桂宦、蕺園	清代 康熙 57 年～乾隆 49 年 1718～1784	江蘇省揚州府江都縣（今：江蘇省揚州市）	《勉行堂文集》《勉行堂詩集》《蕺園詩》等	書信中提及姚鼐的友人	〈與人書〉p7 〈與汪稼門〉p15 〈與周東屏〉P55 〈與伯昂從姪孫〉p132 補編：與錢忽堂〉p156 補編：與張阮林〉p185、p186
135	楊䓤	字：春圃、少暇	清代 乾隆 16 年～道光 13 年 1751～1833	江西省撫州府金谿縣（今：江西省金谿縣）	《少暇家訓》《雲濤山房文集》《雲濤山房詩集》	書信中提及姚鼐的友人楊懷之弟	〈與楊柏谿〉p23 〈與楊春圃〉p24

	姓名	字/號	朝代及生卒年	籍貫	著作	與姚鼐之關係	書信
136	楊懋	字：邁功、柏溪	清代 乾隆9年～道光8年 1744～1828	江西省撫州府金谿縣（今：江西省金谿縣）	《奏議稿》《柏溪詩古文鈔》	書信中提及姚鼐的友人楊誠之兄	〈與楊柏谿〉p23 〈與楊春圃〉p25 〈與陳鎮士〉p107 〈與石甫姪孫〉p136 〈補編：與楊伯谿〉p155
137	婉容閣四姑太太	待考	清代 乾隆元年～？ 1736～？	安徽省安慶府桐城縣（今：安徽省安慶市桐城市）	待考	姚鼐的四妹馬嗣絓之妻馬宗蓮之母	〈復馬雨畊〉p51 〈寄婉容閣四姑太太〉p141 〈補編：與四妹〉p191
138	葉紹本	字：立人、仁甫 號：筠潭、筠甫	清代待考 《清代人物生卒年表》定為乾隆33年～道光21年 1768～1841	浙江省湖州府歸安縣（今：浙江省湖州市）	《白鶴山房詩鈔》	姚鼐的友人	〈復葉芸潭〉p29 〈題鹿源地圖〉p122
139	董桂敷	字：宗邠、小楂 號：小楂、筱楗	清代 約乾隆40年～咸豐4年 約1775～1854	安徽省徽州府黟源縣（今：江西省上饒市婺源縣）	《十三經管見》《諸史蠡測》	姚鼐的友人	〈與董筱楗〉p31 〈補編：與四妹〉p192
140	賈聲槐	字：閣閭 號：直方、良山、良庭	清代 乾隆33年～？ 1768～？	山東省武定府樂陵縣（今：山東省德州市樂陵市）	《良山文集》等	姚鼐的友人	〈復賈良山〉p30
141	熊子升	待考	清代待考	待考	待考	熊寶泰之子	〈補編：與熊子升〉p157

	姓名	字號	朝代/生卒	籍貫	著作	與姚鼐關係	書信
142	熊寶泰	字：善惟、芸楣	清代 乾隆7年～嘉慶21年 1742～1816	安徽省安慶府潛山縣（今：安徽省安慶市潛山市）	《稱頤類稿》《稱頤詩文集》等	姚鼐的友人熊子升之父	〈補編：與能籍頤〉p157
143	管同	字：異之 號：育齋	清代 乾隆45年～道光11年 1780～1831	江蘇省江寧府上元縣（今：江蘇省南京市）	《因寄軒文初集》《因寄軒文二集》《七經紀聞》等	姚鼐的學生書信中提及	〈與吳山夥〉p29 〈與張阮林〉p51 〈與鮑雙五〉p61、p62 〈與管異之〉p66 〈與陳碩士〉p96、p99 〈補編：與管異之〉p167
144	趙慎畛	異名：趙慎彰 字：遵路、篷樓 笛樓 號：呫瞻、蓼生	清代 乾隆27年～道光6年 1762～1826	湖南省常德府武陵縣（今：湖南省常德市）	《從政錄》《載筆錄》《榆巢雜識》《省當室續筆》等	姚鼐的友人	〈復趙篷樓〉p20 〈與石甫姪孫〉p137、p138
145	齊彥槐	字：夢樹、梅麓、蔭三 號：電畫黐漁 電畫溪漁	清代 乾隆39年～道光21年 1744～1841	安徽省徽州府婺源縣（今：江西省上饒市婺源縣）	《天籟淺說》《中星儀說》《梅麓詩文集》等	書信中提及姚鼐的友人	〈與汪鄉林〉p30 〈與董筱槎〉p31 〈與齊梅麓〉p32 〈與陳碩士〉p109 〈補編：與齊梅麓〉p164
146	劉大櫆	字：才甫、耕南 號：才父、海峰	清代 康熙37年～乾隆44年 1698～1779	安徽省安慶府桐城縣（今：安徽省銅陵市樅陽縣）	《海峰文集》、《海峰詩集》、《論文偶記》、《歷朝詩約選》等。	姚鼐的老師	〈與劉海峰先生〉p5 〈與伯昂從姪孫〉p132 〈與吳殿麟〉（盧坡輯補）

編號	姓名	字號	時代／生卒	籍貫	著作	關係	書信
147	劉開	字：明東、方來 號：孟塗、孟塗	清代 乾隆49年～道光4年 1784～1824	安徽省安慶府桐城縣（今：安徽省安慶市桐城市）	《孟塗詩文集》等	書信中提及姚鼐的學生	〈與胡雒君〉p43 〈與劉明東〉p65 〈與陳蓮舫〉p75 〈與陳碩士〉p93、p95、p101、p109 〈題琵琶源地圖〉p122、p123 〈與石甫姪孫〉p139 〈補編：與張古愚〉p156
148	厲鶚	字：太鴻、大鴻 號：樊榭、樊樹	清代 康熙31年～乾隆18年 1692～1753	浙江省杭州府錢塘縣（今：浙江省杭州市）	《迎鑾新曲》《樊榭山房集》等	書信中提及	〈與鮑雙五〉p59
149	慶保	氏號：章佳 字：佑之 號：蕉園	清代 乾隆24年～道光13年 1759～1833	滿州鑲黃旗	《蘭雪堂集》	姚鼐的後學尹繼善之子	〈補編：與慶蕉園〉p154
150	潘北奇	字：韞輝、蘊輝	清代待考	待考	待考	書信中提及姚鼐的女婿	〈與周希甫〉p57 〈補編：與馬雨耕〉p177 〈補編：與方植之〉p183 〈補編：與張兼士〉p188
151	魯九皋	初名：魯仕驤 字：九皋、絜非 號：樂廬、翠嚴	清代 雍正10年～乾隆59年 1732～1794	江西省建昌府新城縣（今：江西省撫州市黎川縣）	《山木居士集》《周易讀本》	姚鼐的友人陳用光之舅魯嗣光之父魯絜之兄書信中提及	〈與魯山木〉p28 〈與魯絜之〉p35 〈與陳碩士〉p77、p79、p82、p83、p86、p87、p93、p97

152	魯嗣光	字：習之，韓門	清代 乾隆30年～嘉慶4年 1768～1799	江西省建昌府新城縣（今：江西省黎川縣）	《魯習之文鈔》	姚鼐的學生魯九皋之子陳用光之表弟	〈與魯習之〉p35 〈與胡雒君〉p38 〈與陳碩士〉p86、p87
153	魯繶	字：賓之 號：靜生	清代待考	江西省建昌府新城縣（今：江西省黎川縣）	《魯賓之文鈔》	姚鼐的友人魯九皋之弟陳用光的從舅	〈與魯賓之〉p36 〈與陳碩士〉p78、p102 〈題琵源地圖〉p117、p124
154	錢大昕	字：曉徵、及之、晦之 號：莘楣、竹汀	清代 雍正6年～嘉慶9年 1728～1804	江蘇省大倉州隸嘉定縣（今：上海直轄市嘉定縣）	《潛研堂文集》等	書信中提及姚鼐的友人	〈復法梧門〉p9 〈與鮑雙五〉p64 〈與劉明東〉p65 〈與陳碩士〉p81、p82、p85、p110
155	錢大昭	字：晦之、宏嗣 號：可廬	清代 乾隆9年～嘉慶18年 1744～1813	江蘇省大倉州隸嘉定縣（今：上海直轄市嘉定縣）	《爾雅釋文補》《廣雅疏證》等	姚鼐的友人書信中提及錢大昕之弟	〈與胡雒君〉p42
156	錢有序	字：恕唐	清代待考	待考	待考	姚鼐的友人	〈補編：與錢恕堂〉p156
157	錢謙益	字：受之 號：牧齋、東澗老人	明代～清代 萬曆10年～康熙3年 1582～1664	南京蘇州府常熟縣（今：江蘇省常熟縣）	《初學集》《有學集》《投筆集》等	書信中提及	〈與管異之〉p67、p69 〈題琵源地圖〉p120

	姓名	字、號	年代	籍貫	著作	關係	書信
153	錢灃	字：東注、約甫 號：南園 別稱：南園先生、介石生	清代 乾隆5年～乾隆60年 1740～1795	雲南省雲南府昆明縣（今：雲南省昆明市五華區）	《南園集》《南園詩存》《錢南園遺集》	書信中提及姚鼐的友人	〈復趙蓉樓〉p20
159	閻若璩	字：百詩、瑒汶 號：潛邱居士	明代～清代 崇禎9年～康熙43年 1636～1704	山西承宣布政使司太原府大原縣（今：山西省太原縣）	《閻氏雜金》《古文尚書疏證》等	書信中提及	〈與管異之〉p67 〈與陳碩士〉p88
160	鮑倚樓	待考	清代待考	安徽省徽州府歙縣（今：安徽省歙縣）	待考	書信中提及、鮑桂星之祖父	〈與鮑雙五〉p59
161	鮑桂星	字：雙五 號：覺生、琴舫、雙湖	清代 乾隆29年～道光5/6年 1764～1825/1826	安徽省徽州府歙縣（今：安徽省歙縣）	《覺生初稿》《覺生古文》《覺生詩鈔》等	書信中提及姚鼐的學生與吳蕭、吳廣枚、汪桂同科進榜的	〈與吳敦如〉p45 〈與鮑雙五〉p58 〈與管異之〉p67 〈與陳碩士〉p86、p87、p89 〈題鹿源地圖〉p124 〈與伯昂從姪孫〉p129 〈與吳殿麟〉（盧坡輯補）
162	謝啟昆	字：良璧、蘊山 號：蘇潭	清代 乾隆2年～嘉慶7年 1737～1802	江西省南安府南康縣（今：江西省贛州市南康市）	《西魏書》《補經義考》《嘉慶廣西通志》《樹經堂集》等	書信中提及姚鼐的友人	〈復汪梧門〉p9 〈與謝蘊山〉p10 〈與胡雒君〉p38、p40、p41、p42、p44、p45 〈與陳碩士〉p86、p87 〈補編：與馬雨耕〉p179

163	譚光祥	字：君農、蘭楣 號：退齋	清代 乾隆41年～道光3年 1776～1823	江西省建昌府南豐縣（今：江西省南豐縣）	《知退齋詩》等	姚鼐的友人	〈與譚蘭楣〉p36 〈與陳碩士〉p107、p108、p109、p110 〈與譚蘭楣〉p36
164	譚尚忠	字：因夏、古愚 號：會文、蓴亭	清代 雍正2年～嘉慶2年 1724～1797	江西省建昌府南豐縣（今：江西省南豐縣）	《紉芳齋吉集》	譚光祥之父	〈與譚蘭楣〉p36
165	嚴修	字：半愚	清代待考	待考	待考	姚鼐的友人	〈補編：與嚴半愚〉p159
166	竇光鼐	字：元調 號：東皋 別稱：東皋先生	清代 康熙59年～乾隆60年 1720～1795	山東省青州府諸城縣（今：山東省諸城縣）	《省吾齋詩文集》等	書信中提及與姚範同科進榜	〈與朱石君〉p9
167	蘇去疾	字：顯之、勵之 姚鼐稱其「蘇園仲」	清代 雍正6年～嘉慶10年 1728～1805	江南省蘇州府常熟縣（今：江蘇省常熟縣）	《涉藝園集》等	書信中提及姚鼐的友人與姚鼐同年中進士	〈與汪稼門〉p19 〈與陳碩士〉p77
168	鐵保	氏：棟鄂、董鄂 字：冶亭、鐵卿 號：梅庵、梅盦	清代 乾隆17年～道光4年 1752～1824	僅隻長白（今：吉林省長白朝鮮自治縣）	《懷清齋集》《八旗通志》等	書信中提及姚鼐的友人曾在1805年邀姚鼐入主鍾山書院	〈與楊杷谿〉p23 〈與周東屏〉P54 〈與鮑雙五〉p64 〈與陳碩士〉p95